# BADAQ

# CARLOS BARDEM

# BADAQ

PLAZA **PJ** JANÉS

Papel certificado por el Forest Stewardship Council®

Primera edición: septiembre de 2023

© 2023, Carlos Bardem. Representado por la Agencia Literaria Dos Passos
© 2023, Penguin Random House Grupo Editorial, S. A. U.
Travessera de Gràcia, 47-49. 08021 Barcelona

*Printed in Spain* – Impreso en España

ISBN: 978-84-01-03056-7
Depósito legal: B-12082-2023

Compuesto en Comptex & Ass., S. L.

Impreso en Black Print CPI Ibérica
Sant Andreu de la Barca (Barcelona)

L030567

*Para Leo y Luna, con todo mi amor,*
*y perdonad el planeta que os dejamos.*
*Sé que lo haréis mejor*

[...] y de Oriente
*La Abada* horrenda o elefante indiana,
dan a sus calles nombre permanente...

NICOLÁS FERNÁNDEZ DE MORATÍN,
*Elegía de Madrid*, que leyó en la junta general de
la Sociedad Económica Matritense
el 24 de diciembre de 1779


Los animales poseen también lenguaje, inteligencia
y emociones, cuyo único problema es el ser diferentes
a los nuestros: es por un loco y testarudo orgullo
que nos preferimos al resto de los animales.

MONTAIGNE, *Ensayos*


La historia parece propiedad privada cuyos dueños
son los dueños de todas las otras cosas.

RODOLFO WALSH


Cuando la verdad no puede realizarse dentro del
orden social establecido, siempre aparece ante este
como mera utopía.

HERBERT MARCUSE, *Negaciones*

# LA ISLA

Hoy es como ayer, y como mañana. El sol sale por allí y se oculta por allá. Cuando no estoy a la fresca bajo los árboles o paseando entre las hierbas, o quieta pensando en nada, oliendo, que es para mí una forma de pensar, de ver, distinguiendo las fragancias de los árboles de la pimienta, de las frutas caídas y podridas, de los brotes tiernos y jugosos, de las cagadas y orines de otros que me avisan y me hablan de quiénes son, me gusta recordar a mi madre. No hace tanto que me separé de ella. Que dejó de enseñarme a distinguir lo bueno de lo venenoso. A mi padre no lo recuerdo. Ellos, los machos, fecundan, se quedan un tiempo junto a las hembras para evitar que otros las cubran y luego se van en busca de más celos. Fue mi madre la que me aupó sobre mis patas con amables topetazos, la que me lamió, la que me protegió con su cuerpo de los primeros peligros y cortó con él mis infantiles intentos de exploración de ríos y barrancas desde que, a los tres soles de nacer, pude moverme y seguir su paso. «Aún no estás lista, ten paciencia», decía.

Las crías son curiosas e imprudentes. Todo llama su atención y lo quieren saborear, oler o embestir, ya sea el ruido del viento entre las ramas y lianas o los rayos de sol que, caprichosos o tenaces, perforan el verde infinito para motear el suelo como escarabajos dorados. Luz, agua, hojas, insectos, ratones o pajarillos son nuestros juguetes en un mundo que parece inabarcable. Yo no fui distinta, y mi madre me cuidó de mi propia temeridad, como yo haré pronto con mis crías.

Contra ella me recostaba para dormir en los frescos refugios de tupida vegetación que, cuidadosa, allanaba y mullía primero con sus patas. De sus tetas me alimenté durante muchas lunas, hasta tener unos dientes fuertes y un estómago capaz. Aún no, espera… No somos muy dados a la nostalgia los de nuestra especie, quizá porque no poseemos una conciencia muy clara del tiempo. Hay por ahí memoria de ancestros gigantes y lanudos, por eso tenemos algunos pelos, pero hace mucho que llegamos a estas islas y nos encogimos. Dicen que al otro lado del mar, hacia el ocaso, hay grandes sabanas donde existen primos nuestros muy robustos, enormes. No sé cómo lo pueden saber las madres. Ninguna ha salido nunca de esta isla y sus bosques de árboles gigantes, ni nadie sabe muy bien qué es una sabana. Dicen que grandes llanuras, de hierbas muy altas, y por eso, para ver y recorrerlas mejor, nuestros parientes son también altos y fornidos. Nada que ver con este laberinto abigarrado y verde en el que vivo. Como digo, lunas y soles se suceden sin grandes sobresaltos. No tenemos celebraciones ni calendarios como los monos sin pelo. El sol quema. La luna refresca. Casi cada día llueve mucho y pareciera que el mar está en el cielo, pero luego sale otra vez el sol. Y quizá no nos preocupa tanto el paso del tiempo porque nuestras vidas tienen un propósito férreo: digerir, cagar, crecer, parir y ser parte de algo mucho más grande que nosotros, de una maquinaria perfecta de vida y muerte. Yo como pastos, hierbas, brotes de árboles jóvenes, luego los cago y de esas heces el suelo alumbra nuevas plantas y nutre pequeños seres. En los pliegues de mi coraza, entre sus placas duras, habitan otras criaturas minúsculas, reconozco que a veces irritantes, así que agradezco cuando los pájaros se posan en mí, o se acercan si me recuesto, y hurgan con sus picos para comérselas. Me encanta rebozarme en el barro, me refresca y aleja a los tábanos. Por estas tierras no hay nadie más grande que yo, más fuerte. Así que camino sin miedo y no me preocupo mucho del futuro ni hago grandes planes. Había elefantes, pero los monos sin pelo los usaron para construir sus colmenas y ya no se ve ninguno. Murieron, se fueron o se los llevaron. Tigres y leopardos no se meten conmigo. Los cocodrilos tampoco son un problema y, si he de alimentarlos, a ellos o a otros, será por vieja, porque mi tiempo y trabajos ya estén hechos. Moriré para que muchas otras cosas vivan de mí. Y eso está bien.

Solo tengo que estar atenta a los monos sin pelo. Son pequeños, frágiles como maderitas secas, lentos, malos trepadores y bastante torpes, con dientecillos y sin garras, es decir, por sí solos no son peligrosos. Lo malo es cuando se juntan muchos, ahí son capaces de cosas increíbles, cuando actúan como uno solo con sus piececitos y esas manitas diminutas con las que agarran cosas. Como son malos para subir y saltar de unos a otros, odian los árboles. Los derriban, los desnudan de hojas y los trocean para construir sus nidos a ras del suelo. También saben hacer fuego y les gusta quemarlo todo, hasta lo que comen. Son extraños porque matan muchas cosas sin razón aparente y sin que aproveche a nadie. Incluso se matan entre ellos con frecuencia. Procuro evitarlos. Como me enseñó mi madre, solo he de tener cuidado con mis pasos, ver por dónde ando. Ya soy una hembra joven, así que puedo relacionar peligros y muerte. Evito despeñarme, caer en ciénagas de donde no pueda salir o ahogarme mientras me baño en alguna corriente. No hace mucho se me cayó encima un árbol viejo y podrido contra el que me rascaba, ¡hay días en que los picos de las aves no bastan!, y no me pasó nada. Me asusté, pero me sacudí sin problemas los restos. El sobresalto fue por pensar que, aun teniendo ya mis primeros celos, no llegara a ser madre y fallara en mi principal propósito. Esa idea me aterró. Claro que, al tirar ese árbol viejo, ayudé a que otros, desde el suelo, vivan de él, de su muerte. Hace ya varias lunas de aquello, así que voy a comer algo, darme un buen paseo y mear aquí y allá, por decirle a cualquier macho joven que lo huela que estoy fértil. ¡Ya es hora de que me ocupe de dar vida! Es lo que debemos hacer las hembras.

No tenemos nombres. Somos anteriores a ellos en millones de lunas. «Badaq», así nos llaman en sus cuchicheos, rezos y canciones los monillos sin pelo de por aquí a los rinocerontes, *Rhinoceros sondaicus*, los de Java y estas islas. Yo soy una hembra de rinoceronte. Claro que yo eso lo ignoro porque soy un paquidermo —del griego παχύδερμος, *pachydermos*, de piel gruesa—; no sé ni leer ni hablar y menos en latín o griego, y falta mucho para que los monos sin pelo, que gustan de inventar cosas, creen la zoología.

¡Ah!, los monos sin pelo se llaman a sí mismos hombres. No pueden vivir sin ponerle nombre a todo.

Paseo, como y orino. Amplío mi búsqueda hasta alcanzar la línea que une los árboles con el mar. Cago un par de veces y con alegría esparzo las heces a patadas. Me divierte mucho impulsar las boñigas muy lejos con el dedo más gordo de mis patas. Olfateo. Nada. Hace días olí el rastro de mi madre. Debe de estar en celo. La recuerdo con cariño. Sé que se puso triste cuando me echó de su lado poco antes de que tuviera mi primer celo. Ya no era una hija, sino una competidora. No le guardo rencor. Yo haré lo mismo cuando me toque. No hay tantos machos en esta isla como para compartirlos. Al menos entre nosotros no matamos a las crías. No que yo sepa. Los monos y las ratas sí que lo hacen, las matan y se las comen para que las hembras puedan preñarse de nuevo o para dejar claro quién manda. Esa cosa con la sangre de los que comen carne, propia o ajena, que casi siempre se traduce en violencia.

Lo huelo antes de oírlo, mucho antes de verlo. No tenemos buena vista, así que cuando mis ojos lo distinguen hace ya rato que sé, por su olor y su caminar ruidoso, que es un hombre, uno de los monos sin pelo de la isla. Me escondo entre las sombras, las hojas y las lianas. Mi piel gris está parda por el barro seco y ayuda a desdibujarme. Mi escondite está contra el viento, así que mi olor tampoco me delatará y eso me tranquiliza, aunque también es verdad que los monos sin pelo no tienen mucho olfato. Lo observo mientras mastico unos brotes que arranco con mis labios prensiles. El hombre está solo, camina descalzo y se cubre el sexo con una especie de tela blanca. Nunca entendí por qué, pero los monos sin pelo gustan de taparse partes del cuerpo con cosas muertas. Y, cuanto más poderosos son en sus manadas, más llevan encima. Una vez los vi caminar en hileras, como hormigas patosas, con mucha escandalera y llevando a uno de ellos a hombros entre varios. Era un macho viejo. Lo portaban otros más jóvenes en algo hecho de madera, donde iba sentado. Otros monos sin pelo soplaban por algo parecido a campanillas y golpeaban unos pellejos tensos. Hacían mucho ruido y espantaban a todo el bosque a su paso. El macho viejo iba tapado con muchas más cosas que los demás, tantas que apenas se le veía la piel.

Este debe de ser un macho joven, poco importante porque va casi desnudo. El hombre sale a la playa, se mantiene bajo la sombra de las palmeras, pero no se esconde. La vista fija hacia el mar. Yo sigo la línea de su mirada. No veo nada, solo me llega a retazos, cuando el viento rachea, un fuerte olor a otros hombres y a suciedad junto con un ruido, apagado por la distancia, de gritos, crujidos de madera muerta y el murmullo de unas grandes hojas.

Siento curiosidad, no miedo. El hombre de la playa sí parece más inquieto. Deja de sombrearse los ojos con las manos y murmura algo que oigo perfectamente.

—Un barco.

Huelo desde mi escondite el miedo del joven, lo suda y lo airea cuando sale corriendo.

Yo, como soy un rinoceronte, una hembra joven y ya fértil, no sé qué cosa será un barco ni por qué agita tanto al mono sin pelo, que ahora se interna en la selva y desaparece hacia donde viven hacinados en sus nidos de leños secos, bambú cortado y palma muerta. Sigo masticando y trato de recordar si alguna vez mi madre mencionó algo así. No, creo que no. Como me siento segura y además me encuentro junto a unas deliciosas y blandas cortezas que fermentarán sin problema en mi estómago, decido quedarme un rato más para ver eso del barco que sigue acercándose a la línea de la costa. Así que pronto pasa de ser algo borroso a dibujarse con más y más claridad ante mis, ya lo he dicho, no tan penetrantes ojos. Hummm…, parece una nuez muy grande, aunque huelo la madera de que está hecha. Tiene tres troncos muy altos y rectos con muy pocas ramas que dan unas hojas blancas enormes que se hinchan con el viento. ¡Ese era el murmullo! La nuez se aproxima y ahora hasta puedo distinguir a muchos monos sin pelo que se afanan en las ramas y lianas, recogiendo las grandes hojas blancas. Gritan mucho. Otros miran la costa desde los bordes de la nuez, señalan y parecen abrazarse. Luego tiran algo al agua. Una enorme zarpa o garra.

Decido que es el momento de poner distancia, meo y me voy mientras mastico la última corteza pensativa.

¿Un barco?


—¿Un barco? —pregunta el rey Pramagalang el Joven, un hombre viejo y arrugado, envuelto en seda batik y con un colorido pañuelo con fino hilo de oro sobre la cabeza, al muchacho que se ha arrodillado en la esterilla ante su trono, jadeando aún por la carrera. Pramagalang el Joven se muestra calmado, no tanto porque lo esté, sino porque la experiencia de años de gobierno le ha mostrado qué es lo que sus súbditos esperan de él. Y porque sabe que las emociones son solo la espuma de la violencia y el mal juicio. Lo cierto es que la irrupción del mensajero ha causado estupor y alarma entre los presentes, detenido la percusión de los gongs del *gamelang* y a las danzarinas que bailaban al tiempo que las marionetas planas interpretaban la cuarta hora de un *wayang* sobre el *Mahabharata*. Todos los presentes esperan ansiosos que las respuestas sustituyan los jadeos, y las certezas, los miedos—. ¿Un barco de quién?

—Uno grande, mi señor —acierta a decir al fin el joven sin alzar la vista.

De algún lugar de la diáfana sala abierta al paisaje por sus cuatro costados se escapa un gemido de terror.

—¿Piratas chinos o japoneses? —Pramagalang el Joven lleva sin brusquedad su mano arrugada y llena de anillos a la empuñadura de su kris ritual, mitad por instinto, mitad porque la daga lleva rato incomodándolo.

—No, mi señor, no es un junco ni un champán —contesta el joven—. Es un galeón.

Ahora son más los lamentos entre los presentes.

—¿Portugués o castellano? —inquiere el rey—. ¿Viste sus banderas?

El joven niega con la cabeza.

—¿Cuántos hombres? ¿Los contaste? ¿Esperaste a ver si era un galeón solo?, ¿no viste más velas?

El muchacho vuelve a negar y se encoge aún más ante el monarca, que esperaba otra respuesta. Se hace un silencio eterno y todos los ojos de los cortesanos se giran hacia Pramagalang el Joven, buscando en su proverbial sabiduría, famosa en cientos de aquellas islas, las respuestas que no da el muchacho. El rey se atusa el ralo bigotillo y se endereza un tanto en el trono. Carraspea y al fin habla:

—¿Cómo te llamas?

—Solikin, mi señor.

—Bien, Solikin, gracias por tu presteza en contarnos las nuevas. Has sido veloz en tu propósito. Pero, a veces, una noticia incompleta es tan peligrosa como una mentira, y esta es una lección valiosa para un joven como tú. Descansa, haré que te den comida y, cuando te repongas, también que te den treinta azotes con una fina caña de bambú. Como se abrirá la piel de tu espalda deberán abrirse para siempre tus sentidos. Será un buen recordatorio de lo importante que es abrir bien los ojos y fijarse en todo en estos asuntos.

Un murmullo de aprobación brota de los cortesanos. Otra prueba de la magnanimidad del gran Pramagalang el Joven.

—Gracias, mi señor.

Solikin se retira agradecido, caminando hacia atrás con la espalda muy doblada, sabedor de que al menos trajo la noticia de que había fondeado un galeón y que otros no se libraron con tan poco al decepcionar al infinitamente sabio Pramagalang el Joven, famoso por su buen carácter, sobre todo cuando se lo comparaba con su padre, Pramagalang el Viejo, un rey cruel que fue asesinado por sus excesos para bendición de la isla y que, sin duda, lo habría mandado degollar.

El rey, pensativo, da una orden.

—Traed a mi presencia al noble Darma, él vivió largo tiempo en las islas de los bosques de clavo, en Térnate y Tidore, que desde hace muchos años se han disputado por las armas portugueses y castellanos. Esas gentes nunca antes llegaron hasta aquí en sus rapiñas y el buen Darma podrá darnos cumplida noticia de quiénes son, sus intenciones y cómo tratarlos, pues aprendió muy bien su lengua.

Como la brisa que perfumaba el salón del trono de Pramagalang el Joven, un soplido de tranquilidad ante lo desconocido atravesó a los presentes, que agradecieron a Alá, el dios que llegó a ellos hacía dos siglos en los *dows* de los comerciantes árabes de Goa y malayos de Malaca, y a sus dioses más antiguos, que habitan en todo lo que los rodea, la bendición de tener a tan sabio gobernante.

El rey, con rostro sereno, hace una seña a los músicos del gamelang y se reanuda la música, el baile; las marionetas planas del *wayang* prosiguen con la odisea del *Mahabharata*, al que le quedan al menos cuatro horas trepidantes, y le preocupa que, Darma o los europeos, interrumpan la epopeya justo en sus cuarenta mil estrofas favoritas.


Nada, no percibo ni un macho en lo que mis sentidos abarcan. Vuelvo a cagar y patear las boñigas con aire distraído, sin interés. La verdad es que tengo la cabeza en otra cosa. No puedo dejar de pensar en los monos sin pelo que venían en la gran nuez. No pude verlos bien, seguían lejos para mis ojillos, pero sí olerlos y oírlos. Me parecieron distintos a los de esta isla, a los hombres que he visto desde pequeña. Recuerdo que hace mucho tiempo que los de aquí no se matan entre ellos y que no queman todo a su alrededor, como solían cuando se enfrentaban. Los hombres me resultan extraños y peligrosos, mucho más que sus parientes, los monos peludos, los que viven en los árboles. Pero sin duda comparten una sangre oscura, violenta. Aún recuerdo cuando una manada de perros salvajes mató a unas crías de mono. Primero chillando furiosos y luego con alaridos divertidos y burlones, los monos se dedicaron a raptar a los cachorrillos de los perros, subirlos a los árboles, menearlos ante sus desesperados padres y lanzarlos desde las alturas para que reventaran contra el suelo. Lo hicieron durante varios días y noches, matar por venganza, por placer. Hasta que los perros huyeron con el rabo entre las piernas, cosa que los monos celebraron con más chillidos, volteretas y cabriolas en las ramas. Aquello me causó asombro. Claro que hay animales que cazan a otros para alimentarse. Lo que me sorprendió fue que unos mataran a otros por placer. Sí, hay algo en la sangre de esos monos que me resulta incomprensible, herbívora como soy. Bueno, sí, yo también siento chillar, a su manera, a las plantas, las raíces y los tallos que me como en mis selvas y marismas. ¡Pero es que eso es lo que tenemos que hacer los animales como yo para que la vida siga! No somos sanguinarios. A mi madre la recuerdo un par de veces espantando con una carrera corta y unos resoplidos a otros animales que, cuando era una cría, intentaron atacarme o arrastrarme al agua. Una vez aplastó la cola de un cocodrilo, uno que tenía fama de devorador de hombres y mujeres, que son las hembras de los monos sin pelo. El monstruo dentudo huyó y nunca más se nos acercó. Ni siquiera nuestros machos, más violentos como son todos los machos, hacen algo más que empujarse cuando pelean por un hembra o un territorio. Un par de empujones, unos mordiscos, el vencedor orina y el menos fuerte renuncia y se somete alejándose tranquilo, con la certeza de que aún no es su momento pero que pronto crecerá en fuerza y oportunidades. Hasta los carnívoros, seguros del vigor de sus garras y dientes, se controlan para no matar en las disputas. Unos rugidos, un mostrar los colmillos, algún leve zarpazo y la rivalidad se resuelve sin sangre.

No, los hombres son como una versión malvada, aún más violenta, de sus primos peludos. Recuerdo cómo, estando aún con mi madre, vimos a sus manadas dividirse en dos y asesinarse. Como si no pudieran evitarlo o hasta lo desearan, porque mataban a los sumisos y a los que huían, cosas que ningún animal haría. Los que un día antes convivían se mataban entre sí con furia. Mi madre me explicó que era por algo que los monos sin pelo llaman «civilización».

—Hija, los hombres gustan de diferenciarse lo más posible los unos de los otros, como si no les bastara con ser unas criaturas más en el mundo. Al parecer antes se sentían parte de la naturaleza, vivían en armonía con todos. La verdad, yo no llegué a ver eso. Hace muchas generaciones que se comportan como si fueran dueños de todo, no parte. Que talan, queman y domestican. Es así desde que empezaron a hacinarse. Tratan de distinguirse entre ellos para colocar a algunos, los menos, sobre la mayoría. ¿Recuerdas las veces que los vimos amontonar comida y cosas a los pies de uno de ellos, mucho más de lo que podría comer antes de que se pudriera?

—Sí, madre.

—Si otro animal quisiera para sí todo lo rico sin dejar nada para el resto de su manada, esta lo mataría, ¿verdad?

—Sí.

—Pues los hombres no. Estos monos vestidos no solo no lo toman por loco o por malvado, sino que lo celebran y llenan de honores. ¡Están mal de la cabeza! Incluso los hambrientos mueren y matan para que el codicioso junte más y más de lo que a ellos les falta.

»Son muy raros. Yo creo que por eso están siempre ansiosos y agresivos, e inventan dioses para…

—¿Dioses, madre?

—Sí, otra cosa sin sentido de los monos sin pelo. La realidad no les basta. No solo se quieren diferenciar entre ellos, también quieren ser distintos a todos los demás animales que habitamos el mundo. Es como si con esas tonterías quisieran gritarle a la naturaleza que ellos son algo más, alguien a quien que tener en cuenta. ¡Como si pudieran domar el sol, el calor, los monzones y sequías, las mareas o los volcanes! Hija, nosotras somos *badaqs*, como ellos nos llaman, igual que todos los que hubo y los que vendrán cuando tú paras y tus hijas también lo hagan. Somos una pieza más en la existencia de algo mucho más grande y hermoso y contra lo que no nos rebelamos por codicia o vanidad: el mundo. Como los pájaros que nos picotean el lomo, el árbol contra el que nos rascamos, la luna que mueve las mareas o la concha que el mar revuelca por la orilla hasta deshacerla en arena fina. Nunca me cambiaría por estos hombres ansiosos.

Así habló mi madre. Yo no entendí demasiado, la verdad. Pero supongo que, de igual modo, algún día, prevendré yo también a mi hija.

Me tiro un par de pedos y me echo a dormir un rato, decidida luego a volver a mi escondite en la playa y estudiar más de cerca a los hombres de la gran nuez.


Darma, un hombre ya en su mediana edad, se acuclilla ante Pramagalang el Joven y algunos de sus cortesanos más íntimos y comienza su relato.

—Yo iba en una *kora-kora*, cargado hasta los topes de arroz para comerciarlo en Java. Primero fue capricho de los dioses antiguos que nos capturaran unos piratas japoneses en un junco de tres palos, bien artillado. Apenas si resistimos pues no había con qué, y aun así nos mataron a la mitad de la gente. A los diez restantes nos perdonaron la vida para vendernos como esclavos, aunque dos murieron de sus heridas a los pocos días. Y a eso, a servir de por vida en una tierra extraña, nos resignamos todos. Los mandaba un tal Afu Mori, que llevaba muy linda *katana*, yelmo con cuernos y las armaduras de placas que ellos suelen portar. Iban con él hasta treinta guerreros, todos muy feroces y aficionados al aguardiente de arroz. Pusieron rumbo al norte, por llevar la bodega llena de presas, pero, para su desgracia y nuestra desventura, el junco topó en los estrechos de Sonda con dos galeones castellanos, que habían llegado allí desde las Filipinas persiguiendo a barcos de los moros de Joló. De mayor tamaño eran las tropas, los barcos y los cañones de los cristianos, que sin grandes trabajos barrieron a los piratas japoneses. A los que no murieron por cañones y arcabucería, los mataron después con sus largas espadas rectas, buenas para acuchillar, y picas. Solo dejaron vivo a Afu Mori, por curiosidad yo diría, pues parecieran no haber visto antes a un japonés. Claro que la novedad no debió serles cosa de mucho mérito o diversión, o se hartaron de los fieros, resoplidos, brusquedades y jerigonza que gustan los de Cipango, que parecen siempre enfadados con alguien. El capitán castellano dijo que el tal Afu antes les haría diez mercedes muerto que una vivo, y que a qué seguir aguantando sus desplantes, que mejor darle justo galardón por sus pecados, así que al rato lo colgaron por un pie, que es muerte lenta y dolorosa, de una de las antenas de la nao capitana y allí lo dejaron hasta la vuelta a Tidore, donde los galeones pensaban reponer alimentos, bastimentos, hacer aguada, desembarcar alguna tropa y tomar otra antes de retornar a las Filipinas. Con tan lindo aparejo entraron en el puerto, el pirata ya todo picoteado y amojamado por el sol, el viento y la sal. Uno de los castellanos se llevó el cuerpo y lo apoyó, tieso, en la puerta de su casa por embromar a los vecinos. Yo entonces nada sabía de su lengua y me causaban mucho pavor. Pero los cinco de nosotros que quedamos con vida tras el abordaje, enseguida nos postramos ante los jefes de los castellanos, que llevan sombreros grandes con plumas y fajas de seda, y cantamos con voz suave. ¡Lástima no haber sido siete para entonar un bello *pelog*, nos tuvimos que conformar con los cinco tonos del *siendro*, sin un mal gong o flautilla con que acompañarnos!

Pramagalang el Joven asiente, persuadido de lo mucho más lucido que habría sido el canto a siete voces. Conoce la historia de Darma, todos la conocen en Pawu, que así se llama esta isla, pero habituados al *Mahabharata* y al *Rāmāyana*, el rey sabe apreciar las sutiles diferencias que los años añaden a cada relato y disfrutarlas como quien lo hace de un paisaje que el tiempo va cambiando.

Así, mientras bebían *arch*, que los japoneses llaman sake, asintieron todos ante episodios ya conocidos, como la fuerza del *antin* que Darma llevaba al cuello y que lo protegió de las armas enemigas, o cómo en el camino a Tidore vieron, en otra isla en que fondearon a por cocos frescos, a gentes salvajes con faldas de hierbas, sin dioses ni escritura, que para descubrir a un ladrón entre varios hombres, los obligaron a punta de arpones de hueso a meter todos las cabezas bajo el agua y tomaron por el culpable al primero que la sacó para respirar, quedando todos tan conformes de este juicio que allí mismo le cortaron la cabeza. Los castellanos celebraron mucho esta ordalía, dándose fuertes palmadas en los muslos y con gruesas y espantables risas.

Otra vez oyeron cómo el joven Darma se quedó en Tidore al servicio de un capitán castellano, al que acompañó en las muchas guerras que tuvieron con los portugueses y el sultán de Térnate, la isla gemela, ambas coronadas por volcanes, separadas por menos de un cuarto de legua de mar y cubiertas por bosques de claveras.

—Es por el clavo, mi rey, por esa especia que solo dan en tanta calidad y cantidad estas dos islas del Maluco, por lo que estos cristianos que nos parecen todos iguales se acuchillan desde hace años. Dicen que allende del gran océano, en sus tierras, se pagan hasta dos gruesos ducados de oro puro, esas monedas que incluso los chinos atesoran, por un par de libras de clavo. Seis años estuve de siervo de este castellano, sufriendo su cólera en mis costillas y su avaricia en mi estómago. De Tidore el capitán me llevó como esclavo a las Filipinas y allí pené casi dos años más, hasta que un día, desesperado, robé con otros dos una barca y a golpe de remo huimos hacia el sur. Quiso la suerte que por fin pudiésemos refugiarnos entre los mahometanos de Joló y regresar aquí. En mi cautiverio aprendí bien su lengua castellana y un tanto la de sus primos portugueses. Mil veces a la vuelta, triunfante o derrotado de sus escaramuzas por las especias, oí al capitán castellano espantarse de la cantidad infinita y la liberalidad con que el cielo dio a estas malditas islas lo que negó al resto del mundo. Me contaba los muchos usos que le dan a las especias, pues su mundo de fríos y calores extremos, que nosotros no conocemos, al parecer, apesta y usan clavo, canela y cosas así para perfumar lo que comen y tapar sus propios olores. Sea por el frío, porque usan mucho ropas gruesas y poco del agua, huelen mal por lo general.

Pramagalang el Joven asiente, no es ajeno al valor de las especias, y muchas historias recorren las islas sobre la codicia de estos cristianos. Pero, a decir verdad, nunca habían llegado hasta estas ínsulas, muy a trasmano ya de los rumbos de ese comercio. Pawu no es rica, apenas produce lo necesario para alimentar a sus pobladores y Pramagalang el Joven lo sabe. Le preocupa que la llegada de los forasteros altere la armonía entre los hombres, el cielo, el mar y los dioses, por la que cada uno hace aceptación, *nrimå*, del lugar que tiene en el cosmos. Pramagalang el Joven piensa hacer pronto una ofrenda a los dioses antiguos, celebrar un *slametan*, que asegure esa armonía que es el objetivo último de todo buen rey. ¿Será suficiente? Por si las moscas, rezará también a Alá en la mezquita. No ve la cosa incompatible. De hecho, nadie lo ve incompatible en Pawu. Frunce el ceño y habla.

—¿Crees que vengan a comerciar?

—En eso también son diferentes, mi señor. Ellos no comercian, ellos rescatan.

—¿Rescatan? ¿Qué quiere decir eso?

—Pues, según yo entendí de mi tiempo con ellos, su rey les da licencia de rescatar, así lo llaman, todo el oro, plata, joyas y cosas valiosas que topen donde lleguen a cambio de una parte para él.

—Pero, Darma, rescatar es como recuperar, ¿no?

—Sí, creo que sí.

—¿Y cómo van a rescatar lo que nunca ha sido suyo? No puedes recuperar lo que nunca has tenido.

—Para mí que rescatar viene a significar saquear, señor. Pero ya os digo que son gentes extrañas.

—Aquí no hay especias, buen Darma. Ni oro, ni plata, ni perlas gigantes como en Palawan. Por no tener, no tenemos ni nidos de golondrina, que son un tesoro para los chinos glotones. ¡Y cada vez menos cuernos de *badaq* con los que dicen curarse la impotencia! ¿Qué buscan aquí los cristianos?

Darma reflexiona mientras se chupa los dedos con los que se ha llevado una porción de *sangu* a la boca; la mezcla de palmito, pescado guisado y arroz le resulta deliciosa.

—Oh, mi rey, ellos simplemente buscan. Tienen esa enfermedad. Por eso han llegado hasta aquí desde sus lejanas tierras. Por codicia, por supuesto, por robar a otros, pero también por la enfermedad de saber qué hay más allá.

—¿Y qué hay de importante en ver lo que hay lejos?

—Según yo, mi señor, tiene que ver con su idea del tiempo y el modo en que lo miden.

—Explícate, buen Darma.

—Para empezar, nosotros no tenemos estaciones muy distintas, apenas unos meses en los que llueve más que otros. Ellos sí, y marcan el paso de sus días. Nosotros buscamos la armonía con el cosmos, aceptamos nuestro lugar en él y sabemos que el tiempo es infinito y circular, como una serpiente que se come a sí misma, que no tiene principio ni fin, que es eterno e igual y por tanto poco valioso. Nos importa más aceptar y vivir nuestro aquí, y hacerlo bien para, si acaso, tener una mejor reencarnación dentro de esta misma rueda. Y para conseguirlo miramos mucho a nuestro pasado y ancestros.

—Así es.

—Los cristianos son distintos. Todo lo cuentan desde la muerte de su dios, un hombre llamado Jesucristo.

—¿Un hombre es su dios?

—Sí, mi rey.

—¿Nacido de mujer?

—Sí, pero la embarazó un pájaro.

—¿Qué?

Pramagalang el Joven frunce el ceño y niega con la cabeza.

—Extraño, sí. Pero ni siquiera muy original. Esos galimatías son propios de muchas religiones. Sigue, buen Darma.

—Y Jesucristo es él, y su padre y un pájaro, el mismo que embarazó a su madre. Todos a la vez. Nunca lo entendí muy bien, pero parece que se lo comen siempre en sus ceremonias, y que beben su sangre. El caso es que ellos no creen que el mundo sea eterno, aprenden que tendrá un final, y un juicio al que irán todos. Rompen la rueda del tiempo y, por tanto, viven todo hacia delante. Parece ser que, si cumplen con lo que Jesucristo manda, este los salvará ¡en el futuro! Para ellos el pasado es mucho menos importante que el porvenir, ignoran sus lecciones, y eso les mete en la cabeza la locura de moverse sin tregua, como un ansia por ver qué hay más allá en el tiempo, pero también en el mundo, tras cada río, cada montaña, cada desierto o cada mar.

—¡Pobres, deben sufrir mucha angustia!

—Bueno, mi corta experiencia me dice que sufren más los que ellos descubren.

—¿Descubren? ¿Cómo que descubren, buen Darma?

—Ah, pues veréis, mi señor. Fruto de tanto movimiento e intercambio con otros pueblos, degollinas aparte, el caso es que saben de muchas cosas y muy diversas. Fabrican armas muy potentes y sus galeones, los que los traen hasta aquí, son máquinas sorprendentes, en todo superiores a los juncos y sampanes. La cosa es que sus reyes, el de Castilla y Portugal, mandan en esos inventos hombres ansiosos por todo el mundo, gentes que cuando llegan a un sitio dicen haber descubierto a los que allí viven. Y les ponen nombres que ellos eligen, supongo que en broma o por azar.

—Pero los pueblos que encuentran ya tienen nombres. Y dioses. Aquí no hace tanto que acogimos a Alá. Hay sitio para más dioses, incluso para ese hombre pájaro.

—No, mi rey, según ellos, esas gentes existen a partir de que son descubiertas y bautizadas por ellos. Nada les importa lo que hubiera antes. Y si te bautizan no puedes adorar a nadie más que a su dios. No os riais, señor, no me burlo. Imaginad que a todos los que vivimos en este océano nos llaman indios.

—¿Indios?

—Sí, ya seamos javaneses, malucos, malayos, tamiles o súbditos del Gran Khan... Todos indios. Es más, por mi capitán supe, pues él venía de allí, que hacia el este, entre nosotros y sus reinos cristianos Castilla y Portugal, hay una gran porción de tierra, tan grande que aún no se conocen sus confines y aún la andan descubriendo. Un tal Colón la tomó por las Indias, así la llama, y a los nativos de allá por indios, error grosero pues hay un enorme océano por medio.

—Vamos, que somos todos indios. Sea eso lo que sea. Y dime, buen Darma, pues estoy confundido. ¿Crees que nos quieran descubrir?

—Sí.

—¿Y eso es bueno?

—No. Ya os digo que no, mi señor. Nunca lo es.


El sol empieza a declinar cuando vuelvo a mi escondite en la playa, pero aún queda día. Lo cierto es que me oculto justo a tiempo, tras rebozarme en el delicioso barro de una charca, pues de pronto el aire se llena de olores y ruidos. Por una parte, la gran nuez y sus monos que huelen a cuero, sudor viejo y hierro están ya a una distancia de la arena que me permite verlos con más claridad, olerlos y oírlos sin dificultad. Pero es que, además, un poco más allá de donde me escondo huelo a los monos sin pelo de aquí, huelo sus ropas livianas, su distinto sudor, más ligero, su arroz cocido —los hombres todo lo estropean, ¡con lo ricos que son los brotes en los arrozales!—. También los oigo, aunque no hacen apenas ruido, no se mueven. Miro, pero no los veo. Sé que están ahí, pero no los veo. Están escondidos, pienso, como yo.

Los animales nos escondemos cuando tenemos miedo o cuando, los que lo hacen, queremos cazar. La verdad es que los *badaqs* nos ocultamos poco y casi siempre por curiosidad.

Los hombres de aquí permanecen inmóviles, apenas cuchichean. Mi atención va para los mucho más ruidosos de la gran nuez, que se mueven con frenesí y parecen cantar todos juntos mientras hacen cosas, como si el ritmo compartido los ayudara a realizarlas. Interesante. No cantan como los pájaros, pero tienen algo de ellos.

Luego, por uno de los costados de la gran nuez, bajan un tronquito hueco que pronto se llena con varios monos sin pelo y que empujan hacia la playa con unos palitos más finos que meten y sacan del mar. Y luego otro.

Donde la espuma besa la arena, los hombres del primer tronquito hueco saltan al agua. Chapotean pesados mientras ganan la orilla. Los oigo y los huelo, los voy viendo poco a poco. Hay un macho alto y fuerte que lleva un palo con una tela, le siguen otros machos y una hembra, que intenta mantenerse junto al macho alto. Jadean, parecen muy cansados, y desde mi escondite les huelo la fiebre, el sudor enfermo. Por curiosidad devuelvo mi atención hacia los monos sin pelo de la isla, que permanecen escondidos y en silencio.

Los hombres de la gran nuez parecen esperar a que lleguen hasta ellos sus compañeros que vienen en el segundo tronquito hueco. Cuando ya están todos de pie sobre la arena, el macho más alto, al que sigue la mujer, levanta el palo con la tela en la que ahora veo que hay dibujos y rayas, saca una vara fina, plateada y que brilla al sol, de una vaina que lleva a su costado, la levanta al cielo mientras clava el palo con la tela en la arena y grita cosas que no entiendo. Otro macho fuerte, la mujer y varios machos más jóvenes caen de rodillas en la arena, juntan las manos y murmuran. Entonces veo a un macho más viejo que carga otros leños cruzados donde hay una figura de mono sin pelo en taparrabos y con los brazos abiertos. Giro mis orejas hacia el escondrijo de los hombres de la isla y, por sus murmullos, me parece que ellos tampoco entienden nada de lo que hacen los de la nueva manada de hombres.

A una señal del macho alto, uno de los hombres más jóvenes camina deprisa hacia el primer árbol de la línea de jungla. Resoplo inquieta, por un momento temo que me pueda ver. No es que me dé miedo, es un animalillo frágil, está asustado y se acerca solo, pero me molestaría tener que moverme y perderme espectáculo tan novedoso. Lo cierto es que en esta isla no hay mucho que ver. Mucho que no haya visto ya. Me sorprende pensar esto porque lo maravilloso de mi vida es eso, que cada día es igual al siguiente. El muchacho está muy cerca de mí, nervioso, mira en todas direcciones. No me ve y eso que estoy a unos pasos, en la sombra, pero muy cerca. Desde luego los sentidos de los hombres son bastante pobres. Saca de entre la ropa otra varita recta y plateada, pero mucho más corta que la del macho alto y fuerte, y se pone a cortar trozos de la blanda corteza del árbol. Se toma su tiempo, saca la lengua por un lado de su boca, como si eso lo ayudara a hacer lo que hace. Al rato se separa unos pasos del tronco, mira y asiente satisfecho. Luego corre a reunirse con los otros hombres de la playa. Me acerco y huelo la herida en el árbol. La miro.

*Reinando Felipe II*
*Anno Domini 1583*

Claro que como yo soy una hembra de rinoceronte no puedo leer; ese grabado no me dice nada y solo me pregunto para qué tanto trabajo en arrancar la corteza de un tronco si luego no te la comes.

La barca avanza despacio, con trabajo, y no porque haya mar en contra o picada, que estas aguas son calmas como un lago.

No, vamos lentos porque todos a bordo estamos enfermos, débiles, y pareciera que los remos no fueran de madera sino de plomo.

—¡Ánimo, señores, un poco más de brío, estamos cerca! —grito a los que bogan con una voz que pretendo firme, para ocultar la fiebre y los escalofríos que me recorren el cuerpo pese al sol que quema, yo, don Fernando de Encinas, capitán de la gente de guerra en esta empresa malhadada—. Los demás aprontad arcabuces y picas. ¡Cabezas altas, mechas y pólvora secas!

Los hombres me miran entre desconfiados y ansiosos. No sabemos qué nos espera en esta isla que no aparece en nuestras cartas. Pero recordamos la alcabala de muertes que nos costaron otras antes, en este vagar por un océano que parece no tener fin. Ninguno querríamos estar aquí, pero tampoco permanecer a bordo del San Isidro. En él solo han quedado los más acabados por las calenturas, treinta espectros al mando de don Álvaro Longoria, el capitán de mar. Su tablazón exuda fiebre y lamentos. Nada recuerda ya en su casco, comido por la broma, y aparejos al galeón que aprestaron en los astilleros de Acapulco. Hay barcos que tañidos por el mar suenan jóvenes y alegres, como laúdes. Este hace meses que suena triste y quejoso, como un ataúd. Tanto que los hombres en vez del San Isidro, entre cuchicheos, lo llaman el Santa Mortaja, convencidos de que se ha de hundir él solo y arrastrarnos a todos al fondo. No sería el primer galeón que se va a pique de puro podre, que una vez pagado a nadie importa si llega o no. ¡Y por Dios que esta barca también parece tan maltrecha que no pueda llevarnos a la orilla! Al menos ya está en el agua el segundo bote, remando en nuestra estela y no tan lleno como este. Los hombres guiñan los ojos por el sudor, pero los mantienen clavados en mí. ¿Qué esperan? Están asustados. ¿De mí? ¿Se preguntan si he recuperado el sentido tras lo que pasó? ¿Me lo pregunto yo mismo? Apenas hace un día que he recobrado la consciencia y me he levantado del lecho. Que recuerdo mi nombre. ¡Quia, ya sabré a qué tanto espanto! Ahora, a entrar en esta isla al frente de estos hombres recelosos. Hombres duros pero consumidos, macilentos. Bueno, todos salvo el escribano Gómez, que sigue inexplicablemente gordito. Lo miro un instante. Está nervioso, cargando con el canuto donde lleva el Requerimiento que ya ha leído tantas veces, torpe en acomodarse la espada, que no sabe usar, para que no le estorbe. Para mí es un misterio que un hombre así siga vivo. Él lleva la vista baja, clavada en sus pies, no me examina como los demás. Aparto la mirada de esos ojos que me cuestionan, pero antes acepto la tregua que me ofrecen los de María, amorosos, tiernos, aliados, pero apenados. Ella, vestida con camisa, un corto jubón y medias calzas, apoya las dos manos en las guardas de la espada ropera que mantiene de pie ante sí. Admiro su valor. Si existimos porque alguien nos ve, yo existo por ella, o mejor, sigo vivo por ella. Aunque bien sé que por eso es ya mi ama, pues quien no teme a nada es el amo en cualquier relación. Yo moriría sin ella, pero, mal que me pese, seguro estoy de que ella ni moriría sin mí ni teme el fin de lo nuestro. Lo da todo, es generosa sin mezquindad y eso la convierte en mi dueña y a mí, en su esclavo feliz y asustado. Asiento, no sé bien por qué, y trato de sonreír. Lo hago con miedo de que se me escape alguno de los dientes que bailan en mi boca, flojos en mis sangrantes encías por el beriberi. De ella, mis ojos, sin permiso y esquinados, saltan a Rodrigo, mi más antiguo amigo. Es el único que no me mira y que parece tranquilo ante lo que venga. Sostiene erguida la enseña con la cruz de San Andrés. A don Rodrigo Nuño le gusta la guerra y no se miente al respecto. Cree que somos los hombres quienes llevamos la muerte de un sitio a otro, siempre listos para entregar a otros esa misiva fatal, postrera. Rodrigo se ve a sí mismo como un Mercurio de la parca, uno de los más leales servidores de la muerte. Y no le falta razón. Su vida y sus heridas,

¡muchas menos de las infligidas, presume siempre!, así lo atestiguan. Yo también tengo heridas y muertes hechas, pero nunca me alegré en demasía por despachar gente al cielo o al infierno. Más bien al contrario, cada muerte añade pesadumbre, piedras al corazón. No soy de esos que cantan a guerras y batallas porque jamás han estado en ellas o por estar bien seguros de que siempre se librarán de estarlo enviando a otros a la matanza. Nunca me poseyó la furia gozosa que veo en Rodrigo al acuchillar. Lo odio por su natural violento, porque me asusta parecerme a él. Lo detesto desde que sentó plaza en esta empresa como soldado con ventaja de cinco escudos en el sueldo, en galardón por lo mucho asesinado. Pero ahora mismo no querría a ningún otro a mi costado. Somos tan distintos. Él siempre ajeno a remordimientos, sin cuitas. Un optimista insensato. Yo siempre preocupado, siempre anticipando problemas, siempre jugando al ajedrez con negros miedos y blancas esperanzas. María me dice que eso no es malo, que en cualquier grupo de personas es necesario alguien así, que si no fuera por mí hace meses que todos habríamos muerto. Rodrigo desprecia mis dudas, mi debilidad, ¡hace años que culpa a María de ablandarme! Se le da una higa lo que yo piense o sienta, pues en nada quiere el reconocimiento de quienes juzga inferiores y cobardes, que venimos a ser el resto del humano género y en especial quien no profesa armas e hidalguía. A su lado reza el padre Guillermo Medina, un fraile franciscano muy leído, en nada parecido a esos soldados de Cristo que son los jesuitas y que más cuadraría removiendo polvo en cualquier biblioteca que en este bote en mitad de la nada. Hombre menudo, enjuto, tan magro de carnes que su piel apenas si disimula los huesos y tendones. Tiene así algo que, siendo hombre, recuerda a un sarmiento. Se dice de treinta y tantos por no tener noción cierta de su fecha de nacimiento. Es de natural amable, curioso, generoso con sus muchos saberes y de sonrisa franca y fácil. María y yo disfrutamos de su compañía y sus enseñanzas, aunque no deja de sorprendernos la ligereza con que cita por igual a santos, apóstoles y filósofos antiguos, que pareciera tener en idéntica estima. Nos pasma eso y el que no insiste en casarnos, sabiéndonos amancebados. Conocedor de nuestras pocas virtudes y muchas maldades, y ligero en las penitencias, hace estanco de nuestros arrepentimientos y promesas de enmienda. Le permito gustoso zamarrear las conciencias de la tripulación, aunque no ejerce en demasía y siempre está a lo suyo, leyendo. Creo que tiene su puntillo de alumbrado.

Aparto mis ojos de la gente y los fijo en la costa, en la playa y en la cinta de selva tras ella. Los remos cansados azotan el agua y yo me enjugo el sudor con la manga de mi camisa. Entre la fiebre y el calor me parece derretirme como la nieve al sol. ¡Nieve, la nieve de mi tierra…! Chorreo bajo el metal ardiente del morrión. Me asusta lo que he enflaquecido. La ropa me baila, el tahalí de la espada lo llevo cruzado sobre el hombro para que no se me caiga de la escurrida cintura. Hasta el corto escaupil, la ligera armadura de algodón y maguey trenzado que llevo como protección al estilo de los mexicas, más útil en estas tierras calientes y húmedas, me queda grande y no ceñido como debiera. Rodrigo no. Él, amén del morrión, porta un sólido peto de acero. Todo le acomoda a quien lleva consigo, gozoso, la muerte.

La playa cada vez más cerca. En esa selva podría ocultarse cualquier cosa.

La proa rasca contra la arena del fondo. Aferro con más fuerza el estandarte con la imagen de la Virgen de la Almudena sobre unos angelotes que sostienen el lema *Nihil timeo* y salto al agua. Rezo por no cagarme encima pues llevo días descompuesto y algo así sería asaz deslucido. Me pregunto cuántas cagaleras no se habrán borrado en las crónicas y cartas de relación de las conquistas y jornadas gloriosas.

—¡Conmigo!

No necesito girarme para saber que los dos primeros en seguirme son María y Rodrigo.

—Castellanos.

—¿Estás seguro, buen Darma?

—Sí, gran señor. Sus banderas son castellanas.

Desde una silla de manos oculta en la vegetación, hecha de ligero bambú y a hombros de cuatro jóvenes fornidos por si hay que salir con prisas de este encuentro, Pramagalang el Joven hace un rápido cálculo. Sobre la arena de la playa hay veinticuatro de esos castellanos, incluida una mujer. A su alrededor, casi trescientos de sus súbditos. Cincuenta soldados de su guardia, quince de ellos con espingardas y ballestas chinas, y el resto campesinos y pescadores armados con lanzas, arcos, alfanjes y kris. Sus nobles y el capitán de su guardia lo miran ansiosos. Pramagalang el Joven alza su arrugada mano en un gesto de contención.

—Veamos qué hacen. Darma nos lo explicará. Y decidiré.

Así Darma, al que el viento que viene del mar trae con claridad las voces de los castellanos, traduce actos y palabras a su rey y notables.

—El que lleva el estandarte con la mujer pintada es el jefe. Ha sacado la espada, hecho un trazo en la arena y nos ha descubierto.

—¿Nos ha visto?

—No, no. Que nos han descubierto. A la isla, a los que vivamos aquí. Como os previne.

—¡Ah, qué curioso!

Rey y nobles asienten pasmados al hecho de ser descubiertos por esos recién llegados. Abren mucho los ojos y las bocas, alguno incluso se ríe de tal ocurrencia. Solo Darma, que conoce en sus carnes a estas gentes, parece más sombrío.

—Su jefe dice que ahora esta isla pertenece a su gran rey Felipe II y que, como es Domingo de Resurrección, ahora esta isla se llamará así: isla de la Resurrección.

—¿Qué resurrección? —pregunta uno.

—La de su dios. Primero lo matan y luego él resucita todos los años. Algo así.

—¿Se puede matar a un dios? —se extraña otro.

—Bueno, los del Ganges también matan a su... —añade aquel.

Pramagalang el Joven impone silencio con un gesto, frunce el ceño y pregunta a Darma.

—Pero esta isla se llama Pawu desde que hay memoria. Y es nuestra. ¿Cómo pueden cambiarla de nombre y dueños así sin más?

—Ya os dije, mi señor, que a ellos eso nada les importa. Te descubren y ahí empieza la historia.

—¿Y qué hace ese muchacho que corre hacia los árboles solo? —se extraña el rey.

—Pues no lo sé, señor —confiesa Darma.

Se hace el silencio y todos intentan comprender por qué el muchacho parece tallar algo en un tronco con un cuchillo antes de regresar con los suyos.

Los castellanos parecen indecisos y fatigados.

—Mi señor, es el momento de acabar con estas gentes —sugiere Darma—. Antes de que lleguen más y nos conquisten.

—¿Conquistarnos? —pregunta el rey.

—Sí, primero te descubren y luego te conquistan y esclavizan. Así hacen siempre. Ahora que son pocos, matémoslos.

El capitán de la guardia de Pramagalang el Joven da un paso al frente y hace una reverencia.

—Solo dad la orden, mi señor.

Pramagalang el Joven piensa y, tras unos instantes, habla.

—Capitán, que avance la tropa. Mostraos y veamos qué hacen. Si os atacan, matadlos. Darma, aquí a mi lado.

El capitán hace una seña de «avanzad» con los brazos y de la línea de la selva salen a la vez cientos de hombres del rey, que avanzan en semicírculo hacia el puñado de castellanos, con las armas listas y deteniéndose a unas decenas de pasos. El rey ve a los castellanos apretarse, cerrarse en torno a sus banderas y aprontar sus armas. Pasan unos minutos así sin que nadie haga otra cosa que mirarse desafiante. Entonces, de entre los castellanos, sale un hombre desarmado. Va vestido de negro y lleva un bonete, también negro, adornado con una pluma blanca sucia y despeluchada. Solo lleva un papel en las manos y camina hasta quedar entre los dos grupos. Carraspea y empieza a leer.

Hasta el pajarillo que me picotea el cogote se detiene y mira a los hombres. Mi guarida en la enramada se ha llenado de otros animales, todos cautivados por un espectáculo que no entendemos. A mis pies hay una serpiente que se eleva zigzagueante, siseando mientras saca la lengua en dirección a la playa, indiferente a los pajaritos que tengo sobre mí y a un par de macacos enanos, que se agarran a una rama con pies y colas, con sus enormes ojos fijos en los hombres, los forasteros y los de la isla, enfrentados y silenciosos en la arena. Unos pasos más allá veo orangutanes y a un búfalo enano. Todos igual de expectantes.

Un hombre con una pluma blanca en la cabeza grita cosas en voz muy alta. Los hombres de aquí no parecen entenderle más que yo. Eso creo por su rebullir nerviosos. El que los manda no hace más que girarse hacia la espesura. Como si esperase alguna orden de los que allí siguen escondidos junto al macho viejo que llevan a hombros. Pero nada ocurre.

El hombre de la pluma en la cabeza, me pregunto si será medio pájaro, sigue con sus gritos y los otros escuchando. La cosa empieza a ser aburrida. Yo aprovecho para asperjar con orines mi guarida, sin importarme mojar a la serpiente, que se retira molesta y con los ojos golosos puestos en uno de los pequeños macacos. Pronto solo quedo yo, los pájaros de mi lomo y algún molesto tábano. Un ave del paraíso se posa un momento, canta y vuela desinteresada. Los orangutanes también se van. Vuelvo a orinar en otra dirección. Nunca se sabe por dónde puede andar un macho.

En la playa el hombre continúa gritando, tiene una voz potente pero algo chillona.

No se entienden. No, definitivamente no se entienden. Eso me causa extrañeza. ¿Para qué les sirven esos sonidos interminables que profieren? Son más largos y complejos que cualquier rugido, bufido, ladrido o trinar de ave. Y les gusta emitirlos, es raro verlos en silencio. Yo puedo entender a casi cualquier otro animal. Ellos no. ¿Será por sus orejas? Los hombres han perdido la capacidad que tenemos otros animales para girar las orejas y perseguir el sonido, para escuchar los mensajes de la naturaleza, sus avisos y regalos. Sus orejas están fijas al costado de sus cráneos y parece bastarles tan pobre capacidad porque solo se escuchan a ellos mismos. Ignoran cualquier cosa que no sean sus voces. O al menos eso me pareció las veces que me he cruzado con los hombres de aquí en sus ruidosos paseos por la selva. Por eso es tan fácil ocultarse de ellos.

No se entienden. Yo me comunico con el resto de la naturaleza, con los brillos del sol en las hojas, con las plantas que como y abono, con el ruido de la lluvia, con la tierra viva de gusanos que empapa, con el creciente rugido del río que me avisa que no lo pase. Tú no ves al tigre, pero la jungla te dice de mil maneras distintas que ahí está. Leo el viento, que me grita qué hacer y dónde comer o dormir. Sé que los árboles crecen cuidando unos de otros y que las raíces de las plantas están vivas y hablan entre ellas y los hongos que las habitan. Comprendo sin esfuerzo a las otras bestias de este mundo, sean lo que sean. Yo soy una, enorme, acorazada y con un cuerno, pero soy ellos, todos ellos. Ni quiero ni puedo vivir sin ellos.

O contra ellos. Entiendo sus sonidos, su manera de mostrarse, ovillarse u ofrecerse, de elevar la cola, frotar las patas o enseñar los dientes. Su hambre, su salud y su enfermedad. Su ansia por cubrir o ser cubiertos. Incluso, siempre desde lejos, me entiendo con los animales que viven, cautivos o por voluntad propia, domados, entre los hombres de aquí. Y lo hago sin prestar demasiada atención porque soy parte de un todo al que el hombre ha dado la espalda, que no ve ni oye con esas orejillas pegadas e inútiles. Perdida esa capacidad, creo que los hombres sienten la naturaleza como una enemiga a la que dominar, entablan con ella una relación de lucha, de sometimiento. Como esos bueyes gordos que esclavizan atados a los arados en los arrozales. O sirvientes, como los perros que cuidan sus casas y ganado. O los gatos que cazan ratas en sus graneros. Claro que las ratas son un problema porque los hombres no hacen sino amontonar basura en sus colmenas. Son parásitas feroces de la porquería que ellos crean con su vivir. Y esa voluntad de los hombres, al menos aquí en la isla, se resuelve siempre en muertes inútiles y destrucción. Empezando por esos pobres animales que usan, a los que matan o abandonan cuando ya no les son útiles. ¿Cómo nos van a entender si no se entienden entre ellos? ¿Se avergüenzan los hombres de ser como nosotros? Creo, por lo que he visto, que han elegido separarse del resto del mundo, ponerse por encima de todo lo demás que vive, a saber por qué, y usarnos a su antojo. Yo no lo entiendo. Pero bueno, solo soy una bestia sin raciocinio y del todo inútil para los hombres. No me pueden comer, no doy leche ni sirvo para arar. Me asusta pensar que solo por eso sigo libre o viva.

El hombre de la pluma sigue gritando.


Pramagalang el Joven, sus nobles, su séquito y porteadores, algunas bailarinas que siempre lo acompañan, campesinos y pescadores reunidos para la ocasión, todos escuchan con atención al castellano de la pluma en la cabeza, ropilla negra pese al calor y redondeada panza, que, tras carraspear para aclararse la garganta, comienza a leer con voz alta y clara.

> De parte del muy alto y muy poderoso y muy católico defensor de la Iglesia, siempre vencedor y nunca vencido el gran rey don Felipe II de Castilla, Aragón, de Nápoles y las dos Sicilias, de Jerusalén, de las islas y tierras firmes del Mar Océano, soberano de las Indias...

Pramagalang el Joven, como todos los demás, no entiende ni una palabra ni encuentra de especial calidad la declamación, pero reconoce de cuando se lo contó Darma las palabras «las Indias». Mira a su intérprete, asiente abriendo mucho los ojos y señala con el dedo sonriente, «las Indias, las Indias», repite. Darma también asiente, pero con gesto preocupado. Siguen escuchando.

> ... tomador de las gentes bárbaras y espada de la fe, yo, Fernando de Encinas, su criado, mensajero y capitán, los notifico y les hago saber como mejor puedo con este Requerimiento.

Pramagalang el Joven y sus nobles más cercanos miran inquisitivos a Darma y este va traduciendo.

—Acaba de enumerar todos los títulos de su rey, tantos que parecieran no caber en el mundo y ahora nos anuncia que...

> Que Dios Nuestro Señor, único y eterno, creó el cielo y la tierra, un hombre y una mujer de quienes nosotros y vosotros fueron y son descendientes y procreados y todos los de después de nosotros vinieron, más la muchedumbre de la generación y de esto ha sucedido de cinco mil y más años que el mundo fue creado, fue necesario que unos hombres fuesen de una parte y otros fuesen por otra y se dividiesen por muchos reinos y provincias de que una sola no se podrían sostener ni

conservar. De todas estas gentes Nuestro Señor dio cargo a uno que fue llamado san Pedro, para que de todos los hombres del mundo fuese señor y superior, a quien todos obedeciesen y fuese cabeza de todo lo humano, donde quiera que los hombres estuviesen y viviesen en cualquier ley, secta o creencia, pidiéndole a todo el mundo por su reino, señorío y jurisdicción, y como quiera que le mandó propusiese su silla en Roma como el lugar más aparejado para regir el mundo, también le permitió que pudiese estar y poner su silla en cualquier otra parte del mundo, y juzgar, y gobernar a toda la gente, cristianos, moros, judíos, gentiles y de cualquier otra secta o creencia, a este llamaron «papa», que significa admirable, mayor, padre y guardador. A este san Pedro obedecieron y tomaron por señor, rey y superior del universo, los que en aquel tiempo vivían y asimismo han tenido todos los otros que después de él fueran al pontificado elegido y así se ha continuado hasta ahora y así se continuará hasta que el mundo se acabe. Uno de los pontífices pasados que en lugar de este mundo hizo donación de estas islas y tierras firmes del Mar Océano, a los ricos rey y reinas y a los sucesores en estos reinos, con todo lo que en ellas hay...

—Darma, ¿qué?

—Es confuso, mi rey, yo no lo había oído antes pero creo que esto que han leído es una cosa que me contó el capitán en Tidore, algo llamado «Requerimiento», y que se supone que los conquistadores leen a los indios en todas partes, algunos en latín, que es lengua que ni muchos de los mismos castellanos entienden, o desde el barco, antes de acuchillarlos. Una especie de formalidad legal.

Pramagalang el Joven arruga aún más su vieja cara y con un gesto de la mano indica a Darma que siga traduciendo.

—Dice algo de que su dios le regaló el mundo a un tal papa, que es jefe de los cristianos, y que este se lo regaló a su vez a sus reyes, con toda la gente que pueda haber dentro...

—Pero eso es absurdo. ¿Dónde vive ese papa y quién es para regalar tierras y gentes que ni conoce? ¿Y cómo pretenden que entendamos lo que dice? Aquí, porque da la casualidad de que estás tú, buen Darma, que si no...

—Ya, señor. Ya os digo que es gente muy rara.

Por ende, como mejor puedo os ruego y requiero que entendáis bien lo que he dicho, y toméis para entenderlo y deliberar sobre ello el tiempo que fuere justo y reconozcáis a la Iglesia por señora y superiora del universo mundo y al sumo pontífice llamado papa en su nombre y al rey nuestro señor en su lugar como superiores y señor y rey de esta isla por virtud de la dicha donación...

Darma sigue traduciendo y le explica a su rey.

—Ahora, según ellos con muy buenas maneras, los castellanos nos piden que aceptemos a su papa y a su rey como señores nuestros y de esta isla.

Pramagalang el Joven no sale de su asombro y ya no parece divertido, sino un tanto enojado.

—Pero..., pero... ¿Y yo? ¿Cómo van a ser señores nuestros estas gentes que nunca hemos visto? ¿Con qué derecho?

La indignación recorre las filas de su séquito. Alguien pide decapitar a estos extranjeros insolentes de una vez. El rey ordena silencio con un gesto. Escuchan.

Si así lo hicieres te ha de ir bien y aquello a que estás obligado, y su alteza en su nombre los recibirán con todo amor y caridad, os dejarán vuestras mujeres, hijos y haciendas libres, sin servidumbre...

Darma traduce.

—Que si hacemos lo que nos piden nos irá bien y no nos robarán ni esclavizarán a nuestras mujeres e hijos.

—¿En serio?

—Yo no los veo reírse, mi rey.

Si no lo hicieres o en ello dilación maliciosamente pusieres, os certifico que con la ayuda de Dios entraré poderosamente contra vosotros y os haré guerra por todas las partes y maneras que tuviere y sujetaré al yugo y obediencias de la Iglesia y de Sus Altezas y tomaré vuestras personas y las de vuestras mujeres e hijos y los haré esclavos y como tales los venderé y dispondré de ellos como Su Alteza mandare, y os tomaré vuestros bienes, y os haré todos los males y daños que pudiere como a vasallos que no obedecen...

Darma traduce.

—Pues que si no obedecemos nos harán la guerra, nos esclavizarán y tomarán todas nuestras cosas y haciendas.

Pramagalang el Joven resopla incrédulo y le cuesta aplacar los ánimos a su alrededor.

El escribano sigue leyendo.

... las muertes y daños que de ellos se registraren serán a culpa vuestra y no de Sus Altezas ni mía, ni de estos caballeros que conmigo vinieron y de como lo digo, requiero, pido al presente escribano que me lo dé como testimonio firmado y a los presentes ruego que de ello sean testigos.

Darma, que lo traduce a los cada vez más indignados pawuenses, les confirma que, si no obedecen y los matan, según los castellanos, es culpa suya. Pramagalang, pensativo, se pellizca la barba rala mientras ve al hombrecillo de la pluma blanca volver apresurado entre los suyos y esconderse en la última fila. Y toma una decisión.

Yo, don Fernando de Encinas, hidalgo, cristiano viejo y capitán de guerra de lo que queda de esta jornada de descubierta y conquista más allá de las islas del Maluco, ¡voto a Dios que maldita!, repaso con la vista a la tropa. Tengo veintiún soldados, la mayoría enfermos, una mujer corajuda y sana como un roble, un escribano panzón, tembloroso, y un fraile enjuto que por la paz de su rostro quizá esté deseoso de un martirio que lo acerque a la santidad. Rodrigo me mira con fijeza y, esto puede que lo añada yo de mi cosecha, un puntillo de desdén. Él siempre parece tan seguro de sí. Los hombres que no dudan son peligrosos para los demás. Yo dudo demasiado y eso es peligroso para mí. Y para María. No puedo olvidar que estos mismos hombres me vieron perder la cabeza hace poco en el galeón.

—¿Alguna orden, Fernando?

—Sí. Los arcabuceros juntos al centro, la gente con picas, espadas y rodelas, en los flancos para protegerlos. Dos líneas de dos al fondo y apretarse.

—¡Ya habéis oído al capitán, perros, en formación antes de que estos indios bujarras se decidan a sacarnos el buche!

María me mira mientras desenvaina la espada y hace brillar la hoja al sol con un par de molinetes para calentar el brazo. Ahora es ella la que sonríe y asiente. Le pediría perdón por arrastrarla a morir en una isla perdida al otro extremo del orbe, pero sé que no me lo permitiría. Hace mucho que decidimos, con el mundo en contra, ser libres para vivir y morir juntos como nos cuadrara. Yo también le sonrío mientras le doy una de mis pistolas.

—María, guarda esa bala para ti.

—¿Tanta prisa tienes por librarte de mí? Te creía feliz. Y la bala, ya decidiré yo en quién mejor emplearla.

Tantos años juntos ya y me sigue sorprendiendo. La amo, y por los clavos de Cristo que lo que yo sé del amor nada tiene que ver con esas zarandajas pastoriles que tanto gustan en poemas y comedias. El amor duele, pero el amor salva… Los indios, Fernando, los indios, que se te va el santo al cielo.

Los indios son muchos más, pero a juzgar por cómo se disponen, por cómo gritan cada uno a su ser y la algarabía que forman, no me parecen tropas bregadas y de andar en muchas guerras. Los señalo con mi espada mientras miro a mis hombres.

—¡Señores soldados, castellanos…!

—Yo soy catalán —interrumpe uno.

—¡Y yo valón, *mon Dieu*! —añade otro.

—*E io sono napoletano!* —se suma otro.

—¡Y yo soy mexica y…!

Basta, pienso, siempre igual desde que salimos de Acapulco. ¡Y que luego haya quien presuma del imperio español! Hinchada ambición y vanagloria. Si de Magallanes para acá es siempre igual. Ya llevó este castellanos de todo el reino, sí, pero también cantidad de portugueses e italianos, un buen puñado de franceses, un par de ingleses, un irlandés, mulatos de África, Brasil y Goa y hasta un esclavo malayo, amén de un gigante patagón que se les murió de pena. No existe tal imperio, tan solo una gavilla de reinos y súbditos penando bajo un mismo rey y… ¡en fin! Engordo la voz.

—¡Señores soldados que combatís bajo las banderas del rey de Castilla y…!

Otra voz pejiguera me ataja.

—Bueno, y de Aragón, ¿no?

—*E anche da Napoli!*

Nada, no hay manera. La verdad es que eso de llamarnos imperio español es más propio de extranjeros que nuestro, para criticarlo se les hace más sencillo que recitar la retahíla de reinos, naciones y señoríos bajo el rey Felipe. Siento que el hartazgo me baja el brazo con que sostengo la espada, que ahora hinca su punta en la arena y parece más un bastón que otra cosa. Respiro, enarco las cejas, los miro uno por uno, no son tantos, demandando silencio y respeto por lo que vamos a afrontar.

Algunos bajan la vista, alguien carraspea, otros se esconden inclinando el ala del sombrero. Por fin silencio. Rodrigo mira al cielo y juraría que hace esfuerzos por no reírse. María abre mucho los ojos y cabecea ligeramente para indicarme que siga. Me pregunto qué estarán pensando los indios, ¡qué vergüenza! Alzo mi hoja y retomo.

—¡Señores… soldados! Hace meses que combatimos juntos y son muchos los hermanos que ya hemos enterrado en islas como estas. O entregado al mar. Que su recuerdo anime nuestros brazos en este nuevo combate, luchemos para honrarlos y por no acabar como ellos. Hombro con hombro y a pie firme, los indios son más, pero nosotros mejores…

No, no somos mejores. Apenas pudimos encontrar en Nueva España tropa veterana o fogueada que se embarcara en esta empresa a los confines del Maluco. Fue difícil alistar gente de calidad, que buscara reputación con las armas en la mano, y la mayoría eran pobretes y campesinos rotos por alguna mala fortuna o escapados del hambre. Hasta algún tornillero, uno de esos pícaros que se alistaban para cobrar la primera paga, huían y se alistaban en otra bandera con otro nombre para volver a cobrar, y a los que en los tercios se solía ahorcar sin más si se los descubría. Rodrigo los caló desde el principio y me dijo resignado que apenas si había algún que otro hidalgo diestro en el ejercicio de las armas como nosotros y que de estos lacayos no cabía esperar proezas. Muchos de los que venían murieron antes de aprender a batirse. A otro que sí se decía hidalgo, el tal Sangiovanni, lo tuve que ejecutar hace meses por conspirador. En fin. Procuro que mi voz resuene clara, firme.

—… ¡Por el rey y por Cristo Nuestro Señor!

—¡Por el rey y por Cristo Nuestro Señor!

Ahora sí todos gritan, el escribano Gómez también, espantando la pestilencia del miedo, salvo María, que me mira segura, y el fraile Medina, que se persigna con beatífica expresión.

Rodrigo cree que es el momento de apuntillar con voz fuerte:

—¡Ea, a luchar por nuestras vidas y recordad que a más indios, más ganancia!

Un sonido de metal recorre la exigua hueste, decidida, no queda otra, a matar o morir. Siento un punto de pena y orgullo por mis hombres.

Y entonces sucede el milagro.

No es Santiago Matamoros en su caballo blanco pero casi.

El cerco de los indios queda silencioso y se abre. Al sonar de unos címbalos, unos como crótalos y flautas, aparece un hombrecillo seguido de músicos y de varias mujeres envueltas en ropas muy coloridas y portando cuencos y anchas hojas llenas de arroz perfumado, pescado asado, frutas y otras delicias.

El emisario se acerca hasta unos pocos pasos y cuando va a abrir la boca, un pequeño trueno suena a nuestras espaldas, desde el mar. Me vuelvo y veo una nubecilla de humo blanco pegada a la banda de babor del San Isidro. Al instante una bala de cañón se entierra en la arena, a un costado, muy lejos de los indios y de nosotros. Gracias a Dios solo habrá matado algún cangrejo, pienso aliviado. El hombrecillo me mira inquisitivo y yo procuro disculparme con un gesto, negando con la cabeza, sonriendo y encogiéndome de hombros. Con otro le pido que espere y me giro hacia Rodrigo.

—¡Sangre de Cristo, ese alunado del capitán Longoria va a conseguir que nos maten a todos! Rodrigo, hacedle señas de que no dispare más y tan mal, que a nadie aprovecha, y envía un bote de vuelta con solo cuatro hombres. ¡Que esté listo para partir, pero que no haga nada hasta nueva orden! —Luego añado en voz más baja—: Mira sus armas, estas gentes no van a asustarse con la pólvora.

Rodrigo asiente. Regreso con una sonrisa franca junto al mensajero y lo invito, con otro gesto de mi mano libre, a que continúe. Para sorpresa de todos, el hombrecillo rompe a hablar en un castellano más que bueno.

—Hola, castellanos —saluda alzando una mano. Luego me mira, clavándome sus pupilas negras—. ¿Vos sois el capitán de estas gentes?

—Así es. Tengo ese honor. Soy don Fernando de Encinas. ¿Y vuesa merced es?

—Darma, natural de esta isla y súbdito del rey Pramagalang el Joven, señor de Pawu.

—¿Pawu?

—Esta isla se llama Pawu, castellano.

—Ya.

—El caso es que nuestro rey os invita a bajar las armas y acompañarnos en paz, como invitados, a su capital y palacio. Donde podréis descansar y reponeros de tanta fatiga como es ir descubriendo para el vuestro.

—¿El nuestro?

—Vuestro rey.

—Ah, claro.

—Yo, como veis, hablo vuestra lengua y os serviré de intérprete. Mi señor, Pramagalang el Joven, siente mucha curiosidad por vuesas mercedes. Mi señor ya está de camino a su palacio por mejor proveer para vuestro recibimiento.

Rodrigo me mira al oír esto. Seguro que piensa que así hizo Moctezuma con Cortés y que a la ocasión la pintan calva.

Ahora el hombrecillo, Darma, ordena con un gesto que las mujeres nos alcancen la comida y bebidas que traen, y estas nos ofrecen todo entre reverencias. Los hombres miran las viandas con desconfianza, no sea que nos quieran envenenar. Cuando trago saliva y me dispongo a probar un bocado de arroz, veo que María ya anda, tras cambiar risitas y mohines con un par de muchachas, metiéndose una bola con los dedos en la boca y masticando. Traga, nos mira a todos y sonríe.

—Está bueno.

Los hombres quieren creer que todo está bien, ni esperan a ver si el veneno tarda en actuar y aceptan entre risas y procacidades los alimentos. Ya perdimos en otras islas a varios cuando otros indios nos ofrecieron pescados alimentados con ciguatera, que es un alga venenosa que nada le hace al pescado, pero mata a quien lo come. ¡Al diablo! Yo también como, más por irme con María si este es el caso que por verdadera hambre. La tengo, todos la tenemos, pero siempre sigo la norma de entrar en batalla con las tripas vacías. Sí, está bueno. El arroz está perfumado con canela. Miro al tal Darma con agrado. Él sigue serio, no oculta que no le gustamos.

—Estaremos felices de acompañaros a conocer a vuestro joven monarca.

—No es joven —me corta—. Pramagalang el Joven es un anciano venerable. Seguidme.


Los hombres se van. Forman líneas como hormigas. Los que se bajaron de la gran nuez y los que chillaban y se agitaban como monos listos para la pelea ahora caminan juntos en silencio al paso que les marca una musiquilla que, a diferencia de la de los pájaros, el viento entre las ramas o el agua en los arroyos, ellos crean soplando y golpeando cosas. La música es muy extraña, pero no deja de ser bonita, así que decido salir de mi escondite y seguirlos desde lejos. Pero nada más mostrarme, los hombres se detienen. Los de la gran nuez, que son fácilmente distinguibles de los de la isla, exclaman «¡ah!» y «¡oh!», abriendo mucho bocas y ojos. Esto parece divertir a los locales, que me señalan y gritan «¡badaq, badaq!», que así nos llaman. Para ellos no soy una novedad, así que vociferan y mueven mucho los brazos para espantarme. Decido darme la vuelta y esconderme de nuevo. Hormigas, sí, los hombres son laboriosos y agresivos como las hormigas rojas, y gustan de hacinarse como ellas. ¡Bah, los *badaqs* somos más de correr libres por las grandes junglas, en busca de brotes nuevos y tiernos, o aparearnos para continuar nuestros linajes! No entiendo qué atractivo le pueden encontrar estos monos sin pelo a tanta promiscuidad, a vivir unos encima de otros. El orden que parecen buscar, imponerse, no existe, y lo que para ellos tiene sentido es puro desorden para mí. Sí, si no fuera una hembra de rinoceronte incapaz de teorizar sobre estas cosas, diría que el hombre con sus extrañas acciones destruye el fértil desorden del mundo. Al apartarse de él, como cuando tala la jungla o la quema para sembrar, lo empobrece. Toda la complejidad de vida, de árboles, insectos y animales sustituida por campos iguales de pequeñas plantas idénticas. Me imagino un mundo cubierto por completo de sus campos anodinos, y creo que sería la muerte para la mayoría de nosotros. Yo veo más orden en la diversidad de esa jungla arrancada que en esas hileras monótonas que siembran para alimentarse. Me pregunto si no es el arroz el que ha domado a los hombres de esta isla, pues queman y arrancan cualquier cosa para darle sitio, tuercen ríos para mejor inundar donde lo cultivan y recogen afanosos las boñigas de sus animales para mejor abonarlo. Yo diría que es el arroz el que los planta y ordena a ellos. ¡Pero qué sabré yo de estas cosas!

Bueno, ya llevo mucho rato entretenida. Aquí ya he meado y pateado mis cacas, y si los hombres se van hacia sus hormigueros, sus guaridas que huelen a humo desde lejos, lo mejor es que yo me vaya en dirección contraria. Hacia allí hay agua fresca, sombra y tallos… Una mariposa se me posa en el morro. Es preciosa y tiene en las alas dibujos y colores complejos y hermosísimos, que despliega para mí con un aleteo corto. Es su lenguaje, así se comunican entre ellas, se cuentan dónde encontrar néctar y polen, dónde anidar sus huevos para alejar sus larvas y orugas de los pájaros. Sigo divertida a la mariposa durante un trecho. A mi alrededor no faltan las distracciones. Ha sido marcharse los hombres, con sus ruidos y olores, alejarme en la otra dirección, y la naturaleza ha retomado su curso: pájaros de colores vuelan en bandadas irisadas, alciones más azules que el cielo, una serpiente sisea y se mete en el follaje, un grupo de ciervos cruza saltando y desaparece. La vida, agitada por la novedad, ha vuelto tras la irrupción humana con una actividad impropia de las normalmente perezosas horas en las que el sol quema y los animales dormimos. Como estoy cerca de la costa atravieso una zona de mangles y veo a los cocodrilos, todos bajo el agua salvo los ojos, mirando sin parpadear mientras esperan que la corriente les lleve algún pescado a la boca. Me acerco a la orilla, bebo para un buen rato. Más allá una leoparda cruza un claro llevando en las fauces, severa y tierna a la vez, a un cachorro desobediente, mientras otros dos tratan de alargar el tranco para no rezagarse entre la hierba alta y tupida. Cuando entro de nuevo en la selva veo a una orangutana amamantando a su cría y más arriba a unas hembras de macaco cargando sobre el lomo a sus monitos, que se aferran a su cuello mientras ellas saltan de rama en rama en busca de fruta madura. Un dragón sisea y se marcha con paso lento. Del río llega el rugido saciado de un tigre, debe haber arrastrado alguna presa al agua para ahogarla y comérsela. Aquí los tigres son muy buenos nadadores. Vuelvo a pensar, asustada, dónde y cómo podríamos vivir si la isla se cubriera por los sembrados y las colmenas de los hombres.

Si sabes oír, oler, la vida es ahora un continuo que lo ocupa todo. Al amanecer la selva exhala el frescor húmedo de la noche en bocanadas de niebla, que luego el sol va deshaciendo en jirones. Es la respiración del bosque, de la tierra y sus criaturas. Siento como si todos fuéramos una sola gran vida, entretejida y desdoblada en muchos cuerpos, en pieles peludas, coriáceas, cubiertas de plumas o de escamas. Una única gran vida que nace, muere y se renueva a cada instante, y de pronto me siento una feliz parte de ella.

Sí, pese a ser de día, tanto la selva como yo somos más de vivir por la noche, la marcha de los hombres ha reanudado el jolgorio de la vida. Que, ahora, poco a poco, como si recobrara el pulso normal, se va aplacando hasta el frescor de la noche. Van menguando graznidos, trinos, chillidos y rugidos. Me doy cuenta de que tengo hambre y sueño. Yo, a estas horas del día, suelo dormitar en algún lugar fresco del bosque. Meo otra vez, asperjando de orines, y amplío espacio a mi alrededor. En esas gotas va todo lo que un macho necesita saber de mí: edad, salud y disposición. Pienso que, quizá, los hombres mean poco y mal, y por eso necesitan comunicarse con tantos ruidos como salen de sus gargantas. Eso explicaría también su mala sangre, su agresividad.

Este lugar parece fresco y mullido, hay más agua cerca. Un buen sitio donde echarme a dormir hasta que el sol se oculte. Doblo mis patas y uso mi cuerpo para mullir las plantas debajo de mí. Se me cierran los párpados. ¿Palabras? Los *badaqs* hablamos con resoplidos como llamadas de trompeta, con estornudos. Incluso chillamos si tenemos miedo, pero no tenemos palabras.

No como los hombres.

Me peo.

*¿Badaq?* ¿Por qué nos llamarán así?

Me duermo...


Pramagalang el Joven está rodeado de sus nobles y el capitán de su guardia, el habitual cupo de músicos y bailarinas y, por supuesto, Darma, el único en toda Pawu que puede explicarle las extrañas conductas de los llamados «castellanos». Hay un silencio tenso, una espera que se rompe con la entrada de un sirviente que se arrodilla ante su rey e informa.

—Mi señor, conforme a vuestras órdenes, los castellanos ya están alojados en diferentes casas según su importancia, la cual nos indicó el buen Darma. Todos están recibiendo alimentos frescos, atenciones y una vigilancia discreta. Parecen contentos, pero no se separan de sus armas. También, de acuerdo con lo indicado, quedaron en vuestra casa el capitán de todos ellos, la mujer de la que no se aparta, su lugarteniente y su sacerdote. Todos comieron.

—Bien, Pragut, trae a mi presencia al capitán. Solo a él. Luego iré viendo a los demás. Darma, tú traducirás sus palabras y las nuestras.

Darma asiente.

Pragut, el sirviente, se retira y Pramagalang el Joven suspira. Ahora se dirige al jefe de su guardia.

—¿Qué pudisteis ver en ellos durante su marcha con vosotros hasta nuestra capital?

—Mi rey, que son disciplinados, que sus armas son buenas, pero nada que no hayamos visto antes. Son pocos pero arrogantes, en especial el lugarteniente...

—Don Rodrigo Nuño se llama —interviene Darma.

—Están débiles y al parecer solo hay otro puñado en el galeón. Los vigías no han visto nuevas velas en el mar. Están solos y podríamos acabarlos sin problemas.

Un murmullo de aprobación recorre a los presentes. Pramagalang el Joven lo corta negando con la cabeza.

—Habrá tiempo para ello si lo juzgo necesario. ¿No os resultan curiosos? ¿Y esa extravagancia de leernos algo que no entendemos para que renunciemos a todo lo que conocemos, a nuestra historia, la de nuestros ancestros, y nos entreguemos a su rey? No, ya habrá tiempo de matar y morir. Pero antes tomemos la oportunidad de aprender.

Ahora los elogios a la sabiduría del anciano rey brotan de los presentes.

—Darma, algo, algún detalle que te llamase mucho la atención.

—No sé, mi señor, me parecieron en todo similares a los que me esclavizaron en Tidore. Gente tosca y poca amiga de la higiene, ya os dije.

—Y poco observadora —interviene uno de sus notables—. Vimos a lo lejos una *badaq*, le gritamos y la señalamos, pero ellos al principio no alcanzaron a verla. Les costó. Más bien, los muy tontos, se asustaron de nuestros gritos. Fue divertido.

—No es torpeza. Los hombres a veces no podemos ver lo que no conocemos —sanciona Pramagalang el Joven con severidad—. Quizá no entendían lo que veían.

El soberano de Pawu, una isla sin especias al borde del Maluco, un rey sin más enemigos que los propios campesinos levantiscos que cada tanto tiene que aplastar, un país donde conviven sin grandes problemas y contradicciones el panteísmo de los antiguos, el budismo y el culto mahometano, se queda pensativo unos instantes, mira la luna que ya brilla sobre el mar y la selva, y por fin ordena:

—Traed a mi presencia al capitán castellano.


—Fernando, yo digo que los matemos.

—Pero Rodrigo, somos un puñado y ellos cientos, quién sabe si miles en la isla.

—Agarremos al viejo rey y que él nos sirva de escudo ante su pueblo. Como hicieron Cortés en Tenochtitlan y Pizarro con el Inca. Son salvajes.

—Sabía que dirías algo así, Rodrigo. ¡Siempre con Cortés y Pizarro en la boca! Lástima que no esperasen a que nacieras para sus conquistas. ¿Has visto sus armas? Son de acero como las nuestras. Y tienen mosquetes. No llevan macanas ni hojas quebradizas de obsidiana. Y visten ropas bien cortadas.

María asiente y añade:

—No parecen ricos, al menos los que hemos visto. Pero no los vamos a asombrar con espejitos, latones y cuentas de cristal.

Al oír esto el padre Guillermo se sonríe y habla sin interrumpir sus piadosas lecturas.

—Más nos vale confiar en la bondad de estas gentes, pues en paz nos han acogido y alimentado, que en acrecentar su codicia con las míseras mercaderías que quedan en nuestro barco.

Rodrigo Nuño, tumbado en una esterilla y con la cabeza sobre una reposera de madera labrada, resopla y sigue sacando filo a su daga con una piedra de amolar.

—¿Bondad decís, fraile? —se burla ahora Rodrigo—. Más gentes han muerto por fiar en bondades ajenas que por todas las pestes y plagas de Adán y Eva para acá.

Ahora sí fray Guillermo levanta la vista de su biblia Vulgata, de esas que la Inquisición prohíbe pues si cualquiera pudiera leerlas para qué servirían los curas y sus latinajos, y mira con curiosa preocupación a Nuño.

—Se me hace difícil entender que alguien pueda afilar tanto y tan bien y tener embotado el entendimiento.

Rodrigo ríe socarrón.

—Mi vida, y por Dios que la vuestra también, depende de este y otros filos y del coraje para usarlos. No os sobréis conmigo, fraile, que a mí se me da una higa despachar curas o herejes.

—Lo sé, hijo, lo sé. Y también que sentís un aborrecible orgullo por tan reprobable inclinación al asesinato de vuestros semejantes.

—¡Haya paz! —tercia Fernando de Encinas, a quien la bella María Guevara espulga las barbas, quemando luego las liendres en una lamparita de aceite que tiene a sus pies—. Bastantes enemigos tenemos alrededor como para pelear entre nosotros, ¿no?

Se hace el silencio entre los dos soldados, la mujer y el fraile, todos sentados o recostados en el suelo sobre esterillas de palma trenzada, en una amplia y ventilada estancia del palacio de madera y bambú de Pramagalang el Joven, en una isla en el borde de las cartas de navegación y del mundo conocido, a miles de leguas de Castilla o de Nueva España, incluso de las Filipinas. Por unos instantes, sobre el crepitar de la selva por la noche, solo se oye la piedra resbalar sobre el filo de la daga y el reventar de las liendres en la llamita.

—¿Y qué dice la capitana? Como tal se portó durante tus desmayos —insiste burlón Rodrigo—. ¿Qué, damos batalla a estos infieles o levantamos el índice, soltamos *Ley la y la la Mahomet resurala* y nos hacemos moros también? Si estas gentes son mahometanos, doña María bien podría…

Fernando hace ademán de intervenir, pero María tira con fuerza de una liendre de su barba para detenerlo. Le hace daño y cuando tiene su atención lo mira con fijeza. Fernando resopla y asiente, calla.

—Rodrigo, tienes suerte de que no venga yo por capitana —contesta seria María mientras chasquea una liendre entre sus uñas.

—¿También en guerra con las mujeres, Rodrigo? —dice fray Guillermo Medina y sonríe beatífico mientras cierra su biblia.

Rodrigo observa el filo de la daga y responde sin mirar a nadie:

—¿Yo? ¡Por los clavos de Cristo que no! Siempre he sido gentil por demás con ellas, pagué bien a las putas y a ninguna asenté la mano que no lo mereciera, pues siempre me pareció cosa ruin y de rufián pegarle a una mujer. Si de aliviar los humores se trata, solo hay que ceñir la espada, embozarse y salir a mirar a los ojos a tanto valentón y tanto jaque como hay, que no faltará riña a quien la procura. O si uno va sobrado de genio, nada como alistarse en las guerras del rey, ¿verdad, Fernando?

Fernando de Encinas está decidido a no discutir con Rodrigo. Lo necesito, piensa. Al menos mientras averiguo qué nos reserva el rey de esta isla y si tenemos alguna posibilidad de librar con vida esta nueva etapa de lo que ha sido un viaje maldito desde el principio. Nunca debí aceptar la encomienda de esta empresa, nunca tuvo un propósito claro. Y jamás debí aceptar que Rodrigo, tras tantos años sin vernos, sentara plaza en ella. ¿Acaso no lo conocía? Quince años teníamos en 1567, cuando, madrileños ambos y crecidos en la misma parroquia, nos alistamos como soldados a las órdenes del marqués de Mondéjar contra los moriscos de las Alpujarras. Dos jóvenes hidalgos, de sangre cristiana vieja, sin mezcla de moros o judíos ni sambenitos familiares colgando en ninguna iglesia, pero de linajes con glorias tan lejanas que no alcanzaban para vivir de ellas y sin sitio en sus arruinadas casas, con tantas ansias de hazañas y honores como hambre en las tripas. Y en Rodrigo Nuño, con el agravante de ser descendiente de un hidalgo de bragueta, uno de esos que consiguieron la carta de hidalguía por ser padres de al menos doce hijos y repoblar los vacíos dominios del rey. Se sentía corrido por eso, que juzgaba menos honroso que ser noble por los crímenes y cabalgadas de los ancestros, y trataba de enjuagarlo mostrándose más fiero y altivo que ningún otro con noblezas más antiguas. No queríamos ser de esos hidalgos que abundaban en la corte, que se embozaban hasta la nariz para hacer recados, visitas y peticiones, porque los demás no los reconocieran y vieran que no tenían ni un mal criado a su servicio. Y vimos nuestra fortuna en aquel feo asunto de las Alpujarras, una guerra sucia sin grandes batallas contra esos moriscos que eran los siervos en las tierras de los grandes señores y que se levantaron contra ellos y contra los abusos de los curas. Conversos de buena fe o a la fuerza, no fueron pocos los escritos de los moriscos al arzobispo de Granada, quejándose a monseñor de algunos curas que no perdían la ocasión de insultarlos en cada oficio, y de que les nacían muchos hijos de piel, pelos y ojos claros donde algunos oficiaban, para vergüenza de todos en esas partes. Cierto que muchos eran tan mahometanos en secreto como un pirata argelino, que practicaban en privado la *sala* y retajaban a los niños, pero también que eran los naturales de aquellas tierras desde generaciones, no invasores extranjeros, y que desde que cayó el último rey moro en tiempos de Isabel y Fernando se les prometió respetar sus usos y costumbres a cambio de convertirse, que de ahí les viene el nombre de moriscos o medio moros. Aquellas escaramuzas entre quebradas en sus miserables aldeas empezaron cuando se les prohibió vestir según sus costumbres, cuando se cerraron y asolaron las casas donde hacían sus misas, cuando se les vetó el uso de los baños públicos donde también se reunían o expresarse en la lengua mora que les era propia. Todo por intimidarlos y extirpar la fe que profesaban. Muchos tomaron las armas y se echaron al monte. En la Navidad de 1568, bandas de bandidos moriscos, los monfíes se llamaban, atacaron el Albaicín de Granada y, entonces sí, la carnicería perdió cualquier freno. Los moriscos asesinaban cristianos y sacerdotes en las Alpujarras y nosotros moriscos donde los topásemos. Una orgía de sangre caliente, oscura, que escurría derritiendo la nieve por las barrancas, caminos, pasos y quebradas del laberinto helado de aquellas sierras. El horror de marchar dormidos, luchar dormidos, pero no poder dormir cuando nos daban un respiro. De tener siempre el hambre rompiéndote las tripas, la sed ardiéndote en la garganta por más nieve que metieras en el buche. En aquellos nevados aprendí que puede hacer frío en el infierno.

Rodrigo, por contra, estaba feliz, decía que por fin andábamos de soldados en una guerra y no de corchetes y alguaciles de unos moros miserables. «¡A más moros, más despojos!», gritaba entonces, como lo hace ahora con estos indios.

El rey Felipe II, que Dios guarde, nos concedió campo franco sobre los moriscos, así que podíamos matar, saquear y esclavizar a voluntad. Se violaba a sus mujeres y niñas por, decían algunos, llenarles las barrigas de cristianos y hacer sufrir a sus hombres huidos entre las cumbres. Claro que los moriscos también asesinaban, torturaban y vendían a cualquier prisionero que nos tomasen como esclavo a los piratas de Berbería a cambio de armas. Un hombre por un trabuco, decían.

Con don Juan de Austria al mando la carnicería se recrudeció. También llegaron algunos capitanes regresados de las Indias y que trajeron los modos salvajes de guerrear de allá, pues decían riendo que estos moriscos eran herejes aún peores que los indios y, por fortuna, no tenían un De las Casas que los defendiera. Muchos gustaban de usar enormes perros de guerra contra ellos que, una vez los mordían en irrompible presa, los meneaban tanto y tan recio que acababan por descoyuntarles todos los huesos. También despeñaban niños o los estrellaban contra las rocas para, eso sí, irse luego muy tranquilos a comulgar.

Tras dos meses de asedio masacramos una aldea, de nombre Galera, en la falda de la abrupta sierra de Serón. Entramos a sangre y fuego en cada una de sus casas cueva. Para entonces estaba bien asentado entre los cristianos el miedo a que, por llamarlos en su ayuda, los moriscos facilitaran la entrada de los turcos en nuestros reinos. La gente andaba muy nerviosa, asustada, y eso convirtió las escaramuzas anteriores en una guerra atroz y de exterminio entre aldeas miserables y picos helados. En Galera, temblando contra un muro quemado, al fondo de una cueva en las que allí habitan y rodeada de los cadáveres de su familia, callada y con los ojos anegados en lágrimas, conocí a María. Una niña aún a los ojos del muchacho de dieciocho que ya era. Trece años tenía ella. Tres soldados de mi compañía se disponían a violarla cuando Rodrigo y yo los detuvimos. Yo, ahíto de tanto horror; Rodrigo por su curiosa lealtad a mi amistad y a la violencia, que nada se le daba el destino de esa cría. «¿De veras te gusta?», me preguntó extrañado, encogiéndose de hombros cuando asentí. Golosos ya con su crimen planeado, cambiamos palabras, juramentos y ¡a fe mías! con los tres garañones. Rodrigo y yo los acabamos con un par de estocadas y pistoletazos. María y yo nunca nos separamos desde entonces. María. Mi María. Un solo momento, siquiera un solo momento de nobleza en mi perra vida me aseguró tu cariño de por vida.

Pronto llegaron las rendiciones de pueblos y sierras enteras. Sin el apoyo de los locales, las tropas levantadas en las montañas no aguantaron mucho. Así que nuestras siguientes glorias militares fueron expulsar a aquellas gentes de las tierras en las que habían vivido desde siempre, a servir como esclavos en otras partes de Castilla y Aragón. Escoltamos largas filas de hombres, ancianos, mujeres y niños, todos encadenados, a través de la Mancha, pues el rey se trajo hasta doce mil familias gallegas, asturianas y castellanas para repoblar las aldeas y montañas. En esos días muchos capitanes y señores que venían con don Juan discutían muy a lo vivo qué hacer con tanto morisco.

—¿La solución? Habría que expulsarlos para siempre, como bien hicieron los Reyes Católicos, que en gloria estén, con los perros judíos, que por ese hecho solo se ganaron los monarcas su santo nombre —decía uno.

—¿A qué perder tantos siervos? —se burlaba otro, don Ruy de Lasso, conde de los Castillejos, un joven noble al que salvamos la vida y entró para siempre en las nuestras—. ¿Quién labrará las tierras? ¿Quién nos hará los zapatos? ¿A quién odiarán nuestros pobres si echamos a estos miserables?

Yo, a diferencia de Rodrigo, piensa Fernando, nunca participé de estas discusiones. Había algo en el silencio inquebrantable de María, en su mirada fija y triste, que ya resonaba en mi interior como una orden de decencia, como una demanda de justicia.

Luego combatimos en muchas otras guerras, Rodrigo, y un día te marchaste.

Cuánto me sorprendió verte de nuevo en Madrid, el soldado orgulloso que eras vuelto un sicario al servicio de don Ruy, devenido con los años en noble jugador y florista, tu habilidad con la espada dedicada ahora a cuadrar sus deudas y ofensas. El de Lasso, uno de los grandes señores que financian este viaje sin sentido. Pero bien mirado, que estemos aquí no deja de ser el capricho y la apuesta de gente jugadora con demasiado dinero.

—¡Por mi fe que nunca entendí a los que gustáis de llevaros a la mujer a la guerra, Fernando, que eso es vivir una guerra dentro de otra y negarse el descanso! —Rodrigo no renuncia a una última pulla mientras se recuesta. Nadie le contesta—. En cualquier caso, viejo amigo, me alegra verte con sesos y vigor recobrados.

Es de noche y la brisa suave que recorre la sala sin paredes de su cárcel, por ahora amable, apacigua un tanto los ánimos. Fray Guillermo sigue leyendo a la luz de una lamparilla de aceite perfumado. Rodrigo tiene la mirada fija en el techo mientras la afilada daga reposa en su estómago. María ahora juega con el pelo de Fernando, la cabeza en su regazo. Él mira una luna enorme mientras lo hace y, por un momento, es feliz.

María Guevara, antes Maryam Abassum, su morisca. ¿Ni en el fin del mundo ha de faltar quien la insulte? Sí, fue un error aceptar a Rodrigo y sus rencores antiguos en esta jornada malhadada a los márgenes del mundo. Debió negarse a que viniera, aunque en verdad no cree que hubiera servido de nada.

Al menos el arroz le ha asentado las tripas.

Es entonces cuando llega Darma seguido de varios sirvientes y, tras saludar juntando las manos y agachar un tanto la cabeza, les habla.

—Castellanos, el gran rey de Pawu, Pramagalang el Joven, quiere hablar con cada uno de vosotros y os irá recibiendo de uno en uno. Tendrá así la deferencia de dedicar parte de su preciado tiempo y atención a escuchar lo que tengáis que decir. Pero antes os bañaréis en agua muy caliente junto con plantas y raíces que acabarán con las chinches, piojos y liendres que os habitan felices. Vuestras ropas también serán hervidas antes de devolvéroslas. Lo mismo se está haciendo con todos vuestros hombres alojados entre nosotros. Tanto ellos como vosotros sois libres de caminar por donde queráis. A los del barco se les ha llevado agua dulce, alimentos frescos, frutas y cocciones que los recompongan, pero tienen orden de no desembarcar bajo pena de muerte. Se os darán ropas limpias para las audiencias.

Asienten. Un sirviente se coloca ante cada uno de ellos y con una reverencia los invita a seguirlo. Fernando mira a María y ella lo tranquiliza con un gesto.

—Ve —le dice.

Darma se va. Y Fernando ve a sus compañeros perderse por los caminitos llenos de vegetación de aquel palacio de bambú, madera y sedas. Mira al cielo, lleno de estrellas, y aspira la fragancia de flores desconocidas.

Un buen sitio para morir, piensa, ¡sea yo o sean mis piojos!


Ya es de noche.

Me despiertan los juegos de unos macacos arriba, en lo más alto de las copas de los árboles. Son escandalosos porque se sienten seguros allá en lo alto. Esas ramas finas no aguantarían el peso de ninguno de sus depredadores, así que ahí enseñan a sus crías a dar sus primeros saltos. Y bajo ellos hay tantas y tan trenzados tallos que, de caerse algunos, siempre encontrarán a qué agarrarse antes de chafarse contra el suelo. Son muy divertidos.

Me incorporo, meo. Agito un poco mi cuerpo y las patas para desentumecerme. A mi alrededor, la selva chilla, ruge, sisea, zumba, cruje. Se mueve, toda ella, como un enorme ser vivo. Siento el recolocarse de las hojas tras la búsqueda del sol cambiante durante el día, anudarse las lianas y las pangas, el cerrarse de unas flores para proteger su polen y el abrirse de otras. Noto subir por mis patas el rumor sordo del cuidado que, bajo el suelo y a través de sus tupidas raíces, unos árboles dispensan a un pariente enfermo, inundando las suyas de agua y de nutrientes. Siento todo eso y me siento feliz de ser parte de ello.

Decido ir a una charca cercana, a beber y a revolcarme en el barro un buen rato. Estará muy bonita y concurrida esta noche de luna casi llena. ¿Quién sabe si no encontraré allí a otros como yo, a un macho joven y fuerte?

*Badaq.* No puedo quitarme ese nombre de la cabeza. La verdad es que no suena mal. ¡Hola, soy *badaq*! Una *badaq*... Mientras camino, juego a presentarme así a un posible pretendiente. Claro que él sería también un *badaq*, así que la presentación es redundante. Ansío con todo mi cuerpo ese encuentro que se resolverá en más vida y empiezo a preguntarme por qué no se da. A mi alrededor todos se aparean. En fin.

Camino de la charca atravieso un claro y, de pronto, siento que he entrado en un lugar de silencio, de vida suspensa. Huelo algo muerto, oigo algo minúsculo alimentarse de los despojos, roerlo con miles de pequeñas bocas. Avanzo hacia esa no vida que da vida a tantas otras criaturas, y con cada paso modero mis bufidos, noto que mi corpachón se llena de una tristeza profunda, de apenada reverencia a quien ya no es.

Al fin, relucientes a la luz de la luna, brillantes y desnudos de carne, órganos y pellejo por una procesión histérica de hormigas, gusanos y demás insectos, descubro los huesos blancos de uno como yo, de un macho al que ya nunca podré presentarme con un alegre «¡hola, soy *badaq*! ¡Y tú también! ¿Lo sabías?». Por el tamaño de la calavera y el grosor de los huesos era un macho grande pero no viejo. ¡Un macho! Y yo buscando uno sin parar. ¿De qué habrá muerto en este claro? No ha caído en un hoyo, ni se ha despeñado o ahogado. Es extraño. Olfateo, respetuosa, buscando respuestas. Algo lo trajo, o lo sorprendió aquí, y lo mató. No huele a enfermedad. Estaba sano, los huesos fuertes y llenos de tuétano aún. Lo que más me llama la atención es ver que le faltan sus dos cuernos. No están rotos, no. Es como si algo los hubiera cortado limpiamente, dejando en su lugar dos muñones planos. Es muy extraño, sí. ¿Y si lo mataron por sus cuernos? Desecho la idea por absurda, ¿para qué necesitaría un animal los cuernos de otro? ¿Quién podría querer llevarse los cuernos de un animal muerto y dejar pudriéndose lo demás? ¿Para qué los querrían?

Piso despacio alrededor de la osamenta, la rozo varias veces con el morro, con delicadeza. Siento pena. Los animales sentimos la muerte de los nuestros, claro que sí.

No hace ni dos lunas, vi cómo una macaca sostenía el cuerpo de su cría sin vida. Sus familiares y amigos se acercaban para mostrarle su afecto. La acariciaban, la espulgaban y le llevaban algún pequeño fruto. El duelo fue duro, y se alargó durante días. Ella, trepada en un lugar seguro, gemía y gemía, se resistía a soltar el cuerpecillo inerte. Y los demás la esperaron, esperaron a que estuviese lista para hacerlo y partir. Todos estaban tristes y sentían haber perdido a uno de los suyos.

A mí me dio pena por ella, una lástima difusa. Como la que sentí cuando, paseando con mi madre, vi osamentas de elefantes o búfalos. Pero esto es distinto. Ante los huesos de este macho me atraviesa un dolor profundo, lacerante como imagino me dolería perder un miembro o mis entrañas. Una tristeza que quema porque siento que con su muerte muere también una vida que podría crecer en mí. Me sorprendo caminando cabizbaja, con los ojos húmedos y las orejas gachas en torno a esta carcasa de huesos pelados. Decido remover un poco el suelo con mi hocico y patas para cubrir con tierra, hojas y hierbas los huesos. Lo hago y luego me tumbo sin hacer ruido a su lado. Permanezco así un buen rato, es mi homenaje a mi semejante. La luna está ya muy alta cuando decido seguir hacia la charca con paso lento, apesadumbrado.

Mi mente divaga. Recuerdo ahora, frente a la experiencia de

la muerte de un semejante, aquellas cosas sin sentido que me contó mi madre de los monos sin pelo, de los hombres que nos llaman *badaqs*. Su ansia por una vida eterna que venza a la muerte, de inmortalidad de una u otra forma. ¿Qué es eso de la vida eterna? Me parece una tontería. Para mí está claro que vida y muerte son realidades inseparables, entrelazadas, incomprensibles por separado. Sin muerte negaríamos la vida a otros. ¿Acaso podría la tierra tener agua, pastos y brotes tiernos bastantes para un mundo lleno de seres eternos, de los ya vivos y los por nacer? ¡Es absurdo! ¡Y terrible! Si la naturaleza tiene por norma la muerte, la eternidad es ir contra su buen funcionamiento. Y hasta esta simple *badaq* sabe que rebelarse contra la naturaleza es, más temprano que tarde, asegurarse la destrucción.

Hummm…, no sé cómo ni por qué, me resisto a creerlo, pero empiezo a pensar que los hombres están detrás del robo de los cuernos del macho. No son comestibles, ningún bicho se los comió. Ni siquiera son cuernos, son de lo mismo que mis pezuñas. Y esos muñones… ¡Los cortaron, sí, los cortaron! Ya he vivido lo bastante para saber que por donde pasan los hombres solo queda la muerte, el vacío, pues excavan, arrancan, queman y cortan todo lo que siempre sirvió a la vida para agarrarse, para brotar. Quizá sea por esos dioses que inventan y esas vidas del más allá que dejan el más acá hecho un asco. Yo no lo entiendo. Además, de verdad que son arrogantes al inventar dioses a su imagen y semejanza. ¿Acaso voy yo por ahí embistiendo a quien niegue que el cielo descansa sobre los lomos de un enorme rinoceronte plateado de mi invención? ¡Bah! Lo animales podemos atacar por hambre o para defendernos, pero no por una fantasía.

Y eso, me digo alzando un tanto la cabeza, nos hace mejores que los hombres.

¡Ah, ahí está la charca!

Lo que más me impresiona de este rey maluco y su corte es verme en sus ojos. Llevo un rato sobre la esterilla al pie del trono de Pramagalang el Joven, el anciano tirano de esta isla. Yo, Fernando de Encinas, capitán, hidalgo y castellano. Me miran con extrañeza, con precavida curiosidad, como si fuera un aparecido de otro mundo, caído del cielo por alguna rara invocación. No un visitante, no un miembro algo distinto del mismo género humano, no. Mis pretensiones de hacer a mi rey el señor de estas islas les resultan desvaríos incomprensibles, una arrogancia desmedida dadas mis escasas fuerzas, y me vuelven un total extraño a sus ojos. Y una amenaza. Si somos lo que los otros ven en nosotros, no hay nada bueno en mí. ¿Eso valgo? ¿La perplejidad y quizá el miedo de quienes ni conozco? El otro, el problema del otro, siempre me lo dice María, el maldito problema de ser mujer o amujerado, pobre, morisca o moro, negro o indio, en tierras de hidalgos, de hombres blancos, barbados y católicos que se sienten dueños de todo. «De hombres como tú, Fernandito, que te sale el hidalgazo en cuanto te descuidas», se suele burlar ella. Algo me dice que aquí aprenderé mucho y rápido sobre ser el otro. O moriré.

Pienso que estos indios, al menos los salvajes que topamos hasta esta isla, como mexicas e incas antes, no entienden nuestra existencia porque no tienen la idea del mundo en la cabeza, de un planeta enorme, caminable, navegable, conquistable. No entienden de *plus ultra* ni de progresos ni de futuros. Su mundo es solo hoy y aquí, esta isla y la que ven enfrente. Parecen conformarse con el orden del universo. No así nosotros, castellanos o portugueses, jubilosos e inquietos porque en nuestras mentes ya estamos trazando las cartas marinas entre esta isla y Sevilla y Lisboa, rellenando los espacios vacíos mientras encontramos los rumbos entre nuestro hoy miserable y la riqueza futura, que nunca se ven ricachones, príncipes o grandes señores en la tripulación de estos viajes malditos a los confines del mundo, cuando las matanzas están aún por hacerse.

El soberano de estos indios es el que parece más tranquilo y se muestra más interesado en intentar entender algo de mi presencia aquí. Para mí tengo que si fuera por los otros, notables y servidores, haría mucho rato que sin tanta pregunta y con sumo gusto me habrían separado la cabeza de los hombros con un filoso alfanje. Y el que más inquina me tiene es el tal Darma, el lengua. Tanta que su mismo señor lo ha reconvenido, eso creo por el tono de uno y el humillarse del otro, y le ha debido de ordenar que no floree con sus opiniones mis respuestas y se limite a dar cumplido traslado de lo que diga. Y a fe que ahora hace tan discreta y aceitada traducción a los oídos de su rey que podría olvidarme de su presencia y pensar que converso con el monarca de Pawu. Este es el nombre de esta isla perdida y se han ocupado de dejármelo bien claro.

Me ha preguntado por mi rey, Su Católica Majestad Felipe II, al que Dios Nuestro Señor guarde muchos años, por la extensión de sus reinos y el poder de sus ejércitos. He intentado dar noticia veraz de la enormidad de sus reinos, ducados, condados y señoríos, de la fuerza de los miles de soldados de todas esas naciones que le sirven por herencias familiares, braguetazos o conquistas. Pareciera que mis palabras no le han impresionado mucho, pues me ha contestado preguntándome si teníamos noticias nosotros de la enormidad de China o del poder del Imperio mogol, que les quedan a ellos mucho más cercanos. Le he dicho que no y que, a mi humilde entender, no se veían muchos chinos por acá y que más les valía tomar cuenta de tanto portugués y castellano como señoreaban ya estos mares. A esto el viejo rey asintió, así como sus nobles. Luego me preguntó por el objeto de mi viaje y me vi en la dificultad de explicárselo, pues hace mucho que ni yo mismo lo tengo claro. «Descubrir, conquistar, rescatar», le digo, y al rey se le endurece el rictus. «¿Esclavizar?», me pregunta, y yo, harto y sintiendo otra vez retortijones y sudores, callo y concedo. Sí, no sé qué carajo hacemos aquí, sin duda esta isla cae del lado portugués del trazo que, desde el Tratado de Tordesillas, divide el mundo entre las dos coronas, ahora ambas sobre la cabeza del rey Felipe, pero celosas cada una de sus privilegios y conquistas. Tras la traducción de Darma, el rey Pramagalang el Joven alza una mano para interrumpirme.

—Háblame de ese tratado por el cual dos reinos lejanos se dividen todo el mundo, incluido el nuestro.

Carraspeo, tomo aire y busco cómo aclararle que ya, le guste o no, su mundo es parte de un botín repartido al otro lado del planeta.

—A ver, gran señor, ¿conocen vuesas mercedes que el planeta es redondo?

Darma traduce y Pramagalang el Joven suspira mientras se masajea el entrecejo con dos dedos. Todos sus nobles me miran con un punto de confusión.

—Castellano, ¿tu nombre es Fermanto? —empieza el rey, y Darma traduce burlón.

—Fernando, señor, Fernando.

—Bien, como sea… Hace siglos que el sabio árabe Abul Kacen convino en que el mundo, con sus mares e islas, estaba flotando en el espacio como la yema redonda dentro de un huevo. Y mucho antes que Abul Kacen el matemático hindú Aryabhata ya dictó que el planeta era una esfera y calculó su radio. No somos tan ignorantes, como ves.

—Señor, no pretendía insultaros. Yo también estoy aprendiendo sobre vuesas mercedes. Y, además, os sorprendería la cantidad de gente ignorante que entre mi propio pueblo y contra toda evidencia todavía en este siglo defiende que la Tierra es plana.

Con un gesto pido permiso para agarrar un coco entero de

una bandeja cercana. El rey accede. Tomo el coco y lo sostengo ante él.

—Pensad que este coco es el orbe, el mundo, pues en Tordesillas, un lugar de Castilla y con la bendición del papa y en tiempos de los bisabuelos del rey Felipe II, se decidió trazar una línea, un paralelo, que divide el planeta en dos mitades, concediendo el dominio de una y de todos los reinos y pueblos que en ellas haya al rey de Portugal y otra mitad al de Castilla. De ahí se siguieron muchas guerras entre ambos monarcas por controlar las rutas e islas de la Especiería, en especial los bosques de clavo de Tidore y Térnate, que cada monarca reclamaba con cálculos más o menos veraces en su lado del trazo. Como siempre en las conquistas, como pasó con mexicas e incas, el odio antiguo entre los sultanes Bolief de Térnate y Almanzor de Tidore hizo que ambos buscaran la alianza con castellanos y portugueses para volverse más fuertes contra el otro, que son siempre las divisiones, pleitos y codicias de los indígenas los que allanan estas conquistas. Bueno, pues...

—¿Y en qué lado cae Pawu?

—En realidad ya es indiferente, pues desde 1581, desde hace dos años, las coronas de Portugal y Castilla pertenecen al mismo rey, a mi señor Felipe II.

—¡Entonces es el dueño de todo el coco! —exclama entre sorprendido y divertido Pramagalang el Joven, al que se unen asombradas exclamaciones de su corte—. Y lo es porque se lo ha regalado ese papa vuestro, ¿no?

—Así es, señor, él santifica sus derechos. —Mientras lo digo no puedo evitar sentir una profunda sensación de ridículo.

—Ya, es como esa letanía que leéis antes de esclavizar a otros. No sé, castellano, a mi parecer, documentos, declaraciones, legalismos y derechos concedidos por un lejano brujo o sumo sacerdote de gente que adora muñecos de madera no limpian los crímenes y las violencias —discurre el rey maluco.

—Sois un hombre sabio, señor —lisonjeo mientras pienso que sí, que no le falta razón, y que lo que parecía obvio al partir resulta absurdo aquí. No hay nada como viajar, me digo.

—Y si ya todo pertenece a tu gran rey, ¿para qué os envía a vosotros, Fermanto?

Renuncio a corregirles mi nombre. Sin duda es una manera de empequeñecerme.

—Señor, la unión dinástica con Portugal reavivó el marchito interés por las islas del Maluco y por defenderlas, ahora como propias, de los piratas holandeses.

—¿Holandeses? —El rey resopla mientras Darma le explica qué son los holandeses. Vuelve sus ojillos hacia mí y habla por la boca del lengua—. Así que te envía tu rey.

—No exactamente. Esta empresa está financiada por grandes señores de Castilla y Génova, nobles y banqueros que buscan ganancias y el favor del rey, haciéndole partícipe de ellas.

—¿Tu rey tan poderoso es pobre?

—Podría decirse que sí, que le comen las deudas y las bancarrotas por las muchas guerras que mantiene.

Mientras Pramagalang el Joven parece no entender lo que Darma le cuenta, yo hago un rápido balance de lo que me tiene, nos tiene, en esta isla perdida. Felipe II es el rey callado, famoso por no expresar nunca sus planes y deseos hasta el último momento, por no descubrir nunca su juego hasta que es inevitable. Silencioso como es, el juego de poder en la corte de Madrid consiste en interpretar sus gestos, lo que no dice, acabar sus frases incompletas. Cada noble, cada ministro, intentan adelantarse a sus rivales, adivinando qué pueda agradar al rey secretario.

Sí, ¿qué hacemos aquí? Tantos han muerto ya en este viaje sin sentido. Dos galeones salimos de Acapulco. Uno ya se perdió, a muchas leguas de aquí con toda su gente. Muertos sobre mi conciencia, sus ojos asustados y sus bocas abiertas por el miedo llenan mis sueños. Ojos abiertos con desmesura, que a todos los muertos la muerte los sorprende, súbita, inoportuna, y abren mucho los ojos intentando comprender qué o quién los mata. Hombres arrastrados por mí a morir en este confín del mundo. Partimos con el encargo de navegar a los bordes de la Especiería conocida, del Maluco, por ver de topar con nuevas y desconocidas islas que dieran riquezas a los financieros del viaje, gloria a la Corona y algunas almas a Cristo que compensaran nuestros pecados. Como en tantas gloriosas jornadas, llevábamos tantos y tan ambiciosos encargos que acabamos por no cumplir ninguno y no saber qué hacemos aquí. Ya un único galeón perdido en los márgenes. Solo el abrazo de María, sus susurros, sus dedos entre mi pelo son capaces de calmarme lo suficiente para mal dormir unas pocas horas.

Sí, buen Pramagalang el Joven, amo de la isla perdida de Pawu, mi rey es poderoso y sus dominios incontables. Claro que conservo un punto de lealtad y otro de vergüenza, ¿o es miedo?, y no os confieso que María y yo nos ahogábamos en la Castilla de Felipe II, de ese rey distante y tirano que aplasta con la Inquisición cualquier discrepancia y consume a sus pueblos con alcabalas, impuesto injusto donde los haya pues grava todas las cosas más necesarias en igual cantidad para un gran señor que para el más pobre y alcanzado de sus súbditos, sin tener en cuenta la riqueza de unos y el hambre de los otros. Celoso de las glorias imperiales de su padre y padre de un príncipe loco, cada vez ve a menos gente y raramente abandona El Escorial. Unos reinos despoblados, llenos de desiertos habitados por fieras, agotados en guerras que solo a su gloria y familia benefician, quebrados y malvendidos a los banqueros de sus tercios y armadas, un mundo sepultado bajo montañas de papeles, cartas, relaciones, que tratan de ordenar un caos imposible de pueblos, reinos y ducados heredados.

—¿A qué habéis venido? —insiste el rey maluco y traduce

su sirviente. Pareciera que le gusta volver sobre lo ya hablado. Quizá busque contradicciones o, simplemente, mayor detalle.

—Señor, os confieso que nuestros propósitos nunca estuvieron claros.

—¿Y eso?

—Nunca encontramos aquí lo que esperábamos.

—Explícate, castellano.

—Pues, mi señor, no sois salvajes. Aquí, en las islas del Maluco, no estáis aislados del mundo, no sois gentes ingenuas ni pobres, sino, a lo que veo, gentes muy comerciantes con la China y los reinos de la India.

—Así es, castellano.

—Amén de eso y aunque errados pues es herejía, sois musulmanes, que es religión de muchos y poderosos pueblos. No indios adoradores de piedras y demonios tallados a los que sacrificar gentes. Ni salvajes iguales a bestias que topamos en otras islas, que no rinden culto a nada y viven según la naturaleza, como animales y no como hombres civilizados.

—Sí, la fe de Mahoma nos llegó por los puertos y el comercio con los mercaderes malayos, por el oeste. Los más nobles y poderosos la adoptamos por prestigio y por ser de mucha utilidad para ordenar la convivencia y usos de nuestros pueblos. También te digo que si ese Cristo vuestro fuera a propósito para estos fines, bien habrá quien lo abrace por estas tierras, que aquí no es novedad el tránsito de dioses. Tengo ganas de hablar con vuestro sacerdote de estos asuntos.

—Os entiendo, buen rey, y admiro vuestra liberalidad. Y os digo que no veo cómo se pueda aplicar en estas islas, pobladas por gentes tan conocedoras y ricas como vos mismo, la conquista y dominación que se ensayó en las Canarias y se usó en las Américas. Como os digo, hay, de entrada, una fundada duda jurídica sobre los derechos de Portugal o Castilla en estas latitudes. Llegamos hasta Pawu, ya fuera de los rumbos principales de la Especiería, porque entre las Filipinas,

Térnate y Tidore ya hay demasiada gente, propia y extranjera, como para que la idea de guerra y dominio prospere.

—En cualquier caso, llegasteis aquí con la pretensión de someternos al yugo de vuestro lejano rey. Leísteis esa proclama en la que nos amenazabais, vosotros, apenas un puñado de hombres, con esclavizarnos si no reconocíamos a vuestro soberano y a vuestro dios como los nuestros.

—Señor, disculpad la osadía, pero creedme si os digo que cada vez serán más los barcos de Castilla y Portugal, ambos reinos unidos en la persona del gran rey Felipe II, que veréis por aquí. Y que no puede existir un yugo más benigno ni conveniente para vuestro pueblo.

—¿Tan inferiores en todo a vosotros nos consideráis para pensar que sabéis mejor que nosotros lo que nos conviene?

—Majestad, puede que sea un prejuicio. Pero es que a veces los prejuicios ayudan a avanzar, pues el filósofo Séneca ya explicó que la vida es breve, así que no hay tiempo para pensar y fundamentar cada decisión. El prejuicio está en el origen de muchas acciones y...

—Y de todos los errores, castellano. ¿Te das cuenta de que tu vida y la de los tuyos dependen por entero de mi decisión?

—Sí.

—¿Me recomiendas que actúe desde mi prejuicio hacia vosotros, extranjeros, distintos, arrogantes, o prefieres que intente entender y razonar vuestra presencia aquí?

—Sois sabio, gran rey Pramagalang.

—Aquí solemos decir: «Mi mujer dice que soy el más hermoso porque me lisonjea. Mi concubina lo dice por temor. Y mi huésped lo afirma porque necesita algo de mí».

Callo y bajo la cabeza. Oigo embarazado el rugir de mis tripas. El rey Pramagalang el Joven también, y con una seña indica a una sirvienta que me acerque un cuenco con una cocción. Lo agradezco con una pequeña reverencia y bebo sin preguntar qué es. Sabe a rayos, pero siento que de inmediato calma la borrasca de mis tripas. El rey espera unos momentos y vuelve a hablar a través del ahora discretísimo Darma.

—Dime, castellano, ¿por qué habría de preferir mi gente a un rey lejano, que nunca verán por aquí y de nombre impronunciable, a mí y a mis descendientes? No os preocupéis, que bien llevamos nosotros unciendo al yugo a nuestro pueblo, con el cariño de los buenos reyes a sus súbditos, que es siempre apretar, por su bien, pero sin ahogarlos, por el nuestro.

—No toméis por amenaza la razón que me requerís. No podréis quedar al margen, señor. ¡Hay ya demasiada gente, buen rey, también en los confines del mundo!

—¿Por qué son estos los confines, castellano?

—El centro son los imperios católicos, majestad.

—Para vosotros quizá, para nosotros está bien claro que estas islas son el centro y el lugar más importante del mundo habitado, pues pobladas están desde siglos antes que pretendáis descubrirlas y poseerlas. ¿Acaso no son anteriores a vuestras grandes navegaciones las de los almirantes chinos Zheng He, Zhou Man y Hong Bao? Se da por cierto que circunnavegaron las tierras infinitas de los hombres negros y siguieron hacia el oeste, hasta dar con algo que bien podrían ser vuestras Indias. Para mí y los antiguos pueblos de estas partes, los confines del mundo bien pueden ser vuestras naciones. Que no conozcáis más historia que la vuestra no borra la de los demás. Sois vanidosos.

—Señor, no os falta razón, pero nada podréis hacer ante la fuerza de los reinos de Castilla y Portugal.

—¿Son grandes? Hasta vuestra llegada poco o nada sabíamos de ellos por aquí. Hemos conocido otros muy grandes y más cercanos, como el Imperio mogol del Gran Khan. Los imperios pasan.

—El nuestro no, porque trae con él la verdadera fe, al verdadero dios.

—Hummm..., tengo por norma respetar los dioses ajenos.

Pero debéis saber que aquí ya había dioses, miles de ellos, antes de la llegada del vuestro. Además, ¿cómo se mide la verdadera naturaleza de un dios? ¿Por el número de sus creyentes o de divinidades? Entonces bien podrían ser los trescientos millones de dioses que adoran en el Indo, casi tantos como habitantes.

—Creedme, señor, nada valen frente a la Santísima Trinidad, el Padre, el Hijo y el Espíritu Santo. —Ni yo mismo siento verdaderas mis palabras.

—No quisiera ofenderos, pero eso me suena a Brahma, Visnu y Shiva de los brahmánicos. ¿Es acaso lo mismo? ¿Será que ellos os descubrieron antes, os llevaron sus dioses y no os habéis enterado? Bueno, Fermanto, en cualquier caso, todos los saqueadores traen siempre la novedad de algún dios que santifica sus crímenes. Puedes retirarte.


Siempre me pasa lo mismo cuando entro en esta cueva, hay tal silencio y frescor que me quedo dormida. Mi madre me la enseñó, me mostró su entrada casi invisible, tapada por árboles y lianas, y me indicó hasta dónde podía adentrarme sin peligro de herirme o de perderme. Además, está muy cerca de la charca, así que en ella conservo por más tiempo el frescor del barro en mi piel.

Me despierto alegre, descansada y con la idea de encontrar por fin un macho que me monte, de llenarme de vida y, algún día, enseñarles también esta cueva a mis crías, a otros *badaqs*. Nunca tuve nombre para mí o los míos, simplemente éramos, somos, quizá porque nos cuesta pensarnos distintos o más importantes que los demás seres de la naturaleza. Por eso los gritos de *¡badaq!*, *¡badaq!* me han impresionado y retengo el sonido del nombre que otros nos dan.

Según camino hacia la entrada empiezo a oír primero el murmullo y a cada paso, más fuerte, el ruido de la vida ahí fuera, en la selva. Eso me hace cabecear y dar un corto trotecillo de alegría. ¡La vida está ahí fuera! Salir es siempre un momento feliz porque todos mis sentidos me dan algo distinto. El calor húmedo, espeso, los mil olores de la tierra, de los otros animales, de sus cópulas y excrementos. Toda yo soy olfato, tacto, oído y vista, aprendiendo la diversidad de la vida. Después de la cueva es como volver a salir del vientre de mi madre y descubrir el mundo.

Todos somos lo mismo, ¿no?, somos luz. Somos el sol, la luz y el calor atrapados en las plantas, hojas, tallos y raíces que comemos. Yo soy luz, mis padres fueron luz y mis hijos serán luz. Claro que el sol no es de nadie y, por lo que conozco de los hombres, sus vidas y sus muertes giran siempre en torno a la idea de poseer, de ser dueños de cosas o de otros hombres, de tener algo para negárselo a los demás. Los hombres de la gran colmena de esta isla, los que suelen llevar al macho viejo a hombros, no ha muchas lunas atacaron a otros, mataron a algunos, quemaron su colmena más pequeña y los alimentos que guardaban. No se los llevaron, no los aprovecharon para dárselos a sus crías, solo condenaron a otros como ellos al hambre, y tiempo después les vendieron comida a cambio de circulitos de metal y otras cosas. Crearon el hambre y luego les cobraron por quitársela. Así son, acaparan y mercadean, que es como el trueque que hacen los macacos cuando cambian alguna fruta por un despioje o un palito para escarbar, pero más complejo y tramposo pues cobran por lo que no debería tener dueño. Ya decía mi madre que los hombres son como macacos estropeados, locos. ¡Capaces serían los peores de estos hombres de poner un impuesto al sol, de cobrar por el viento o el mar, siempre en nombre de los derechos de propiedad de los más rapaces entre ellos! Sí, porque he visto que a los hombrecillos de por aquí les gusta poseer cosas, a saber para qué cuando todo está ahí para todos. En ese corte brutal entre ellos, los dueños, y lo demás, nosotros los animales, las plantas, el mundo, quedamos despreciados por bestiales y caóticos. Nos niegan la vida y la capacidad de sentir, supongo que para poseernos sin culpa. Seguro que enseñan a sus crías a poner distancia con el mundo, a sentirse superiores para mejor adueñarse de todo. De verdad que no lo entiendo.

Todos somos luz, incluso durante la noche y bajo esta luna enorme y preciosa. Pero en vez de aceptarlo, comerlo, cagarlo o copularlo, los hombres parecen haber mirado directamente al sol, desafiándolo, y claro, esto solo se resuelve en ojos quemados y en locura, que es la ceguera de los sentidos. Los domina el ansia de gloria, de brillar siquiera un instante como soles sobre sus apagados congéneres. Por eso son capaces de lo peor, de matar y de morir. Yo los he visto. ¡Pobres locos!

Y sin embargo me atraen. Siento curiosidad. Hay mucha luna y sería imposible esconderme de otras criaturas, pero no de los hombres y sus torpes sentidos. Decido acercarme a su gran colmena, intuyo que la presencia de los otros, los que llegaron del mar, provocará algo que puede ser interesante de oler u oír. Y, además, no huelo a ningún macho de *badaq* cerca. No sé si a mi madre le parecería bien tanta curiosidad, ella nunca se acercaba a las colmenas de los hombres. No conmigo. En cualquier caso, ya no está, y si yo quiero enseñar cosas a mis crías supongo que debo correr algún riesgo.

Quiero entender.

Además, la verdad, no es la primera vez que los espío.

Sí, voy.


Hombre de Dios yo, un fraile franciscano, y de dioses él, un rey pagano. Llevo un rato dialogando a través de Darma con el rey Pramagalang el Joven, quien pese al nombre me parece un anciano sagaz y con un punto cínico, quizá porque sus leves sonrisas no cuadran con la dureza de sus ojos. No puedo decir que no sea amable, que lo es, y curioso por saber de mí, de nuestra fe y de mi pueblo, pero en verdad hay algo duro, pétreo en su mirada que me previene. Suelo confundir educación con bondad, instrucción con sabiduría, y eso me ha causado no pocos problemas y decepciones en la vida, pues los peores enemigos que puedes tener son los que aúnan a su maldad natural conocimiento, que siempre encontrarán así muchas más formas de herir a los demás. En la vida solo se pueden hacer y defender ciertas cosas desde la ignorancia o desde la maldad consciente, y, sin descartar que haya mucho imbécil malvado, esto es menos disculpable que aquello. No, ten cuidado, Guillermo, este anciano rey puede que sea malo, pero desde luego no es un ignorante. Como gobernador de esta isla perdida de pobres campesinos y pescadores, ha acumulado, además de un Corán, varios libros, rollos y papeles de autores árabes, indios y chinos, cuyas lenguas parece conocer. También mapas que nada tienen que ver con los nuestros que hacen los pilotos de la Casa de Contratación de Sevilla, tablas astronómicas, un astrolabio árabe, de los chinos, catalejo y una aguja de marear. Todo lo ha desplegado a sus pies, ante mí, componiendo un apetitoso bodegón de los saberes de esta parte del mundo. Libros. Sonrío mientras recuerdo que por tener pan y libros entré yo en la religión. Me ordené franciscano pues nunca me espantó la pobreza, que en mi casa nada había sino penas, golpes y hambre atrasada. En Castilla la verdadera miseria la sufren quienes han quedado orillados y sin faena, sin rentas, y no habiendo trabajos para todos, solo queda servir a alguien para echarse algo a la tripa. Cuanto más poderoso, mejor. Por eso hay tanto pícaro y sopista que sueña con ser criado en una casa y muchos defienden a sus amos como si fueran familia por proteger las migajas que les arrojan. Otros, más decididos o desesperados, se alistan en los tercios y arriesgan la vida, ojos, piernas y brazos para medrar. Evité ser uno más en las legiones de hambrones, buscones, criminales, truhanes, falsos mendigos y bandidos que asolan nuestra tierra y los demás reinos, entrando de muy chico al servicio del hijo bachiller de un señor con sus buenos mil quinientos ducados de renta al año. Vivían tan holgados y alegres que el padre mandó al muchacho a estudiar a Salamanca con un tutor, veintiún sirvientes y una mula para acarrear los libros. Siendo yo apenas un niño era el encargado de vaciar su bacinilla y apilar los libros, de donde acabé muy experto en males de barriga, pues leía a diario sus boñigas y, gracias primero a las lecciones que me dio un sirviente más viejo y luego a mi curiosidad y cariño por esos garabatos que se convirtieron en letras, sonidos y jaulas de ideas y cosas, en ávido lector de cuanto libro tenía que apilar y a los que el dueño prestaba poca atención, pues era más de emplear tiempo y dinero en vino y cantoneras. Tal era su desinterés que acabé contándole yo de qué iba cada uno. Dejé la bacinilla y mi amo consagró mi tiempo a la lectura de sus libros, asunto no de poco mérito pues, teniendo yo aún el seso blando de la poca edad, debía leer y resumir libros tan desiguales en ingenio como *La República* de Platón o *El arte de discurrir y contar, escrita con método, para excusar la fatiga que ocasiona la ignorancia*, de un tal licenciado don Julio Bonet Pérez. Esto me elevó sobre otros criados y me ganó su odio, que no hay nada que más deteste un ignorante que el saber ajeno, pues lo vive como una afrenta. Tuve que huir para salvar la vida. Y puesto a alistarme para no consumirme de hambre, decidí hacerlo en las tropas de Dios y no en las del rey, pues me pareció más seguro ordenarme y, sobre todo, para tener la oportunidad de seguir leyendo libros. Una recomendación y el leer y escribir con soltura pese a mi poca edad me abrieron la puerta del seminario. Así que sí, libros. Si estoy aquí sentado frente a un rey pagano en una isla de los confines del mundo es por los libros. Y por ciertas heterodoxias que, al fin, me empujaron a embarcarme y poner océanos entre Castilla y yo. Claro que esto no se lo cuento al rey. Llevo ya un rato contestando a sus preguntas sobre Dios y la Iglesia. El rey parece entender las ideas de la salvación y la condenación, del cielo y el infierno, pues son comunes a todas las religiones del Libro y él ya me ha contado que se hizo musulmán, como muchos príncipes de estas islas, para mejor comerciar con los árabes y los malayos. No oculta la razón política de su fe islámica, muy tolerante y mezclada con sus antiguas religiones, y pienso que no le costaría mucho convertirse al cristianismo si ahora fueran los galeones de Castilla o Portugal los que llenaran sus costas. A decir verdad, parece más conmovido cuando habla de la fe animista en sus dioses antiguos, que sigue practicando con su beneplácito gran parte de su pueblo.

—Aquí siempre hemos creído en la transmigración de las almas, en la reencarnación tras la muerte. ¡Volver a empezar!

—Pero entonces, majestad, negáis la posibilidad de la salvación individual a quien muere. De abandonar el calvario de este mundo para ascender al cielo y de obrar bien en esta vida para alcanzar la otra. ¿Qué más da pecar si has de volver a empezar en otra persona y con la cuenta a cero?

—Creí entender, gracias a lo que Darma aprendió de los cristianos, que los católicos que cometen pecados horrorosos contra sus semejantes también ponen la cuenta a cero con eso de la confesión y la penitencia. ¿Lo pueden hacer a diario? Quiero decir, ¿matar, robar, engañar a los demás y luego confesarse y ya está? Desde luego eso ofrece unas posibilidades interesantes. No creo que justas, pero interesantes, ¿no, fraile? Acá no tenemos tal cosa. Lástima.

—Os concedo que hay quienes abusan del sacramento de la confesión para descargar sus conciencias y...

—¿Y los curas que les ponen penitencias tras escuchar sus atrocidades? ¿Son justos? Me refiero a los que confiesan y absuelven a los poderosos que, como en todas partes, somos los que más y mejor pecamos, claro.

—Entre el clero hay de todo, majestad, hay de todo.

—Ya, pero dime, ¿los reyes y grandes señores pueden tener curas propios que los confiesen y les perdonen todas sus maldades?

—Los tienen, señor, se llaman capellanes. Hay grandes señores también en la Iglesia, cardenales, arzobispos y obispos que cuidan de las almas de los poderosos.

—¿Y ese papa? ¿Es el rey de los curas? ¿Es más poderoso que vuestro rey?

—¿Son los sultanes e imanes más poderosos que vos, rey Pramagalang?

—Los sultanes de Mataram y Demak están lejos, fraile. Y a los imanes de aquí los nombro yo. En esta isla, en nuestra madrasa, el ulema educa con el ejemplo de los *Wali Sanga*, de los Nueve Hombres Sabios y Misericordiosos, pero aquí nadie es ajeno a las enseñanzas de Buda y a los preceptos de los brahmanes. Y todos buscamos sabiduría y armonía. ¿En Castilla también conviven las religiones?

—Más bien al contrario, señor. No hay otra fe que la católica. La Inquisición se ocupa de ello.

—Y dime, fraile, ¿piensas que eso es bueno o que empobrece a vuestro pueblo?

—Es complicado. —No tengo intención de zamarrear a mi rey y a la Iglesia ante un pagano, así que intento volver a cuestiones más teológicas y menos mundanas, pues yo mismo me avergüenzo del conchaveo entre la Iglesia y el poder en Castilla y los demás reinos cristianos. Tanto como para embarcarme hacia el fin del mundo para encontrar la pureza de Adán y Eva—. Volviendo, con vuestro permiso, al tema de la reencarnación, siento mucha curiosidad. ¿Cómo se salva un alma que vuelve y vuelve a habitar a otras personas? ¿Y cómo puede encontrar sitio en otros hombres y mujeres, acaso algunos nacen sin alma?

—¡Ah, no es tan sencillo, fraile! Cuando alguien muere puede pasar a ser otra persona, pero también árbol, perro, mosca, piedra o ave. La vida es infinita, pues la muerte solo es cambiar de forma. Es triste porque a cada cual le gusta su propia forma por humilde que sea, y doloroso, por los que dejas atrás. Mas saber que tras la muerte puedes ser cualquiera o casi cualquier cosa rebaja bastante la vanidad del hombre, lo fuerza a tratar mejor al resto del mundo. A sentir una bondad sin límites hacia los demás, personas, animales y hasta cosas, pues podemos ser cualquiera en la próxima reencarnación.

—Sí, gran señor, lo entiendo. Pero ¿no pensáis que eso también conduce al fatalismo, a la resignación ante el destino?

—A la armonía.

—Pero, gran rey, vos mismo os rodeáis de gente armada…

—Siempre hay quien no entiende su lugar en la gran armonía del mundo y se levanta. Yo, como rey de esta isla, me ocupo de quienes no aceptan la armonía de nuestro mundo, de quienes se rebelan contra sus obligaciones, para preservar el orden que yo encarno.

—Entiendo, en eso no sois tan distinto de mi rey. ¡Todos elegidos por la gracia de uno u otro dios!

—Los poderes se ayudan para mantener la armonía. Es igual en tu mundo, fraile. Aunque creo que la armonía debe ser más difícil con tantos reyes, ese papa tuyo, oraciones, pecados, penitencias y leyes.

—Creo, majestad, que da igual los océanos que cruce el hombre. Su destino trágico es su incapacidad de evitar caer en lo prohibido, su incapacidad para no romper la armonía y no ser en algún momento culpable de algo ante las leyes de Dios o de los hombres. Al fin siempre seremos los enemigos, odiados y vencidos, de los que no piensan como nosotros. Y si nos rebelamos recibiremos el mismo tratamiento feroz que los cautivos de guerra: la esclavitud, la tortura, la muerte. ¡Ah, la tragedia del ser humano es la impotencia del amor por el prójimo, la ausencia violenta del bien!

—Sacerdote, ¿esa angustia que sentís los cristianos es la

que os empuja a cruzar el mundo? ¿Todo para convertirnos a esa fe que no admite otras?

—¿La conversión y la fe? ¿Pensáis que estos hombres que abandonan sus casas y cruzan el mundo, enfrentando guerras, naufragios y enfermedad, lo hacen por extender la fe en Cristo? No, mi señor, lo hacen por el oro, por el poder. Por elevarse sobre otros esclavizándolos. Como los antiguos romanos, que llevaron sus guerras, sus cacerías de esclavos, pues estos eran el sostén de todo y todo lo hacían, más y más lejos hasta fundar un imperio, a estos los mueve la ilusión de riquezas sin cuenta, de señorear indios, mientras por detrás el perro de la miseria les muerde las nalgas. Por eso irán siempre más allá, *plus ultra*, hasta que no dejen un palmo del mundo sin hollar. Traen con ellos frailes y curas que, más que nada, servimos de alivio a sus conciencias y de coartada para las atrocidades. Pero las conversiones, y me duele como hombre de Dios, no son nunca la razón primera de estas empresas. Aunque no dudo que siempre habrá, en el futuro, imbéciles y aprovechados que limpiarán tanto robo y tanta sangre con el pretexto de las almas ganadas para Cristo. La historia se escribirá como coartada.

Siento que Darma traduce esto último con entusiasmo. El anciano rey Pramagalang el Joven escucha en silencio, sopesando el peligro que denuncian mis palabras. Sus ojos rasgados, negros, cercados de arrugas profundas, se entornan aún un poco más para ver a través de mi piel, de mis palabras, para llegar a mi corazón. Al fin habla.

—Y tú, fraile, ¿por qué aceptas tomar parte en lo que no crees?

—Porque me permite acrecentar mi propia fe en Dios Todopoderoso contemplando la enormidad que es el mundo, sus maravillas y su diversidad. Y porque siempre he intentado con mi vida mejorar las de mis semejantes, sean cuales sean sus credos y errores. Aunque os reconozco que a veces, muchas, me siento impotente ante tanto odio y violencia, ante tanta miseria —confieso y me callo que, pecando de soberbia otra vez, sigo intentando justificar mi existencia, darle un aura de necesaria.

El rey me vuelve a escrutar en silencio, inexpresivo. Sí, rey de esta isla perdida, rey como tantos otros reyes, como tantos otros tiranos con más súbditos y vasallos que tú. Me embarqué en esta empresa por eso, sí. Pero también navego para encontrar el límite del hombre, la mayor creación de Dios. Navego como locura, abandonando las costas seguras de lo vivido para buscar lo posible, qué hay en lo posible de cada uno de nosotros, el *nihil ulterius* de cada cual.

El rey suspira y me indica con un gesto que puedo irme. No vuelve a dirigirme la palabra y su atención ya está en la animada conversación que mantiene con sus nobles de confianza, en la seguridad de que no puedo entenderlo. Unos sirvientes recogen con rapidez los libros y objetos que decoraron nuestra plática. Solo Darma parece reparar en que sigo allí.

—¿A qué esperas, cristiano? ¡Vete!

No percibo mucha armonía ni simpatía en este hombre. No creo que piense que pueda reencarnarse en mí o en uno de nosotros, lo que me lleva a considerar una muerte próxima. Así que me levanto y me voy. Mientras camino de vuelta a mi aposento pienso que la desesperación puede pretenderse trágica, como le pasa muchas veces al bueno de Encinas, pero que sobre todo es pecado de soberbia, es arrogancia, pues hace de la confusión y el miedo propios razón de nuestras acciones. Y eso acaba siempre en drama para alguien. La verdad es que este rey hereje me ha resultado muy curioso y, de tener tiempo, si Dios quiere que no me maten, me gustaría aprender más de los usos de estas gentes.

Tengo ganas de rezar.

La noche es húmeda, más de lo normal, apenas hay viento. Miles de criaturas se aparean, cazan, pescan, liban, roen, mascan, frotan sexos, hocicos, patas o antenas, corren, se arrastran, saltan, nadan o vuelan a mi alrededor, componiendo la algarabía estruendosa y compacta de la vida en la jungla. Oigo nubes de mosquitos en mis orejas, que muevo a cada instante para espantarlas. Mientras camino hacia la colmena mayor de los hombres de esta isla, donde tienen ahora a los visitantes de la gran nuez, medito por dónde acercarme de manera más segura. Me decido por un bancal del río que la cruza, allí crece alto el bambú y podré esconderme bien, aunque haya tanta luna. El río se estrecha bastante entre ese bancal y los primeros nidos de los monos sin pelo. Si me descubrieran, el curso de agua me dará tiempo más que suficiente para darme tranquila la vuelta y perderme en la selva. Y estaré lo bastante cerca para oler y oír, quizá hasta para ver algo. Los hombres me intrigan, no los entiendo. Son animales, unas criaturas más, pero hacen todo lo posible por esconderlo. Son raros.

Me detengo, arranco con mi labio superior unos tallos tiernos, meo mientras los mastico y pienso en ellos, en los monos sin pelo. No se puede negar que son interesantes. Aunque quizá no tanto como ellos se creen. A ver, pienso mientras camino y cago hermosas, compactas y humeantes bolas de pastos digeridos que alimentarán a un montón de bonitos escarabajos y a otros bichos, la diferencia entre hombres y animales no es de calidad, sino de cantidad. Ellos creen que son más no porque realmente lo sean, sino porque solo se cuentan a sí mismos. Parecen juzgar como superior lo que les es propio, sus mañas, su cultura, sea eso lo que sea. Creen que son más, mejores, y modelan el mundo, eso piensan, a su antojo. Pero las ratas son también miles. Por no hablar de los millones de hormigas. ¿Y si un día ellas se hicieran con el mundo? Los hombres se creen superiores por ser racionales. ¿Acaso los animales no lo somos también? ¿Acaso hacemos estupideces contra nosotros mismos? ¿Comemos lo que nos mata, nos llenamos de humo narices y pulmones, destruimos el lugar donde vivimos? ¡Racionales, bah! Viéndolos matarse y esclavizarse entre ellos, amar a quien los domina y se queda con todo, los hombres no parecen nada racionales. Ningún animal trataría a uno de su manada, débil o enfermo, como ellos tratan a muchos de los suyos. El mundo seguirá existiendo cuando ellos desaparezcan, como los insectos entre los pliegues de mi piel.

Además, creo que se sienten superiores porque solo nos comparan con aquellas de sus capacidades que nosotros, las bestias, no tenemos. Así que, por fuerza, es comparación injusta. ¿Acaso son superiores en volar, trepar, correr, olfatear, orientarse por la noche o fertilizar flores? No.

Ya huelo su colmena, ese olor a quemado que siempre los acompaña, los anuncia. Y el río sucio. Como viven amontonados, tiran allí, en el mismo sitio, cada día toda su porquería. Son raros, son muy raros. ¡Se matan entre ellos sin razón! Además, ellos pueden hablar, razonar entre sí, entonces ¿por qué tanta muerte? ¿Para qué les sirven sus sonidos interminables, sus signos enrevesados que todo lo explican? ¿Por qué los separan en vez de unirlos? ¿Para qué un lenguaje tan complejo si solo les sirve para mentirse, incapaces como parecen de ponerse de acuerdo en lo más básico, en verdades comunes? Es por el odio. Es la única explicación. El odio profundo, duradero, creado y sostenido con las elaboradas mentiras que sus complejas lenguas permiten. Y creo que es por esos hombres a los que ponen sobre el resto, acaparando cosas y vidas. Eso solo lo pueden hacer usando mentiras para separar a los demás, para que los de abajo, los que los mantienen, se odien entre ellos y no se pregunten por los que los mandan. Y en esos odios les son muy útiles esas fantasías que llaman dioses. Ya me explicó mi madre que, incluso entre los hombres de esta isla, que ellos llaman Pawu, hay muchísimos dioses y que, con frecuencia, se asesinan por ellos. Así que es fácil suponer que los hombres de otras tierras, como los que han llegado por el mar, tendrán otros dioses. No lo entiendo. Digo yo que si los dioses existieran, si no fueran imaginaciones interesadas, serían todos amigos, una manada poderosa trabajando junta para proteger a sus cachorros: los hombres. O un solo y enorme macho o una sola y todopoderosa hembra, a los que cada manada llamaría por un nombre distinto siendo el mismo gran ser. No muchos diosecillos, más o menos grandes, peleando entre ellos. Las bestias no odiamos más allá del miedo de un instante, de un encuentro peligroso. No guardamos rencor. Esa es la diferencia.

Sigo caminando, a mi lado una pantera me mira con ojos brillantes, ruge y se va. Sobre mi cabeza juegan unos monos.

Cada vez huele más fuerte a hombres, a quemado. Odio el fuego, me asusta. A veces cae un rayo y quema árboles. A todos en la selva nos asusta. En cambio, a los hombres les encanta y saben encender fuego a voluntad. Otra rareza.

Estoy muy cerca.


Es tu turno, don Rodrigo Nuño, a ver qué les dices a este atajo de perros a los que con gusto degollarías para que no lo hagan contigo. Por cómo te miran no les costaría mucho. Modera ese orgullo que tanto te ha perjudicado en otras ocasiones, pero no muestres miedo que desluzca tu coraje. Has matado mucho para tu rey y sus nobles, quién sabe si tu vida no dependa de que acabes matando al servicio de este viejo con turbante. Habla recio, que quien no teme a la muerte la burla con más facilidad. Elige lo que cuentas, no temas callar ni mentir. Sin duda estos indios me odian. Es cosa de ver, sin embargo, la voz precavida con la que te habla el tal Darma, el intérprete de este cacique, ¡por los clavos de Cristo que no soy el primer capitán castellano con quien se cruza, me juego la bolsa que no tengo a que ya algún paisano le midió a palos la espalda!

—Como os digo, gran rey, os agradezco la merced que nos hacéis al recibirnos y reponernos, que veníamos todos ya muy quebrados y enfermos. Como hombre de honor que soy, contad con mi espada si precisáis de ella. ¿Acaso un gobernante no tiene siempre gente enemiga y levantisca de su buen gobierno?

—¿Mataríais por mí? —El rey parece en verdad sorprendido. Bien, Rodrigo, bien, sigue.

—Sin dudarlo, gran señor.

—Os agradezco la oferta, castellano. Los hay, y cada tanto me ocupo de ellos espulgando selvas y subiendo a los montes donde se esconden a castigarlos. Pero por ahora me bastaron mis hombres.

—Nada vale el consejo de un soldado ante la sabiduría de un rey. Aun así, no me resisto a recomendaros que seáis brutal con los rebeldes. La crueldad tiene mala fama, pero los hombres de guerra sabemos que ahorra vidas.

El indio viejo esboza una ligera sonrisa y asiente con la cabeza.

—¿Qué quieres decir, castellano? Explícate.

—Algo que seguro bien sabéis como rey. Si ha de usarse la violencia para ordenar a las gentes, esta debe de ser brutal y arbitraria, sin justificación ni motivos aparentes, pues en cuanto parezca tenerlos, las víctimas se creerán con derecho a combatirla. Se vuelve inútil.

El viejo rey calla y entorna sus ojos chinos mientras me mira. Al fin pregunta.

—Tú no mandas en tu expedición, ¿verdad?

—No, al mando está el capitán don Fernando de Encinas.

—¿Y qué razones te traen por aquí, castellano?

—La procura de gloria y fortuna, que son fuego en el corazón de un soldado. En las Américas está todo el pescado vendido. Oro, plata, encomiendas de indios… No hay nada para los recién llegados. Además, los nobles que financian estas aventuras buscan nuevos lugares donde acrecentar las fortunas, como estas partes de Asia. Aquí, en estos confines, creen poder librarse de ataduras y monopolios para así mejor medrar y ganar el favor del rey. —Así, Rodrigo, sigue así, que nada interesa más a un poderoso que los manejos de otros como él—. Y es que, gran señor de Pawu, estos tiempos ya no son como aquellos venturosos del descubrimiento y conquista, donde todo se dejaba al coraje de gentes decididas. Sí, bien sé que algunos dicen que eso derivó en desmanes y crueldades, en mucha sangre derramada, pero esa libertad para hacer y deshacer pueblos y reinos empujó a los hombres. Como dijo el gran Pizarro: «Por este lado se va a Panamá, a ser pobres; por este otro al Perú, a ser ricos; escoja el que fuere buen castellano lo que más bien le estuviere». Buscamos un nuevo Perú cuyo oro nos permita poner, labrados en piedra, nuestros escudos en el dintel de un palacio. Por eso estamos aquí. En estos tiempos de omnipresentes secretarios, oidores, veedores y covachuelistas, que desplazan al conquistador, hay que viajar más lejos, al Oriente, para encontrar esa libertad y aprovecharla. Amén de que aún no le ha dado, que yo sepa, a ningún buen obispo por erigirse en protector de las gentes de por aquí y adjudicaros almas.

—¿No la tenemos? —se sorprende el viejo cacique.

—Quiero decir que aquí, buen señor, sois todos mahometanos.

—Sí, somos musulmanes. En realidad, nuevos musulmanes e hijos antiguos de muchos otros dioses, Rodrigo. ¿Has tratado antes con musulmanes?

—Si aceptáis matar y esclavizar como una forma de tratarse, sí, buen señor. Los musulmanes sois enemigos. Mis primeras armas las hice siendo un gozquejo...

—¿Un qué? —pregunta Darma curioso, sin saber cómo traducirme.

—Un perrillo, apenas un cachorro. Siendo poco más que un niño guerreé a las órdenes de un gran capitán, don Juan de Austria, en las guerras de Granada contra los moriscos.

—¿Invasores?

—No, naturales de esas tierras, que allí estuvo el último reino moro y por eso quedaron allí muchos de ellos, súbditos de Castilla pero malos conversos y siempre fieles de Mahoma.

—Entonces los invasores fuisteis vosotros, cristiano. —Calla Rodrigo. El viejo prosigue—: Naturales de esas tierras como yo de estas, y mahometanos todos, ¿acaso pensáis en matarnos y esclavizarnos a nosotros también?

—No, gran rey. Puesto que dependemos de vuestra generosidad y benevolencia para regresar vivos a Castilla, la verdad es que poco se me hacen la fe y errores de cada cual.

—¿Quieres decir que la debilidad te ha vuelto comprensivo?

—A todos nos pasa, ¿no?

—Háblame de esas guerras de Granada.

Le hablo de ellas, de cómo Fernando y yo nos fuimos allí, apenas unos mozalbetes, y cómo quiso Dios que le salvásemos la vida en batalla a un joven señor, don Ruy de Lasso, conde de los Castillejos, un protegido del duque de Arcos, don Luis Ponce de León, y esto nos ganó su favor y un lugar a su lado en lo que vino, que fue una sucesión de matanzas y saqueos. Le cuento cómo entramos a sangre y a fuego en la aldea morisca de Galera, pasando a cuchillo a todo quisque. Que la única que se salvó fue María gracias a la compasión de Fernando, que, me confesó luego, no pudo soportar que más sangre y más muerte se derramara por nuestra mano justo cuando descubrió, medio sepultada por los cuerpos de su familia, a esa niña de ojos grandes, negros y espantados. Le digo al viejo cacique que a mí una muerta o una violada más o menos se me daba una higa, pero no así mi amistad con Fernando. De modo que juntos acabamos con unos soldados jaques que querían gozarse de la niña y no escucharon nuestros avisos de que no lo hicieran. Le cuento cómo Fernando y yo compartimos más campañas, derramando nuestra sangre por el rey Felipe II, al que Dios Nuestro Señor Proteja, en Flandes, Italia y Francia. Y cómo a nuestro lado siempre marchó María, cómo la compasión de Fernando por la niña se convirtió en pasión por la mujer que iba creciendo en cuerpo y en belleza a nuestro lado. Sin importarle nada su sangre morisca, su afición a los libros y otros saberes que en las mujeres suelen conducir a perderse en rebeldías, brujerías y terribles pecados. Cómo ella pasó de ser una chiquilla a la que llevaba de la mano a una mujer que se le metía en el lecho. Fernando le enseñó a blandir una espada tan bien o mejor que muchos hombres, que el brazo fuerte de María lo movía con fiera destreza el horror de su memoria, como si no hubiera ya sangre bastante en ella. Que María no fue una de tantas mujeres que se movían de guerra en guerra tras los tercios; esposas, soldaderas, putas y criadas que arrastraban bagajes y niños tras los escuadrones, a veces casi tan numerosas como estos. No, María siempre se mantuvo cerca de Fernando, diestra y armada, al punto de compartir centinelas con nosotros y, en las brumas de Flandes, hasta defendimos juntos un revellín espada en mano. Sí, señor, y no soy yo de regalar cumplidos ni querer ver mujeres en trabajos de hombres, pero María no se quedó atrás como las otras que seguían a las tropas, remendando cuerpos, calzas y jubones. No, ella estuvo allí, asalto tras asalto, cargando arcabuces y pistolas hasta que no quedó pólvora, que bien la gastamos en esos luteranos del demonio. Siempre a nuestro lado, limpiándose del rostro la sangre y los sesos de algún camarada, bebiendo el agua de los charcos. Sin quejarse. Sigo narrándole, a la vista está que divierto al viejo y sus principales, cómo al fin nos separamos Fernando, María y yo, partimos peras y les perdí el rastro por años. Aunque me callo la razón, que uno no se aleja porque quiera, sino que lo alejan haciéndole de menos, que en el mundo de dos que crearon mi amigo y su amada todos los demás sobrábamos y a la gente de calidad, y yo lo soy, nos espanta tanto molestar como que nos molesten. Lo que sí le cuento es que, ya harto de barro, fríos, pagas atrasadas y heridas, entré al servicio de don Ruy de Lasso. El joven noble había crecido en edad y poder, vivía en la corte de Madrid y era cercano a los ministros del rey. Lo que ya no le detallo a estos indios de mierda, que por la sangre de Cristo todos desde Veracruz hasta este pudridero me parecen iguales, con esas caras taimadas sin expresión ni edad clara, es que don Ruy era putero y jugador florista por demás, que para mí tengo que hallaba más placer en ganar con trampas que sin ellas, y que mi servicio consistía mayormente en cobrarme a cuchilladas deudas de juego o librarlo por las mismas de acreedores insistentes, que a más de uno despaché en los callejones de Madrid por su tozudez en querer cobrarle a tan ilustre caballero. Nunca es buena idea ser acreedor de quien en todo, y sobre todo en impunidad, te sobrepasa. Esto vale para personas y para pueblos, que luego vienen los llantos y crujir de dientes. Tampoco le cuento al cacique y su indiada los detalles de la noche que dieron con mis huesos en un galeón hacia la Especiería. Recuerdo, pero callo. Una fina mancebía de Madrid, hermosas tusonas con los pechos por fuera. Pero la calentura que lleva allí a don Ruy y los otros poderosos señores es otra. Las presentaciones en un cuarto vestido para la ocasión y caldeado con braseros. Yo, una sombra callada tras mi amo.

—Me alegra hayáis aceptado ser punto en la partida con estos mis amigos, Ruy.

—Bien sabéis que nunca digo que no a unos envites. Pero antes de jugar, no estaría de más que me presentarais a estos caballeros.

—¡Cierto! Perdonad mi torpeza. Caballeros, este es mi buen amigo don Ruy de Lasso, linaje por todos conocido y al que él da aún más brillo con sus muchas prendas, como pronto veréis.

—¡Dios os guarde, don Ruy! Mi nombre es don Gil de Armada, y viniendo de Sevilla a la corte por ciertos negocios, agradezco a nuestro común amigo, don Luis de Vargas, con vuesa merced y con... —Me miran. Don Ruy le dice que yo ni juego ni opino, y con una leve inclinación de cabeza me retiro a una silla en una esquina, a unos pasos de los jugadores, colocando mi espada de modo que no estorbe—. Entiendo. Basta de cumplidos.

—¡Naipes! —Don Gil

—¡Dados! —Don Ruy.

—Sean pues los dos. Tiempo no ha de faltarnos —tercia don Luis.

—Ni dineros —apunta sonriente mi señor—. Empecemos por los naipes, que parecen complacer más a nuestro visitante sevillano.

—¡Ea! Saquemos los dineros de las bolsas y que pasten en la mesa —añade don Luis—. ¡Antonella, vino y naipes!

Maldita noche al otro lado del mundo que me trajo aquí por la liviandad de otro. Aquella se torció en demasía.

Don Ruy floreó como solía, dando muerte a las bolsas de los otros, que estaban cada vez más picados y recelosos de la suerte de mi señor. Y, al fin, no se tuvo el sevillano, que acusó al de Lasso de tramposo. Y ahí se montó Troya, que salimos a un callejón, el sevillano dando grandes voces y jurando. Desenvainamos los aceros y allí mismo lo dejé tendido de una estocada y se acabó el escándalo. Mi señor don Ruy fue generoso en la mancebía con su plata, la que le había robado al muerto, para que nadie fuera abanico de culpas y nombres con los corchetes, amén de que el tal don Gil acabara en alguna cochiquera, comido hasta desaparecer por unos cerdos. Al poco tiempo, y tras tenerme escondido, pues el difunto era gente de calidad y sacar la espada cerca del Alcázar Real está penado con la muerte, don Ruy vio la ocasión de sacarme de Madrid, vigilar su inversión y embarcarme como punto filipino, que así les dicen a los hidalgos que embarcan hacia Manila y estos mares por quitarse de en medio un tiempo...

—¡Rodrigo, Rodrigo! ¡Eh, castellano! —Cuando vuelvo en mí veo a Darma gritándome y al viejo cacique y los demás mirándome extrañados. Cuidado, Rodrigo, no se te vaya el santo al cielo y tú detrás. Me disculpo con una corta reverencia.

—Pues buen rey de Pawu, resultó que me reencontré con Fernando y con María en los salones de …, bueno, en una junta que hizo mi señor don Ruy de Lasso con otros potentados y nobles, donde decidieron financiar esta empresa a las islas del Maluco. Eligieron a Fernando por capitán de guerra de ella y don Ruy me ordenó sentar plaza y ser sus ojos en este viaje. Fue así que quiso la caprichosa Fortuna que los tres nos reuniéramos de nuevo y el que estemos aquí.

El rey Pramagalang el Joven me mira con esas rendijas que tiene por ojos. Me está leyendo el alma el muy cabrón.

—Entiendo, Rodrigo, entiendo. ¿Y tú estás conforme con obedecer a tu amigo?

¿Qué quieres que te conteste, viejo? Ya sabes lo que voy a decir.

—No sirve para capitanear nada, ni siquiera su vida. Lo domina esa mujer. Le come la culpa. Y la culpa impide siempre el ejercicio del poder.

—¿Y tú no sientes culpa, Rodrigo?

—No. Yo no.

Bien, este viejo indio ya sabe a qué atenerse conmigo. El poder es siempre el ejercicio de la fuerza. El poder necesita a los soldados y las armas tanto como nosotros al poder. A cualquier poder.

Saldré vivo de esta.

Nunca sobramos los dispuestos a matar.


Me siento sola. La verdad es que sí, y no sé si la imprudente curiosidad que me lleva hacia la gran colmena de los hombres tiene algo que ver con mi creciente aburrimiento. Con cada paso miro los tres dedos acabados en pezuñas de mis patas, como sorprendiéndome del rumbo que toman, como si no supiera que en mi grueso y alargado cráneo he tomado una determinación esta noche. Y es que caminar, resoplar, buscar, orinar, cocear mis excrementos, oler, comer, hacer llamadas de trompeta y dormir, nunca me pareció un mal plan, solo lo que me toca hacer en este maravilloso mundo. Ni me importaba estar sola. Los *badaqs* no parecemos muy extrovertidos, pero tenemos un rico mundo interior. No echaba de menos emparejarme con algún macho inmaduro, como hacen algunas, y esperar juntos a ser fértiles. Pero de verdad que empiezo a cansarme de vagar buscando un macho que me fecunde. Los machos, ¡el macho!, se está convirtiendo en una molesta necesidad. Tanto que, de un tiempo para acá, me cae mal por esquivo y fantaseo con que le pase como al macho de las abejas y le exploten los cojones al eyacular. Mi cerebro es pequeño en relación con mi enorme cuerpo acorazado, pero claro que recuerdo cosas, aprendo otras y tengo mis sueños y fantasías. Todos los seres vivos, animales y plantas, tenemos esas capacidades. Recuerdo perfectamente a un cocotero muy soñador, que teniendo sus raíces en la selva crecía y crecía tendido hacia el mar para depositar en él sus cocos y que así viajaran a otras islas. Yo hace ya varias lunas que sueño con un macho de *badaq*, con más frecuencia e intensidad a medida que crece mi celo y el vacío en mi interior. Sueño con apareamientos interminables y chorros de esperma. No con mi futura cría, no, ni siquiera con eso. Ahora sueño con el inexcusable paso previo, el macho. Fuerte y con un gran cuerno. Con la hora y media que lo tendré dentro de mí derramándose, él y generaciones de *badaqs* como él mezclándose con generaciones de *badaqs* como yo para crear futuros nosotros. Si no, quién iba a prestarse a semejante trasiego. Desde luego no soy como esas macacas que pasan en un rato por todos los machos de su grupo, claro que a ellas no les lleva hora y media el asunto, apenas están unos segundos con cada uno. En fin.

Camino cada vez más cerca de la gran colmena de los hombres. Voy descuidada, casi con prisa. Mi madre me regañaría por temeraria.

—No sé qué pasa contigo, con todas las crías. Parece que queréis mataros todo el rato. ¿No quieres vivir?

¡Pobre madre! Claro que quería vivir y, ahora que ya no soy una cría, dar vida. Lo cierto es que hoy entiendo mejor tus pocos enfados, tu afán por enseñarme: cómo andar tras de ti, qué comer, dónde beber… Hasta tus arranques y embestidas a ciegas contra sombras y peligros imaginarios, tus topetazos para derribar algún arbolillo y conseguirnos frutas. Yo también correteo la nada, siluetas borrosas, y rompo alguna cosa cada tanto. Estoy aprendiendo mucho sobre mi tamaño, mi fuerza. Ahora, con este vacío que crece en mi interior, entiendo mejor aquello que decías:

—A veces, para no romperse por dentro, fuerza es romper algo por fuera.

¡Qué razón tenías, madre! ¡En todo!

El rumor del río es ahora casi un rugido. Llovió y baja con mucha agua. Asomo el hocico entre los juncos para oler la gran colmena al otro lado. Huele a quemado. Los hombres por la noche encienden fuegos, no sé cómo lo hacen y para qué, con lo peligroso que es. Cómo será la cosa que, me contó mi madre riéndose, estos seres fantasiosos que son los hombres, al menos los de esta isla, cuentan la historia del *badaq api*, el rinoceronte del fuego. Parece ser que hace muchísimas lunas, supongo que por casualidad, uno de los nuestros pisoteó y apagó una pequeña hoguera. Seguro que era pequeña porque, como a todos los animales sensatos, nos da miedo el fuego. Pero los hombres, que me parecen cualquier cosa menos sensatos, empezaron a exagerar y la hoguera se convirtió en incendio, así que crearon esa conseja del *badaq api* según la cual todos los rinocerontes podemos apagar incendios con nuestras pezuñas. Es típico de los hombres, se ponen a jugar con fuego, a hacer estupideces peligrosas esperando que alguien que no tiene nada que ver los salve de sus locuras. Como creen en eso, y hasta en seres imaginarios como dioses que hacen milagros imposibles, pues andan por el mundo de irresponsabilidad en irresponsabilidad, incendiándolo todo. ¡Ya habrá quien lo apague!

Están chiflados. Claro que yo soy solo un animal, no razono —no tanto como presumen hacer ellos—, actúo según me dicta el instinto para mantenerme viva, comer, abonar plantas con mis boñigas y procrear otros como yo. La naturaleza me dice qué hacer y nunca se equivoca. Los hombres se rebelan contra ella. ¡Algo se torció en algún momento para crear un sinsentido natural, el animal perverso!

Pero lo cierto es que me intrigan.

Espero que no haya uno cerca, mi último pedo me habría delatado.


Pramagalang el Joven mira la luna pensativo, hierático. No quiere que sus emociones alteren a los que lo rodean, los nobles y señores de Pawu. Darma ya viene agitado desde la llegada del galeón. En una pausa entre las recepciones con los castellanos, el rey nota que Darma mueve los hombros sin razón aparente, como recolocando los músculos de su espalda con un leve gesto de dolor. También le ve arrugar una frente perlada de sudor pese a la brisa, cerrar los ojos y morderse el labio. Todo muy poco armonioso en una corte pequeña, sí, pero elegante, y en la que todos caminan y mueven los brazos como si danzaran, conscientes de su *nrimå*, su papel en la armonía que él instaló como ideal y etiqueta en su palacio, en su vida. Y, piensa Pramagalang el Joven, no son pocas las cabezas que han rodado para preservar ese buen gusto, así que la fealdad de los gestos de Darma le llaman la atención a la par que le irritan.

—¿Te pasa algo, buen Darma? —pregunta, más porque el servidor repare en lo molesto de sus gestos que por verdadero interés. Su cabeza está más ocupada componiendo la imagen compleja de un mundo nuevo e inquietante, sin duda peligroso, con el relato de cada uno de esos castellanos.

—No, mi rey —contesta Darma para desdecirse de inmediato—. Bueno, sí.

—¿El qué?

—Me duele la espalda, mi rey —explica Darma con un pequeño resoplido y unos movimientos circulares de la cabeza que hacen crujir su cuello. Algo que le parece por completo vulgar y fuera de lugar al rey, que lo fulmina con una mirada que Darma toma por sincero interés por su salud y lo anima a seguir—. Veréis, mi rey, en los casi ocho años que pasé cautivo de los castellanos y de aquel demonio de capitán, a la par que aprendía su lengua recibía golpes y bastonazos por cualquier cosa. Así que, sin yo quererlo, debí de tomarles un miedo que ahora se manifiesta como dolor de espalda cuando los oigo hablar su espantosa lengua. No lo puedo evitar. Oigo el castellano y me duele la espalda.

—Te entiendo, buen Darma, y aprecio tu esfuerzo, que te será debidamente recompensado —le dice Pramagalang el Joven—. Pero, por favor, deja de hacer gestos y retorcerte de manera tan grotesca. Me incomoda.

Darma abre mucho los ojos y asiente con una profunda reverencia.

—Tranquilo, Darma, ya solo quiero hablar con la mujer. Pronto te liberaré de traducirme lo que dicen.

—¿Con la mujer, mi rey? —se extraña Darma—. ¿Qué valor puede tener su opinión?

—Si quieres saber la verdad sobre un hombre, escucha lo

que diga o lo que calle sobre él la mujer con quien se acuesta. Traed a la mujer.

Y Pramagalang el Joven vuelve a ser una esfinge surcada de profundas arrugas, encorvado por el tiempo, que ignora cualquier privilegio de los hombres, rey consciente de que el poder siempre se basa en la fuerza, sí, pero mucho más aún en la ficción del poder, en que todos lo crean real, omnímodo e insustituible por ningún otro poder. Es condición del poder parecer el único posible. Es siempre una fantasía que los gobernantes imponen a los gobernados con armas, noticias escogidas y leyendas, y estos la dan por buena. Como fantasía le parecen a él esos reyes y emperadores lejanos que le exigen vasallaje y que, bendecidos por un gran sacerdote de otro dios, quizá otra imaginación, se dividieron el mundo y todo lo que contiene. De este lado de una raya imaginaria todo para uno; allende, todo para otro. Le preocupa que la presencia de estos extranjeros destruya la ficción de su mundo, de su poder. La armonía.


Hace rato que este rey de Pawu, a través del tal Darma, me está preguntando cosas. Está claro que por mujer me dejó para lo último, que siempre los hombres nos tienen por personas poco interesantes y escaso valor más allá de la cocina o la cama. Por mucho mundo que hayamos cruzado y mucho turbante que lleven, estos hombres de aquí no me parecen muy distintos en eso de los de Castilla. Pero de entrada, sorprendí al viejo rey con mi saludo, pues siendo yo más joven y estando de pie y él sentado, lo saludé como conviene con un sonoro *As-Salaam-Alaikum*. Eso bastó para callar los murmullos creados por mi entrada. El rey me contestó con un *Walaikum assalam*, que es la forma de responder al deseo de paz. Ahí le contesté un sentido *Al-ḥamdulillāh*, al que asintió complacido. De algo me había de servir mi fe morisca, la de la niña Maryam Abassum tantos años olvidada, entre estos mahometanos. Siquiera para empezar con buen pie. Lo cierto es que me cuesta recordar y son apenas esos saludos los que cosecha mi cabeza. Casi no tengo memoria de Maryam, de la niña que fui. Si acaso el olor de alguna comida, de alguna flor. O de la luz explotando en la nieve. Poca cosa más. Casi todo lo borré de mi cabeza, como si ella se hubiese quedado allí, pesada de sangre, pegajosa trampa de moscas voraces, cuando me sacaron de debajo de los cuerpos de mi familia asesinada. Y de esos pocos recuerdos, dudo de la veracidad de muchos. Si no los he labrado después para consolarme. Sí, creo que elegí olvidar lo que me hería con ferocidad. Y que, sintiéndome ya segura al lado de Fernando, moza y no niña casi muda, elegí cuándo y qué volver a recordar.

El viejo rey me dice que ya sabe por Fernando y Rodrigo de las guerras de Granada y cómo me encontraron. Y pide a Alá misericordioso que esos recuerdos no pueblen mis pesadillas. Yo le voy contestando con la misma prudencia con la que caminaría descalza por una selva llena de serpientes venenosas. Los hombres de su corte me miran con interés, supongo que una mujer como yo es una novedad para ellos y las novedades atraen, excitan, interesan por un tiempo. Debo tener cuidado, el mismo que mis compañeros, extranjeros como somos y más cautivos que huéspedes, entre gentes extrañas que tienen nuestras vidas en sus manos. Pero a las precauciones de ellos, yo he de añadir un tanto más de ingenio por ser mujer y joven. Podría decir ya cuántos de estos que me miran me desean, no son pocos, pero de lo que estoy segura es de que todos me tienen en poca valía y, de entrada, no me han de conceder el mismo respeto que a los hombres, a Fernando, al alunado de Rodrigo o a fray Guillermo. María, María, que tus palabras y gestos pisen con cuidado este pasto, que la serpiente de su desprecio no salte y te muerda. Te va la vida. Habla sosegada, mantén tu punto y no le mientas, que este viejo va tan sobrado de años como de astucia. No te humilles, que nadie valora a los cobardes. Pero no te crezcas, que ningún hombre, cristiano o no, soporta que una mujer lo trate como igual. Tranquila, mantente serena. Hombres. Miro alrededor y las únicas mujeres que veo son sirvientas que no miran a los ojos y unas niñas con las caras pintadas que deben de ser bailarinas y concubinas. Me dan pena.

—Y dime, mujer, ese rey invencible vuestro, ese Felipe II, debe ser hombre de grandes méritos para dominar tantos reinos.

—La mayoría le llegan por braguetazos de sus antepasados, bodas y alianzas así. Su padre, el emperador, sí anduvo en guerras y conquistas, mandó gentes a las Indias. Conquistadores.

—¿No admiras a tu rey?

—Pues a fuer de ser honesta, no veo cuál es el mérito de estos reyes y emperadores, de allá o de acá, si lo único que hacen es enriquecerse gracias al hambre y la desesperación de muchos. —Pramagalang el Joven y sus notables abren mucho los ojos, parecen espantados, aunque se recomponen con presteza. Es inútil, María, nunca has sido de callarte y no vas a empezar ahora—. Y sé bien lo que digo, pues todas estas empresas y jornadas gloriosas de conquista y descubrimientos, con las que se llenarán crónicas, libros, relaciones, romances, tapices y pinturas durante siglos venideros, no son más que el fruto de la rapiña de reyes que, no sabiendo cómo hacer para que sus súbditos se queden en casa sin pasar hambre, estando sus reinos agotados por ellos, exigen a nobles y curas que los alienten a que recorran el orbe despellejándose con otros pobres desgraciados que en nada los han ofendido y que tienen la mala suerte de vivir cerca del oro, la plata o las especias. ¡Todo se perdona con la coartada de que les llevamos la fe verdadera!

»Esos son los hombres que nuestros reyes envían. Hombres enfermos de miseria y odio. Mitad por sacárselos de sus reinos, pues son levantiscos, mitad por negocio, pues se quedan con un quinto de lo saqueado. Ese y no otro, creedme, es el aliento de estas hazañas que han de pasmar a los siglos venideros. —El rey y sus nobles me miran con una mezcla de sorpresa y desagrado, al final soy una mujer faltando a otros hombres, sean extranjeros o no—. Mi Fernando es ejemplo y víctima de todo esto. Es un hombre inteligente y un alma buena que nunca conoció una causa noble a la que entregarse en un mundo que solo premia el asesinato y el saqueo al servicio de reyes o nobles. Viniendo hacia aquí deliró por las fiebres y perdió la cordura por unos días, pero nunca le oí hablar más en razón. Tenedle lástima. Yo se la tengo.

—El sacerdote ya me dijo algo sobre la calaña de tales conquistadores. ¿Y son así todos los castellanos?

—Sí, hombres que en edad de crear un hogar y una familia andan pereciendo en selvas, montañas y galeones por huir de la miseria. Pero siendo mayoría, no son los únicos, que hambrones hay de todos los reinos del gran Felipe II. Lo que importa es mandar gentes, pobretes a los que solo por venir se les concede una carta de hidalguía que los ha de elevar sobre los pobladores de las tierras que conquisten.

—Entiendo, entiendo. Hay un lugar lejano donde les dan permiso para venir aquí, esclavizarnos y ser nuestros señores.

—Así es, rey Pramagalang. No sé cómo será por estos mares, pero en todas partes, para que haya señores y amos, se necesita gran número de siervos que los mantengan. Y si en Castilla son los pecheros y moriscos, fuera de allí lo serán los indios y negros que se encuentren. De modo que sí, todos los que recorren el mundo en esos galeones lo que quieren es trocar su miseria en ser señores de otros más débiles que ellos.

—¿Quieren entonces esclavizarnos, mujer?

—Lo llaman, al menos en América, conceder encomiendas de indios.

Darma traduce como puede. El rey asiente extrañado y pregunta:

—Pero encomendar personas a alguien es ponerlas bajo su cuidado, ¿no?

—Así le dicen, como si los indios fueran niños a los que cuidar. Pero en realidad conceder encomiendas de indios es darlos como siervos a sus dueños.

—Confirmas lo que nos contaron tus compañeros. Pero se me hace extraño oír a una mujer hablar con tanta certeza de las cosas de los hombres.

—No sois el primero que me lo dice. Por lo normal, eso asusta o repele. En cualquier caso, algo que debería cambiar es que el poder y su ejercicio, la política, sean cosa solo de los hombres. ¿Hay mujeres en vuestro consejo, rey Pramagalang?

—No.

—Bueno, no me sorprende. En el de Felipe II tampoco. ¿Y nunca las hubo?

—Si fue así, ya nadie lo recuerda.

—Claro, los hombres poderosos deciden la memoria del resto. Qué recordar y qué olvidar. Es igual en todas partes. Solo sois otro rey, para algunos el más bajo de los oficios.

—Eres valiente. Deslenguada, pero valiente.

—Mis muchos miedos me obligaron al coraje.

—Mujer, haces mal en despreciar a los reyes, a la sabiduría de los que los precedieron y, en el mejor de los casos, algunos heredan. Muchos buscamos la bondad, el bien y la felicidad de nuestros súbditos, aunque sea a costa de sangre y destrucción. Esa es la paradoja del ser humano. Solo las mentes educadas pueden saber qué es lo bueno para todos y, llegado el caso, imponerlo a sangre y a fuego a los siervos e ignorantes.

—Sois muy viejo, señor.

—¿Y eso es malo, mujer?

—Los viejos con poder son peligrosos porque han olvidado la juventud. La vida les es ajena, insultante. Mandan con facilidad a otros a morir.

—Insolente. Y culta pese a tu juventud.

—La verdad es siempre insolente con los poderosos. Y sí, nunca renuncié al don del pensamiento y a alimentarlo con cada lectura y charla posible. Disfruto mucho de la nuestra, os lo aseguro.

—¿Por qué vistes a la manera de vuestros hombres?

—Porque vivo entre ellos y en un mundo que mal tolera a una mujer. Siento que me despellejan menos si disimulo más quien soy por parecerme a ellos.

—Ya. ¿Y cómo pudiste amar al asesino de los tuyos?

—Él no los mató. Pero si lo hubiera hecho no creo que hubiera cambiado nada. Es un hombre bueno —le contesto al viejo rey, renunciando a más detalles que mi memoria sí enhebra.

Aquella niña bañada en sangre, aterrada y escondida entre los cadáveres de su familia era, por fuerza ya, una huérfana, una loca, alguien que nunca más podría creer en Dios o en la justicia. Mucho menos en la humanidad. En el mejor de los casos, solo en un hombre. También horrorizado y casi loco, pero alguien que me abrazó pese a la sangre que me empapaba. Alguien que, eso sentí, nunca me soltaría la mano si me agarraba a ella con toda mi alma. Y así lo hice.

El rey calla y con él su lengua, el tal Darma. Todos los hombres me miran en silencio, inexpresivos. No hay un gesto de simpatía. Entiendo que están todos esperando el veredicto de Pramagalang el Joven, que me clava sus pupilas negras y por fin habla.

—Eres muy joven, María.

—No tanto.

—¿Cuántos años tienes?

—Veintiséis, señor.

—Podrías quedarte en esta isla. El océano es incierto.

—¿Para ser una de vuestras bailarinas o acabar en un serrallo? Gracias, pero no.

—Podrías volver al islam, volver a ser Maryam. Eres muy hermosa, no te faltarían maridos.

No falla, da igual lo lejos que vayas, la solución que dan los hombres al enigma de una mujer libre es volverla al redil por el matrimonio. O al convento, que es casarla con Dios. O quemarla.

—Toda mi vida he pertenecido a hombres, pero hace años que conseguí amar a uno y enseñarle a respetarme. ¿Por qué querría cambiarlo por uno nuevo que desasnar?

Es curiosa la actividad incesante de los hombres. Me sorprendo a mí misma fascinada. Desde luego que son animales, muy parecidos a cualquier otro mono, pero también hay que concederles que son singulares. Sí, ya lo sé, todas y todos lo somos. Yo soy una hembra de rinoceronte, una paquiderma, una *badaq*, igual a las demás pero singular en mi existencia. Me refiero a una intuición que vengo rumiando tras estos días de especial proximidad con los hombres y algunas mujeres, sus hembras. Siento que si yo pongo mi felicidad en ser una más, en repetir de manera eficaz mi papel en la naturaleza y replicarme, estos monos sin pelo y siempre tan agitados buscan precisamente lo contrario, no parecerse a ningún otro animal y, aún más loco, encontrar hasta la más sutil diferencia entre ellos mismos para que cada uno pueda sentirse único y especial. Esto, que presumo tras mi concienzuda observación de los hombres, se me antoja algo absurdo y que por fuerza debe tenerlos siempre intranquilos, soñando o haciendo esas cosas que piensan los distinguirán de los demás. Yo no le veo sentido, es más, lo veo angustioso, pero me pregunto qué pasará con los que lo consiguen. ¿Serán al fin felices y descansarán o tendrán que seguir buscando diferenciarse de otros que también lo consigan? ¿Y los que no lo logran? ¿Se sentirán fracasados y tristes? Todos los animales conocemos la tristeza, por supuesto. Yo… ¡Oh, no, si es que ando muy distraída! He aplastado a un gordo y viejo sapo. Bueno, debía estar ya muy mayor y poco ágil, quizá sordo. O ciego. En cualquier caso, le había llegado su momento y el mundo me eligió a mí para despanzurrarlo y alimentar a un montón de bichos que serán felices con la papilla de sus restos. Voy a moverme de aquí, unos pasos más allá los veré mejor.

De la colmena más grande, la que iluminan más fuegos, y en la que hasta hace poco solo se oían voces, me llega ahora ese sonido rítmico que los hombres llaman música. Allí debe de vivir el hombre viejo que lleva encima más ropa que ninguno y pasea cada tanto a hombros de otros más jóvenes. Es su macho dominante, cosa que no entiendo porque es visiblemente el más débil y no creo que ande ya para cubrir a las hembras. Otro misterio. La música es una sucesión de vientos y golpes rítmicos, cada uno en un tono que mi fino oído distingue a la perfección y que comparo con sonidos parecidos que yo conozca. El viento fuerte entre las ramas, o silbando en la oquedad de un tronco. El murmullo del agua en este río que fluye ante mi hocico. O el repicar de las gruesas gotas de agua sobre la tierra o las piedras. Cada árbol suena distinto bajo la lluvia. Los golpes más graves son como el ruido de frutos chocando contra el suelo, de troncos que caen, de rocas que ruedan por una ladera. Lo que me atrae es ver cómo unos pocos hombres soplando y golpeando cosas funden todos esos sonidos en algo mayor que cada uno de ellos, y en algo que crean y repiten a voluntad. Me gustaría verlos mejor, oírlos y olerlos desde más cerca. Ahí parece que la orilla baja un poco y el río se estrecha. También hay juncos altos para esconderme. Voy a… ¡Vienen dos, un hombre y una mujer! Y por cómo huelen son de los que han llegado en la gran nuez por el mar. Huelen distintos a los de aquí. Pobre, el hombre huele también a enfermo. No está bien. Van de la mano. Eso ya se lo he visto a otros monos. A veces me pregunto cómo será eso de tener manos y poder rascarse a voluntad. ¿Será mejor que dejar que te picoteen unos pájaros? Claro que, si yo me rascara, dejaría a los pobres pajarillos sin esos bichillos que comen. A mí me resultan molestos, un incordio, pero a los pájaros les encantan. El hombre y la mujer parecen caminar hacia un sitio, en el que topan con un par de humanos de la colmena. Entonces dudan y caminan en otra dirección, hacia el río. ¡Hacia mí! Van a estar al otro lado del agua, pero muy cerca.

Estoy nerviosa.

A ver cómo son… ¿Qué harán?

Sobre todo, tengo que estar callada. Nada de resoplidos que los espanten.

Calma.

¡Ahí están!


—Esos dos hombres están ahí para que no salgamos del pueblo, María. En esa dirección debe de estar el galeón, con Longoria y el resto de los hombres.

—No veo a ningún otro que nos vigile.

—No les preocupa que huyamos, saben que no tenemos adónde ir en esta isla. Lo único que no quieren es que nos juntemos con los del San Isidro mientras deciden qué hacer con nosotros. Ven, vamos hacia el río.

—¿Me estáis llevando a lo oscuro, mi señor de Encinas?

—¡No te burles, que aún me queda pólvora en los frascos!

—No quiero agotarte.

—Vamos. Al menos estaremos solos, que ya se me hace pesada la continua compañía de Rodrigo y del franciscano.

Caminamos unos pasos en silencio. Nos detenemos, escuchamos. Nadie nos sigue y, por un instante, nos siento solos, juntos y libres. Nos besamos. Hay más ternura que pasión o urgencia. La miro a los ojos en silencio, un momento, y aun nos alejamos un poco más hacia los cañaverales y las sombras de la orilla.

—Fray Guillermo me contó algo el otro día —dice al fin María, elevando su voz solo lo justo para imponerse a los ruidos de la selva, a la música de monos, aves y grillos, y a la que nos llega del palacio donde Pramagalang el Joven nos ha interrogado, uno por uno—. La palabra «recordar» viene del latín *recordari*. Significa literalmente volver a pasar por el corazón. Es volver a hacer presente, revivir, algo que sucedió en el pasado. La imaginación permite comparar el presente con el pasado para anticipar el futuro.

—Yo imagino mi futuro siempre contigo. ¿No te arrepientes?

—¿De qué?

—De nosotros, María. De mí.

—El coraje auténtico es enfrentar las cosas de las que te arrepientes. Mirarlas a los ojos. Y no, tú no eres una de ellas.

—Y, sin embargo, siento que te he fallado. Que nunca podré levantar un amor perfecto para los dos.

—¿Tú solo? No, no podrás. Además, no hay que aspirar al amor perfecto porque nosotros tampoco lo somos. Yo te amo, ahora, ayer. Pero sé que la vida es separación, pérdida, y estoy lista para ello. Además, la libertad de elegir estar juntos es lo que más amo en nosotros porque encierra también la libertad de separarnos. Si somos libres para darnos, también lo somos para perdernos o sanar.

—Me asustas, me asusta perderte.

—Vivimos rodeados de muerte y enfermedad, no añadamos nosotros la peste del miedo, Fernando.

—Eres tan fuerte.

—No, no lo soy. Pero he sentido tanto dolor y tanto miedo que solo puedo buscar la alegría con uñas y dientes.

—Tardaste tanto en prometerme amor.

—Las promesas fáciles valen poco. Quien tarda en prometer es más fiel a lo que promete.

—Lo sé.

—Además, mi amor, entiende que amar es trabajo de pobres, de gente sin futuro a la que se le niega casi todo. De mujeres. Por eso los hombres amáis mal. Queréis dominar, poseer, conquistar, gestas viriles; vuestra alma está en esas cosas, y nos dejáis a las mujeres, a las que nos habéis negado todo lo demás, el trabajo de amar y de cuidar. Servir y complacer por amor. Amor a tu padre, a tus hermanos, a tu esposo, a tus hijos, a un dios barbudo, eso es lo que nos habéis dejado, lo que nos pertenece. Eso y nada más de todo lo que hay en el mundo. Y a las que no se resignan, las acusan de putas y brujas. Nos lo habéis quitado todo.

—Yo nunca te pedí que me amaras. Ni te traté como a una sierva.

—Lo sé. Te prometí amor sintiéndome libre, quizá por eso tardé tanto en hacerlo.

María se sienta en la hierba sin soltarme la mano y tira con suavidad de mí, me siento a su lado. Nos besamos, nos recostamos. Ella reposa la cabeza en mi pecho, yo miro las estrellas con extrañeza. No es mi cielo.

—Me asusta estar loco, María. Volver a estarlo.

—¿No recuerdas cómo nos hablaste a todos en el galeón?

—No, la verdad. Es como si la fiebre lo hubiera borrado todo. Dije locuras, ¿verdad?

—¿Quieres que te recuerde tus palabras?

—No, ahora no. No quiero cuitas que distraigan mi atención. Hay que salir vivos de aquí. Ya habrá tiempo para avergonzarme.

María calla un instante y oigo el gorgojeo que con cada respiración suena dentro de mi pecho.

—Este viaje siempre fue el de la nave de los locos, Fernando. Al fin del mundo con otros locos, no a buscar, a huir. A ser libres. Sentí esperanza al oírte cuando delirabas, creí que lo habías entendido. Ahora sé que nunca podremos ser libres por lejos que vayamos.

—María, ahora no. Por favor.

Me muevo con delicadeza hacia ella. Ambos nos apoyamos ahora sobre un codo, tumbados sobre un costado, espejeándonos. Mirándonos como si estuviéramos aprendiendo el rostro del otro por primera vez.

—Tengo tanto miedo, María. A que mueras tú mucho más que a mi propia muerte, a fracasar y arrastraros a todos al fondo conmigo. A que esta sea una de tantas expediciones que desaparecen en el mar, otro galeón perdido con su tripulación de orates. Como ya pasó con la mitad de nuestra gente a bordo del San Luis. ¡Por cada gloriosa conquista, cuántos descalabros que nadie reseñará, cuánta muerte! Nadie canta los fracasos, María.

—Sí, el San Luis... Si desaparecemos nadie nos verá fracasar. Y eso es un alivio, ¿no?

—No soportaría que tú me vieses fracasar. Otra vez.

—Es tu vanidad la que te duele, Fernando. No te reprocho nada. Los dos hemos ido de fracaso en fracaso juntos y hemos sido felices. Nos hemos reído, ¿verdad?

—Sí, María, mucho.

—Y bailado. A ti y a mí la felicidad nos suele sorprender sin avisar. En noches de vino de Falerno, canciones y laúdes en los callejones de los *Quartieri Spagnoli*.

—Hemos sido felices contra todo augurio para dos que se conocieron en mitad de una carnicería, que han vivido siempre entre guerras y soldados.

Pero sí, pienso en silencio mientras la acaricio, lo hemos sido, María, y lo sé porque sin esfuerzo puedo reunir mil hilos que tejan recuerdos dulces, alegres, caricias, palabras susurradas, motes y bromas secretas de esas que avergüenzan a cualquiera menos a los enamorados que las fabrican, que las forjan enredando sus lenguas, pegando sus pieles, empapándose. Mil destellos de luz, de ternuras imposibles, insólitas por brotar como flores impertinentes en los campos de la muerte. De calentarnos cuando helaba fuera, como si quisiéramos meternos uno en el cuerpo del otro. Tantas veces en el oscuro Flandes lo iluminaste todo con tu sonrisa, secaste mi alma de la tristeza mojada, de la lluvia helada y el barro de los caminos. Tantas veces en el sol, el mar añil y la piedra dorada del Mediterráneo, me abanicaste con tu voz, me diste sombra fresca con tus ojos. Siempre animosa, «¡vamos, Fernando!», con los pies hundidos en el fango o tragando polvo en las marchas.

Años de verte leer, clavar los ojos en cada libro que se nos cruzaba, que encontrábamos entre los nuestros o entre los muertos. Esa atención desmesurada a las palabras, a las que temía y celaba porque te llevaban lejos de mí. Tu risa cuando topabas con noveluchas sobre el amor cortés, el gracioso desdén con que descartas los malos libros, el hambre con que devoras los que juzgas buenos, lo vivas que son tus descripciones sobre lo que lees. Pero también noches de exceso regidas por Venus, de pasión carnívora, urgente, de jadeos y ahogos sobre catres inmundos, contra paredes húmedas, en la tierra removida de una trinchera. Pues uno ama como vive y tú y yo, María, convivimos con la muerte desde el primer día. Y sí, a veces, nos pesa toda esa pacotilla que deja el amor largo, esa morralla que nace del conocerse demasiado y que será un recordatorio insufrible de la derrota si un día nos separamos, pero hemos sido felices. Tanto que, por mejor defendernos, hicimos un mundo de dos. Contra todo y contra todos.

—No me imagino sin ti. No me conozco sin ti. ¿Te acuerdas de Felipe Londoño y Lucrecia, la Genovesa? ¿Cómo podíamos reír tanto? ¡Qué pena que...!

María, desbordando dulzura por los ojos, me pone el índice sobre los labios. Sí, ¿por qué recordar tristezas? Yo también me recuerdo más feliz, más vivo. No me atrevo a preguntarte cuándo hicimos de la tristeza un hábito. ¿Por qué me he vuelto tan pesimista?

—¡Dejemos que la felicidad nos alcance por sorpresa, Fernandito! No nos impongamos la tarea imposible de ser felices, solo nos angustiará. Intentemos sobrevivir. Vivir para reír, bailar y fracasar de nuevo, juntos.

Sonrío triste y acaricio la mejilla de María con suavidad, como con miedo a que mis dedos le ensucien el rostro con mis dudas, con mi enfermedad.

—Lo sé. Pero cuanto más viejo me hago, más pequeño me siento, más asustado. Hay días en que me cuesta dar un paso o una sencilla orden a quienes esperan que los guíe. El miedo me agarrota.

—Lo que nos ha traído hasta aquí, Fernando, es la unión de todos nuestros miedos, los tuyos, los míos, los de todos en el San Isidro. No hay que temer al miedo, hay que abrazar el propio y el ajeno para vencerlo. Sin él, no es posible el valor.

—Nadie sensato desea ser un héroe. ¿De dónde sacas tu fuerza, María? ¿Por qué yo no soy capaz?

—Siempre te pudo la fantasía, Fernando. Y la fe en los milagros sin duda se agota. Yo nunca he dejado de recordar. Mi fuerza es mi memoria.


La mujer acaricia la cara del hombre. Debe de ser parte del cortejo de los humanos, aunque él me parece más pasivo de lo que estaría cualquier macho de esta jungla, quizá porque está débil. Las manos, esas cosas con dedos finos, son muy curiosas, los monos también se tocan mucho con ellas. Los he visto acicalarse, quitarse piojos y pasárselas por las caras y los lomos. Es fácil ver que los más débiles de las manadas lo hacen para ganarse el favor de los más fuertes, a cambio de sexo y de comida. Y las madres se lo hacen a sus monitos, que a mí me parecen todos iguales y bastante feíllos, nada que ver con un hermoso bebé de *badaq*, por supuesto. Nosotros nos acariciamos con nuestro hocico, con los labios prensiles con los que arrancamos hojas, tallos, brotes. Nos gusta también rozarnos los fuertes flancos y que los más pequeños se recuesten en ellos, protegerlos. Hummm... En fin, no sé, eso de las manos con dedos se me antoja interesante, aunque para nada las envidio. A la vista está que esos finos apéndices que abren y cierran para aferrar cosas serían poco prácticos para sostener mi peso y del todo innecesarios, ya que los rinocerontes no trepamos a los árboles.

¿Qué hacen ahora? Los huelo y los oigo muy bien desde aquí, incluso los veo. No están a más de veinte cuerpos de mí. El hombre parece animarse y también toca la cara y las ancas de la mujer por encima de esas ropas con que se cubren. Se susurran cosas y se miran a los ojos. ¿Para qué se mirarán tanto? ¿Es que no se reconocen y tienen que identificarse a cada tanto? ¿Por qué no se huelen? Deben de tener muy mal olfato. ¡Oh, ahora unen sus bocas! Supongo que uno le estará pasando algunas hierbas masticadas, o gusanos, al otro. Desde luego no se están peleando, no se muerden. Sí, debe de ser eso, se deben de pasar algún tipo de comida porque no las despegan y las mantienen juntas con ansia. Me parece que tienen unos labios demasiado finos y pequeños para arrancar cosas sabrosas. Pero quién sabe si bastan para pasarse larvas y cosillas de esa manera... Un momento, ¿se meten las lenguas en la boca y las enroscan? A lo mejor cazan bichos así, como los sapos o los camaleones. Puede que les hayan entrado hormigas en los hocicos y las cacen de ese modo. O que las suelten, que sea un juego. Respiran más fuerte y ahora la mujer le mete la mano entre las patas al hombre, los deditos hurgan para liberar algo. ¡Qué complicado todo eso de las telas, nudos y demás! Sí, definitivamente no están comiendo, se van a aparear.

Mirándolos siento a la vez extrañeza, curiosidad y cierta ansiedad. ¿Por qué no he dado yo aún con un macho? ¿Dónde se met...? La mujer y el hombre han parado y ahora estiran los cuellos y mueven las cabezas, cada uno en una dirección. Estarán buscando a otros como ellos. O no, porque se internan un poco más entre los juncos, como para ocultarse. No entiendo para qué, los animales no nos escondemos para procrear. Te encuentras, te hueles, unos resoplidos y a darle, sin importar quien haya cerca. Y eso los que no vivimos en manadas, porque los que sí están haciéndolo día y noche, todos con todos. Sí, se esconden, voy a tener que moverme un poco. La mujer se ha tumbado sobre su lomo y se ha subido las ropas. El hombre se ha colocado de rodillas entre las piernas de ella, se escupe en la mano y luego se frota el pene. No es muy grande y no le apunta hacia atrás como las hermosuras de nuestros machos. Pero a la mujer debe parecerle bien porque lo atrae hacia sí y él se tumba encima. Ella le ofrece dos extrañas tetas, prominentes y cercanas al cuello, nada que ver con mis dos elegantes tetillas entre, como es lógico, mis patas traseras. El hombre las toca, las muerde y las chupa, aunque yo dudo de que este ejemplar sea aún un cachorro. Quizá mamen hasta muy mayores. Se miran a la cara mientras él la fecunda. No entiendo para qué se colocan así ni esa extravagancia de mirarse mientras lo hacen, por qué no le da la vuelta y la monta desde atrás. Desde aquí los oigo jadear y huelo la humedad fértil de ella y la calentura febril de él, pero no veo bien. La orilla aquí desciende como una pequeña playa hacia el curso del agua. Veo que a unos trancos de mí se vuelve a elevar. Voy para allá intentando no hacer ruido, movida por la curiosidad de verlos aparearse y sintiendo algo de envidia de esa hembra que ha conseguido con tanta facilidad lo que yo no encuentro en las selvas de esta isla. Sí, desde ahí los veré mejor. Voy. Tendré que retroceder un poco hacia el interior, apartarme de los juncos de la orilla y dar un rodeo para luego volver a acercarme. Por aquí, sí. Voy a… ¡Mierda!

¡Madre mía!

¡Estúpida!

¡Me he resbalado por la tierra húmeda y he caído al fondo de un profundo hoyo! Resoplo. Intento salir, pero mis pezuñas no agarran en las paredes lisas y verticales del agujero, tan profundo que levantándome sobre los cuartos traseros apenas consigo asomarme al borde. ¡Es una trampa! Mi madre me dijo mil veces que fuera con cuidado en el río, cerca de la gran colmena de los hombres, que solían poner trampas para cazar animales en los pasos al agua, en especial panteras y tigres que gustan de comerse a los paseantes despistados y a las mujeres que lavan la ropa. ¡Sí, es una trampa! La tenían cubierta con ramas y palmas. Resoplo más y más fuerte, embisto las paredes de barro, siento que el corazón me va a estallar y sed, mucha sed. ¿Será esto el miedo? ¡Nunca lo había sentido antes! No tenemos depredadores, ninguno aparte de los humanos, ahora me doy cuenta. ¡Chillo, sí, me oigo chillar, fuerte y agudo, y me sorprendo! Sonidos que nunca produje. Sí, sí, estoy asustada, aterrada. Y me duelen el lomo y las patas. Mucho, me duelen mucho. Escarbo, peleo con la tierra y solo logro hundirme más en el barro.

¡Chillo!

¡Me resbalo!

¡Tengo miedo!

¡Lloro!

La luna se ha movido. Me canso de pelear y no sé cuánto tiempo llevo en este agujero enorme, tanto como para atraparme. Siento sed y hambre, que alivio comiéndome las hojas de las ramas con que los hombres cubrieron la trampa. De pronto oigo voces humanas, gritos, y huelo a quemado. Algo que arde se acerca. Vuelvo a asustarme mucho. ¡Los hombres y su fuego! ¿Y si me quieren quemar viva? Son tan extraños y violentos. Están cada vez más cerca. Oigo con claridad las voces grotescas, sus gritos y también los ruidos que hacen al reír. Tan cerca ya que también los huelo entre el olor a humo y quemado. Huelo a los de aquí pero también a los que vinieron en la gran nuez.

¡Ahí están! Asomados al borde del agujero, iluminándolo con palos que arden en su punta. ¡Me los acercan! Me da mucho miedo. ¿Qué quieren? Amagan con el fuego una y otra vez mientras gritan *¡badaq, badaq!* Sí, soy una *badaq*, ¿por qué me hacéis esto? Nunca os ataqué... ¡Solo como plantas!

—*¡Badaq, badaq!*

Quiero huir. Abrir con mi cuerpo un túnel en la selva, como hago siempre, pasos que luego usan tantos pequeños animales. ¿Por qué me hacen esto? Un momento. ¿Querrán comerme? Siento terror. Mi madre me dijo que los hombres comen de todo y que no hace tanto tiempo, en estas islas, hasta se comían entre ellos. Estoy aterrada. Las rodillas apenas aguantan ya mi peso.

Resoplo angustiada y me dejo caer en el fondo húmedo del hoyo.

El borde se llena de gente. Veo a la mujer y al hombre que se apareaban junto a otros dos como ellos.

—*¡Badaq! ¡Badaq!*

Uno de los hombres de aquí, al que ya vi en la playa hablando con los de la gran nuez, se acerca a la mujer, el hombre y sus amigos y me señala.

Hablan de mí, por supuesto. Sus voces me parecen chillonas, horrible la cantidad de ruidos que emiten.

Tengo miedo.

Lloro.

Me rindo.

Darma se acerca al borde del hoyo, donde ya están varios servidores con antorchas y los castellanos, estos últimos boquiabiertos y maravillados ante la rinoceronte que se agita asustada en el fondo de la trampa. Darma sonríe y explica:

—Es una hembra de *badaq*, apenas tienen cuerno y son más chicas.

—¿Una *badaq*? —pregunta María sin apartar los ojos del animal.

—Sí, los portugueses los llaman abadas. Una abada.

—¿Una abada? —pregunta Fernando, que ha tomado una antorcha de uno de los malucos y la mueve más cerca del animal por verlo mejor—. Fray Guillermo, ¿teníais noticia de este monstruo? ¿Esto es un unicornio?

—No, los unicornios son fantasías de bestiarios antiguos, como los dragones. Para mí tengo que esto es un rinoceronte, una bestia propia de estas tierras y de África, como lo son los elefantes. Los portugueses, como nos ha dicho Darma, que llevan más tiempo por estas y aquella tierra, lo llaman abada, quizá venga del nombre *badaq* que estos indios usan, que las palabras no nacen del aire y siempre tienen sus raíces en otras.

Todos miran en silencio a la bestia, admirados ante lo desconocido, ojos y bocas abiertos por la revelación.

—Nunca había visto uno, la verdad —prosigue el fraile—, aunque leí de un rinoceronte, o abada, que llevaron en 1515 a Lisboa desde sus dominios de Goa, regalo de un sultán al rey Manuel I el Afortunado. La bestia, nunca vista antes en Europa, causó gran espanto y maravilla entre la población. *Ganda* la nombraron y se le hicieron dibujos, muy a lo vivo, que de ellos luego el tudesco Durero sacó un grabado. Cuentan que después el rey portugués se lo regaló al Santo Padre León X, pero el barco naufragó frente a Génova y la bestia se ahogó. Estos son animales que han fascinado desde antiguo y se toman por unicornios. Ya aparecen en el *Physiologus* de un antiguo griego y Plinio habla de ellos en su relato de los juegos de Pompeyo Magno. Los describe como con cuerpo de caballo, pezuñas de elefante y cabeza de ciervo, pero con un solo cuerno. De Plinio el Viejo sacó el rey portugués la idea de organizar una lucha entre un elefante, pues tenía varios en un palacio de Lisboa, y el rinoceronte, ya que el erudito latino escribió que son enemigos mortales por naturaleza. Enfrentados, el rinoceronte avanzó lentamente mientras que el elefante, dicen que desconcertado, huyó destrozando jardines. Marco Polo, durante su estancia en la India, también los confunde con el mítico unicornio.

—Sois un pozo de sabiduría, fraile —se burla Rodrigo—. Lo que es de admirar es que exista animal al que la naturaleza vista de armadura, que esos pliegues en el cuerpo parecen peto, espaldar, hombreras, escarcelas y grebas. ¡Y por Dios que más que cabeza tiene un yelmo! Sin duda esta bestia es un guerrero.

—Guerrera, en todo caso —corta María—. Ya nos han dicho que es una hembra.

—Acorazada puede, mas no tiene garras ni colmillos, quizá no sea tan belicosa y se alimente de pastos —reflexiona fray Guillermo—. ¿Cómo se habrá dejado atrapar en este agujero?

—Debió venir a husmear en la aldea —apunta Darma—. No se suelen acercar tanto. Son animales solitarios. Estos hoyos son trampas que cavamos y cubrimos para atrapar tigres y panteras. Algo tuvo que llamar su atención.

—¿Vosotros estabais muy cerca? —pregunta fray Guillermo.

—Sí, allí enfrente. A unos pocos pasos de aquí cruzando este arroyo. Estábamos…, bueno, alcanzamos ese puentecillo muy pronto.

—No escandalices al buen fraile, Fernando —tercia otra vez burlón Rodrigo—, que la imaginación no sabe de votos de castidad y es la puerta a la perdición de los hombres, curas o no.

Fray Guillermo eleva la vista resignado, «¡Señor, dame paciencia!», y se dirige a Fernando y María, sobre todo a ella.

—Es curioso que esta bestia se haya dejado atrapar, quizá por verte de cerca, María. San Isidoro explica que a los unicornios solo se los podía capturar vivos mediante la presencia de una doncella aún virgen, que al verla cesaba su ferocidad y mansamente se dormía con la cabeza en el regazo de ella.

—Pues no debe ser unicornio, porque yo doncella tampoco. —El comentario provoca la sonrisa incómoda de Fernando, amable del fraile y despreciativa de Rodrigo, que es la única en la que repara María—. De todas formas, es cómico cómo los hombres dais valor a la virginidad, que solo a vosotros y no a ningún otro animal, real o imaginario, importa. ¡Hasta poderes mágicos le concedéis!

—No te falta razón —sanciona el franciscano—. Del unicornio siempre se buscó, desde antiguo por griegos, chinos y árabes, el alicornio.

—¿El qué?

—Su cuerno. Así se le llamaba, pensaban que en él estaba la esencia mágica del animal.

—Algo he oído de sus virtudes —dice Fernando—. ¿Son ciertas?

—Desde siempre se dijo que, molido, elevaba la virilidad de los hombres. O que beber en una copa de alicornio anulaba cualquier veneno. ¡Ah, y que calzar botas hechas con su piel cura los uñeros y la lepra!

—¿Pero hay algo de verdad en ello? —se interesa Fernando.

—Basta con que muchos crean que algo es verdad para que lo sea. Y hay gran comercio de los cuernos de estas bestias, por lo que los matan mucho. Para mí que tienen los mismos poderes que los de una cabra.

—¿Pero no pensáis que esas virtudes puedan ser ciertas, padre? —insiste Fernando.

—No lo sé.

—Lepra no tienes —se mofa Rodrigo—. ¿Andas flojo de abajo?

—No, no anda flojo de nada —salta María—. ¿Y vos?

—Señora, por lo mucho que respeto a mi camarada Fernando, no os ofrezco mis servicios —replica Rodrigo, que se vuelve retador hacia su amigo, solo para ver que no ha prestado atención a su pulla.

Fernando de Encinas, capitán de aquella aciaga jornada a los confines del Maluco y todavía recuperándose de fiebres y diarreas, mira fijamente a la abada, como si en la piel rojiza y gruesa de esa bestia pudiera leer su futuro, un futuro. Así que, ignorando los sarcasmos de Rodrigo, se dirige a Darma.

—¿Qué haréis con este animal?

—Lo dejaremos aquí esta noche. Pesa demasiado para poder saltar o trepar. Mañana estará muy débil. Supongo que lo mataremos para despiezarlo ahí mismo y, como explicó vuestro cura, vender el cuernecillo y alguna cosa más a los próximos chinos que lleguen por aquí.

—Entiendo —contesta Fernando, con los ojos fijos en la abada y al que se le puede oír el trabajo de pensar como se oye girar un cabestrante en un galeón.

—¡Bien, castellanos, eso será mañana! —Hay un tono de mando en la voz de Darma que a él mismo sorprende. Lo disfruta—. Es hora de volver a vuestros aposentos. También mañana nuestro rey decidirá sobre vosotros. Quién sabe si no compartiréis hoyo y destino con esta bestia.

Los humanos se retiran a la luz de las antorchas. Atrás, desde la oscuridad absoluta del agujero, se oyen los lamentos de un animal asustado.


—¿Y bien? —pregunta Pramagalang el Joven cuando Darma y algunos otros notables vuelven a su lado—. ¿Qué era todo ese escándalo y correr de gente?

—Una hembra de *badaq* cayó en un foso para tigres —interviene uno de sus cortesanos—. Corrimos a verla. Mañana la destazaremos, mi rey.

—¿Los castellanos también fueron? —insiste el rey de Pawu.

—Sí, mi señor. Les entusiasmó la *badaq*. Estuvieron mucho rato mirándola y discutiendo sobre ella. Sobre si era un unicornio.

—¿En serio?

—En sus tierras no se ven animales así, buen rey.

Pramagalang el Joven no se sorprende.

—Ya se asombraron con él antes, en el camino. Sí, será que no hay *badaqs* en su país. Curioso. Lo cierto es que pensé que aquí también habíamos acabado con ellos por el comercio de sus cuernos con los chinos. ¿Quedan?

—Pocos, pero algunos *badaqs* quedan, mi rey.

—En verdad, esos *badaqs* no sirven para nada. Si fuesen al menos como los búfalos de agua. O como los elefantes. Una pena que todos enfermaran y murieran, hay que traer más de otras islas. —Pramagalang el Joven calla, permanece pensativo unos instantes y vuelve a hablar—. ¿Podríais sacar a esa bestia viva de la trampa?

Los cortesanos se miran sorprendidos, murmuran entre ellos, parecen dudar.

—Muy difícil, mi rey —se atreve a decir uno—. Son muy grandes, pesadas y fuertes. Y peligrosas si están acorraladas. No veo cómo.

Un hombrecillo arrugado y pequeño, llamado Supang, se adelanta y hace una reverencia ante su rey.

—Habla, sabio Supang.

—Si mi rey quiere sacar a esa bestia viva del hoyo, yo sé cómo. —Supang esboza una pícara sonrisa ya casi sin dientes. Pramagalang, apenas un poco más joven y dentado que él, le indica que continúe con un gesto—. La *badaq* pronto tendrá mucha sed, solo tenemos que darle un cubo con fuerte té de adormideras. O dos. Cuando esté dormida, unos hombres podrán bajar al hoyo, cavar un poco bajo su cuerpo para pasar unas cuerdas, izarla hasta el borde y allí apresarla con más cuerdas y cadenas, de modo que nunca encuentre distancia para usar su corpachón y embestir.

Pramagalang el Joven asiente satisfecho.

—Que así se haga bajo tu vigilancia, sabio Supang. Prevenid también una fuerte jaula, con madera y herrajes, donde encajonarla.

Los cortesanos asienten sorprendidos y preguntándose para qué puede querer su rey hacer tan trabajoso rescate y salvar al animal.

—En cuanto a los castellanos —prosigue el rey—, ¿cuál es vuestra opinión, señores de Pawu?

Se hace un gran silencio mientras todos tratan de adivinar qué respuesta puede complacer a su rey.

—Podemos venderlos como esclavos —dice al fin uno.

El rey niega con la cabeza.

Darma es el siguiente en hablar.

—Son pocos y enfermos, mi rey. Podríamos matar primero a estos que tenéis aquí convalecientes y después degollar fácilmente al puñado que quedó al cuidado del galeón. Luego hundir el navío. No se han avistado más velas.

—No, buen Darma, eso sería un error. Quién sabe si otros castellanos tengan noticia de este barco y esta gente. Si no volvieran, sentirían curiosidad por nosotros. Y cuando el hombre no sabe e imagina, tiende a crear historias que le satisfagan o confirmen sus sueños y prejuicios. Otros castellanos vendrían buscando a estos, pensando en que si los matamos fue para ocultar y defender los tesoros de esta isla, los tesoros que ellos necesitan perseguir y sobre los que fantasean en todas partes. Son codiciosos. No, curaremos a estas gentes, los ayudaremos a regresar para que cuenten que aquí, en esta isla a trasmano de la Especiería, nada encontraron salvo gente pobre, arroz, cocos y el regalo absurdo de una *badaq*. ¡Que su decepción nos libre por un tiempo de la codiciosa fantasía de otros como ellos! Por un tiempo.

—¿Les vais a regalar la *badaq*, buen rey?

—Sí, por eso la quiero viva y aferrada. Será mi regalo a su gran rey Felipe II, amo de todo el mundo, pero sin una miserable *badaq* que echarse a los ojos.

Un coro de leves risas brota de sus cortesanos. A todos les divierte la idea de regalar algo tan voluminoso como inútil. Hay presentes que son maldiciones. ¿Quién querrá venir de nuevo a una isla sin oro ni especias y donde te endilgan semejante pedazo de bicho como regalo?

—Sois sabio, mi señor.

—No. Soy viejo —contesta Pramagalang el Joven, con tono muy serio y cortando la alegría general—. ¿No los habéis escuchado? Los cristianos traen el mundo en la cabeza. Nosotros nunca nos interesamos mucho en él, en lo que hubiera más allá. Y será cada vez más lejos donde poderosos que ni conocemos decidan nuestro destino. De allí vendrán tantos que nada podremos hacer. Traerán dioses nuevos que nos dirán qué temer y qué adorar mientras nos despojan de todo. Nos inculcarán nuevos miedos y exigirán sumisión a cambio de salvarnos de lo que nunca temimos. Rescatad a la *badaq* y proceded como he ordenado. Dadles agua, cocos, arroz, aves, carne de búfalo, cabras vivas para leche y frutas bastantes para muchos días de travesía. Todo el vino de arroz que podáis juntar. También alimentos para la *badaq*, que no se les muera pronto. Y ordenad al pueblo que ruegue en la mezquita y templos, en los altares familiares, para que vientos fuertes y constantes se lleven ese galeón muy muy lejos de aquí.

—Así se hará, señor.

Los notables, Darma incluido, se retiran, y Pramagalang el Joven despide también con un gesto a servidores y bailarinas. Solo, sentado en su trono, contempla la aparente inmovilidad de la luna. Siente pesadumbre. El movimiento, se dice, todo es por el movimiento. De sus conversaciones con los castellanos ha sacado una preocupante conclusión. Él y su mundo están condenados por la inevitable colisión entre una civilización ansiosa, lanzada al movimiento por una técnica superior y un conocimiento insaciable de todo y de todos para mejor poseerlos, y la lentitud e introspección de la suya, su aspiración a detener cualquier cambio. Y esa colisión solo se resolverá, por más que intenten evitarlo él y otros como él, en guerra, violencia, esclavitud y muerte. Estamos condenados, piensa el rey maluco, precisamente por lo que más amamos, por vivir en armonía con el mundo, en un tiempo circular que nada busca o necesita fuera de nosotros mismos. Como en la naturaleza, los encuentros inesperados se resuelven siempre con la muerte de los lentos a manos de los rápidos.

Pramagalang el Joven, viejo como es, siente que la llegada de aquel galeón a Pawu cambiará todo para siempre, que hará desaparecer su mundo como el humo en el cielo.

Sí, piensa el rey, espero morirme antes de que regresen. Estamos condenados. Solo quiero ganar tiempo y morir antes de verlos arrasar con todo.

Sus ojos están húmedos.

Suspira.

La luna sigue quieta.

# EL GALEÓN

Nada es ya como lo conocí. Mi mundo ha desaparecido. Desde hace varios soles, o lunas, soy incapaz de contarlas y se mezclan en mi cabeza, todo se mueve. Nunca había sentido algo así y no sé cómo interpretarlo. Mis párpados se cierran de improviso y cada vez que me despierto veo cosas más extrañas. Me vi atada, arrastrada por el barro mientras varios hombres de Pawu jalaban de mí al ritmo de un cántico. Los de la gran nuez, que son más pálidos, me miraban con sus ojos grotescos. Sus caras me parecían deformes; sus voces, desagradables. Esta vez la música me repugnaba pues era el ritmo repetitivo con el que tironeaban de mí y clavaban en las partes más sensibles de mi piel, las menos gruesas, como tras las patas o la panza, unas cuerdas que me hacían heridas y me mordían como serpientes. He sentido mucho dolor estos últimos soles, pero lo que más me asusta es la confusión en la que vivo. Debe tener algo que ver con el agua que me dan de beber. Sabe a hierbas y, en cuanto la pruebo, me desvanezco. Mi madre me enseñó que hay plantas y hongos para casi todo, a encontrar y comer hojas y botones para aligerar la tripa, para jugar o para mitigar el dolor. Todos los animales las conocemos y las usamos. Yo creo que el agua que me dieron por primera vez aún en el hoyo llevaba amapolas. Cada tanto, cuando me saben sedienta, me dan de esa agua y pierdo la noción del tiempo y del espacio. Solo quiero dormir. Quizá no sea tan malo dormir. No cuando estar despierta es sufrir de miedo. Apenas tengo hambre, aunque los hombres y la mujer me echan forraje de vez en cuando. Me siento muy débil. Quisiera defenderme, embestir, pero apenas me mantengo en pie. Me duelen los costados, las corvas y las rodillas, de tanto tiempo que estoy sobre ellas. Tengo llagas.

Estoy aterrada. Los animales, cuando nos sentimos amenazados, hacemos tres cosas: huir, parecer muertos o atacar. Nada de eso me vale en esta jaula y la tensión me hace temblar cada poco hasta colapsar. Es mi única manera de liberar el miedo. La mujer viene mucho a verme. Su cara es ligeramente menos monstruosa que la de los hombres. O quizá me lo parece porque no grita chillona. Ella calla, o me susurra cosas que, por supuesto, no entiendo. ¿Para qué me querrán? Si me van a devorar, ¿por qué no lo hacen ya? ¿Qué haría mi madre en mi caso? No puedo ni imaginarlo. Ella nunca voló. Porque yo he volado. Me desperté de nuevo por la quemazón de las cuerdas que laceraban mis ingles, casi arrancando mis tetillas. Mis patas y mi cabeza colgaban a muchos cuerpos de la tierra mientras los hombres pálidos cantaban otros ruidos atroces y me izaban a la gran nuez. Nunca oí ninguna historia de un *badaq* volador y no me hace nada feliz ser la primera de los míos. ¿Cuántas veces no me pregunté cómo sería eso de volar, qué sentirían los pájaros? No sabía que doliera tanto, pobrecillos. Mis recuerdos son confusos, propios de quien no está ni dormida ni despierta, pero de aquel corto vuelo que acabó conmigo encajonada en una jaula de madera y hierro, ya a bordo de la gran nuez de la que brotan árboles altísimos con enormes hojas blancas, lo único que recuerdo es mucho dolor. Pero con todo y el miedo, lo peor es que desde hace cierto tiempo, ignoro cuánto, poco supongo, todo a mi alrededor y bajo mis patas se mueve. Nunca había sentido algo igual, que el mundo se moviera de un lado a otro, arriba y abajo. No como cuando el volcán escupía fuego y rocas, no. Aquel era un temblor constante que duraba un tiempo y luego se detenía. Esto que siento ahora es como si literalmente el mundo se sacudiese sin parar, tratando de derribarme, de despegar mis patas del piso o hacerme rodar por él. Aquí no retumban piedras contra el suelo ni se oye el sonido similar al cristal de los ríos de lava al quebrarse. Aquí hay un rugido continuo de montañas de agua que se alzan y se desmoronan. No hago más que vomitar por el mareo. Si no fuera por lo recia que es esta jaula que me encierra, apenas un poco más ancha y alta que mi cuerpo, si no chocara de continuo con sus paredes, seguro me derrumbaría. No veo nada desde aquí porque la jaula está asegurada con cuerdas dentro de la gran nuez, y apenas hay una abertura por la que, cuando se destapa, entran el sol y la lluvia, y puedo ver parte de uno de los árboles y sus hojas blancas hincharse de viento. Pero, cuando estoy consciente, dejo de escuchar la vida ruidosa de la selva y ahora solo oigo a mis compañeros de cautiverio y, allá arriba, el chillar de las gaviotas. Huelo cada vez menos a tierra y más a mar, a sal. También a miedo, el de otros animales que comparten este agujero en la gran nuez conmigo. Y a la suciedad de los hombres, de esas ropas enjugadas en sudor con que se cubren la piel.

Tengo sueño y miedo, mucho miedo. Y también sed. Ojalá el agua lleve bien de amapolas hervidas, cuando duermo sufro menos. Solo sueño cosas raras, con mi madre y con un gran macho *badaq* al que nunca acabo de alcanzar. Cosas extrañas, sí, pero mucho menos terroríficas que lo que veo, oigo y huelo cuando creo estar despierta.

Bebo.

Hoy solo es agua.

Ya no quieren que me duerma.

¿Eso es que me van a comer? No tiene sentido, les sería

más fácil matarme si estoy dormida. Pero es que aquí nada tiene sentido. Nada es natural.

¿Qué hago yo aquí? No encuentro ninguna explicación a mi cautiverio en esta jaula dentro de una gran nuez que el mar no deja de agitar. Solo como plantas, pero entiendo a los que cazan. Matar para comer. He visto desde cría a hembras y machos de muchas especies arrastrar a sus guaridas y nidos presas muertas para alimentar a cachorros y polluelos. Pero esto de aprisionar y encadenar a otros seres vivos carece de sentido para mí. Son ideas locas que apenas alcanzo a comprender. Ningún animal le haría esto a otro. Me mantienen presa y viva. ¡Me están reservando, eso es! Me guardan para más adelante, ¡viva! Es una monstruosidad. Tranquila. ¿Y si no quieren comerme? A lo mejor no les gusta la carne bajo mi gruesa piel. Y leche no doy pues no tengo a quién amamantar. Pensé que quizá querrían eso porque, en la isla, vi que estos humanos chiflados gustan de beber leche de otros animales, cabras, ovejas y búfalas, cosa que también me parece rara y sin sentido, pues no son crías de esas hembras, no son terneros o corderitos. Igual por eso están locos.

No lo entiendo.

¡Y esto no para de moverse!

Me cago encima y vomito de miedo.

Me siento sucia.


Yo, don Álvaro de Longoria, de cuarenta y cinco años de edad, santanderino rubicundo y de buena talla, con la cara roja por el sol, por mis pecados capitán de mar del San Isidro y de esta jornada a los confines del Maluco, miro inexpresivo el mar, el rizo leve de las olas y luego, para una rápida lectura del viento, el flamear de los gallardetes en las antenas. El galeón lleva las velas cargadas de viento de través y avanza a buen paso. Hincho el pecho con la brisa y, al fin, sonrío. Estoy feliz de volver a navegar tras los días que estuvimos retenidos en Pawu, sin saber si los indios de la isla se habían comido a Encinas y los demás desembarcados. Me alegré cuando volvieron vivos y aún más cuando los nativos nos surtieron de todo, de animales, bastimentos y cordajes, deseándonos una buena travesía y no volver a vernos. Como me precio de ser hombre práctico, y dado que se nos prohibió bajar a tierra so pena de muerte, ordené a los treinta dolientes que quedaron en el galeón y usé esos días para reponer a la gente y reparar velas y cabos, calafatear y rascar un poco el casco, hasta donde pudo el buzo, por navegar más ligero si es que esos salvajes nos perdonaban la vida y el resto de la compañía regresaba. ¡Por Dios que es esta empresa extraña desde su comienzo y no tiene pinta de enmendarse! No pude ocultar mi asombro cuando tuve que alzar, con el cabestrante y muchos brazos, y estibar ese animal monstruoso en una jaula en el entrepuente. ¡Nunca imaginé que un unicornio pudiese ser tan feo y gordo! Esa horrenda bestia y apenas un par de quintales de clavo y canela que pudimos rescatar aquí y allá, eso es todo lo que llevamos en la bodega. ¡No te espantes, Longoria, que tú sí sabías de estas raras aguas! Nada tienen que ver este océano y estos galeones con el Mediterráneo, mar viejo de Homero, y las levantinas que nunca navegan sino en cabotaje, siempre con la costa a la vista. Sí, me digo con la vista perdida en la inmensidad azul que me rodea otra vez desde ayer y en la memoria, en mi pasado: nada que ver con las galeras en las que hice mis primeras armas, surtas en los presidios toscanos de Talamone, Orbetello y Porto Ercole, combatiendo a los piratas de Berbería y cortando el comercio genovés cuando convenía al rey. El Mediterráneo, un piélago anciano y profundo, una tumba antigua y con pocos marineros por ser aguas de poca pesca. ¡Y, sin embargo, gente en demasía!, me digo, por eso volví a los barcos de alto bordo, a las carracas y naos del Cantábrico de mi niñez y pronto a los galeones de la carrera de Indias. ¡Tu alma es más joven que tus dientes, Longoria, pero sigues siendo un lobo! Por eso viniste a estos océanos Atlántico y Pacífico, que en estos tiempos son aún aguas por descubrir, sin cartas, sin reglas, libres en comparanza con el *Mare Nostrum*, ensangrentado por tantos pueblos de Algeciras a Estambul. No, este océano es frontera y requiere de hombres audaces. Sabe Dios que así se lo dije, todavía surtos en Acapulco, al capitán de toda esta jornada y primerizo en estas aguas.

—Sabed, don Fernando, que el Pacífico no se parece a nada que conozcáis. Es como un enorme y feroz lago, que solo cruza de punta a punta el galeón de Manila. Pero no os engañéis, capitán, que de este lago la Corona solo controla algún borde, como las Filipinas y las islas de los Ladrones y de los Gentiles, que todo lo demás es vastedad infinita de agua en la que, o no ves ni una vela en meses, o juegas al gato y al ratón con naos de Portugal, ahora en apariencia aliados, o piratas holandeses, japoneses y chinos. O esos malditos *bangsamoros*, los mahometanos de Joló.

—No os preocupéis, capitán Longoria, que precisamente traigo encomienda de navegar más al sur del Maluco, de Térnate y Tidore, fuera de esos rumbos tan frecuentados, y ver de descubrir nuevas islas con bosques de clavo, nuez moscada y otras especias, y tomar posesión de ellas en nombre del rey, que ahora lo mismo dará si están a un lado o al otro del trazo de Tordesillas.

—De eso no estéis tan seguro. Ya sabéis que los portugueses tienen concedido privilegio en esas partes por el mismo rey Felipe y lo defienden a cañonazos contra quien sea.

Así le dije yo al capitán Encinas aún en la Nueva España, y el que avisa no es traidor, es avisador; y el que no escucha no es sordo, es bobo. Y así, con tan vagos propósitos, me contestó él. Visto lo visto hasta ahora, a ver si el bobo soy yo.

A mi lado, en la toldilla de popa está Salvador Lorenzo, algo más joven, murciano de Águilas y piloto de los buenos, de los que aprenden en la Casa de Contratación para la Carrera de Indias, serio y poco dado a chanzas y guitarreos. Las muchas bajas lo han convertido también en maestre de jarcia y contramaestre. Un buen hombre, confío en él. Y yo sé de gente de mar, que yo mismo aprendí el oficio con los afamados pilotos de las Cuatro Villas, los de Laredo, Castro Urdiales, San Vicente de la Barquera y Santander, amén de algunos vascos de esos con abuelos que ya llegaban a la Terra Nova por ballenas y bacalao. ¡Sí, un buen marino! Junto a él está Luisiño, un isleño mestizo y asalvajado, hijo de uno de esos gallegos que sobrevivieron al naufragio de alguno de los galeones de la jornada de García de Loaysa, allá por el año de Nuestro Señor de 1526. Se salvaron en la isla de Anaa, una del archipiélago que los nativos llaman Tuamotu y nosotros el Peligroso, que siendo muy bello e imagen viva del paraíso, sus fondos son todos poco profundos y llenos de arrecife de coral. Nos las prometíamos muy felices, pues desde antiguo es común la creencia de que las especias, motivo de nuestro viaje, crecían en el paraíso, que bien podía estar ahí por lo suave de su clima. Allí fondeamos tras meses de no ver más que océano, tormentas y encalmadas de muchos días, débiles pues pronto nos habíamos quedado con solo galleta agusanada y agua podre para sostenernos, quemados por el sol y las fiebres. Para entonces, solo por caídas, ahogados y enfermedad, ya habíamos perdido casi una decena de hombres en el San Isidro y otros tantos en el San Luis. Nos sorprendió ver que entre los salvajes cobrizos, con faldas de hojas, collares de flores y cubiertos de tatuajes, que se los hacen también hasta en la cara y cuentan en ellos sus historias y leyendas, nos saludaban otros muy rubios y que hablaban la jerigonza local con palabras castellanas y gallegas, cosa que nos maravilló. También vimos asombrados que usan velas latinas, desconocidas en esas latitudes, construyen chozas parecidas a hórreos, tienen una versión herética y errada del dogma de la Santísima

Trinidad, que pasmó a fray Guillermo, y adoran al dios Oro, que en esto los reconocí como paisanos pues encontrarlo es lo que nos echó a todos, de Galicia y Asturias para abajo, a la mar y a estos trabajos. Eran estos indios de Anaa como otros que topamos luego, de carácter afable, como niños, juguetones e inocentes, pero vagos y llenos de hechicerías. Tienen un gusto excesivo por el baño y andan tan faltos de decencia y religión que apenas se cubren las vergüenzas y no saben ordenarse en sociedad, que más parecen animalillos que solo se ocupan de comer y procrear. Que por esto también parecían habitantes del paraíso terrenal. Yo creo que la abundancia de peces y frutas los vuelve cortos de entendederas. Algo más despierto nos pareció este Poniatu, al que cristianamos como Luisiño por recordarle a uno de los nuestros a un pariente suyo de Orense, y que era descendiente de uno de aquellos náufragos y una india, y que se vino con gusto con nosotros a cambio de un cuchillejo, un gorro rojo y beber vino. Nos hizo de piloto entre aquellos atolones y nos llama «primos». Tanto le gustó nuestra compañía al pobre diablo que ya no quiso luego regresar a su isla. Lo cierto es que ha sido de gran ayuda en esta hechizada empresa, que todo lo que podía salir mal lo hizo por castigar nuestros pecados y la falta de propósito claro de nuestro viaje. Dos galeones con algo más de doscientos hombres zarpamos de Acapulco y afrontamos todas las dificultades de cruzar este océano. Primero meses de navegación difícil, hambre y enfermedad. Luego deambulamos por dédalos de islas, pagando en cada una con sangre propia y ajena, bordeamos rosarios de coral, barras de arena blanca y traicionera, pequeñas islas llenas de cocoteros, todas iguales, la mayoría despobladas y las que no, llenas de caníbales, que solo en Anaa no nos hicieron guerra. Todas sin nombre porque locura es querer nombrar lo infinito. El paraíso resultó un laberinto enloquecedor bajo un clima sin estaciones, que aquí todo es que te abrase el sol o que te ahogue la más recia de las lluvias. Y eso antes de la desaparición del San Luis y sus hombres. En verdad este Luisiño fue de gran ayuda en aquellas partes del océano, que bien conocía por ser su casa, pues estos isleños no saben de escritura y cartografía, pero dibujan corrientes en sus tatuajes y guardan mapas en sus canciones. Y aún lo es en estas para él desconocidas latitudes, de las que nosotros tampoco tenemos cartas por ser parte portuguesa y aún muy al sur de ella, pues Luisiño y los suyos pueden adivinar islas que ni se ven leyendo los cambios en el tamaño y ritmo de las olas y el anclaje de ciertas nubes en el horizonte. Cosa que a Lorenzo, al desaparecido Olmedo y a mí nos parecía cosa de brujería.

—¿Qué dices, Luisiño? —le pregunto, señalando con la cabeza hacia el océano a proa.

El indio tatuado mira el reverbero del sol en las olas y olfatea el viento.

—Mar libre, mucho. Olas corren. No islas —dice Luisiño sonriendo con una boca que parece con más dientes, blancos y grandes, de lo normal.

Lorenzo y yo nos miramos, asentimos con la cabeza.

Guardo silencio, oigo los ruidos del barco, de la tablazón y el aparejo, el flamear de las velas remendadas, el cáñamo de los cabos que mandé adujar en Pawu. Aquí, en todo este viaje desquiciado, al fin lo has visto con claridad, Longoria. Poniatu o Luisiño, lo mismo da, con seguridad no ha leído a Plutarco y eso de *Navigare necesse est, vivere no necesse*. Claro que yo tampoco. Si lo sé es porque nos lo contó fray Guillermo, que en ese cura enjuto parecen caber todos los saberes del mundo. Nos dijo que así escribió el remoto historiador con el que arengaba Pompeyo a sus marinos cuando tenían miedo a la mar: «Navegar es necesario, vivir no». Yo lo entendí al momento, navegar contra la muerte de lo inmóvil. Si es que nos viene de antiguo. Nuestros descubrimientos y conquistas, nuestro vivir hacia fuera, el ir siempre más allá, no es sino el intento de que alguien nos confirme que somos algo más que unos pobretones, hijos de una tierra difícil y sanguinaria como pocas. Navegar el océano por el fracaso de la tierra.

—¿Qué, capitán, soñando despierto? —me pregunta Lorenzo guiñándole un ojo a Luisiño—. Por vuestra expresión estabais muy muy lejos.

Río fuerte, no soy hombre de contener emociones.

—Sí, Salvador, soñaba.

—¿Y con qué, señor? —insiste el contramaestre.

—Mi sueño es volver vivo, con todos los miembros unidos al cuerpo y ningún ojo estropeado, conseguir el favor de una viuda rica y no muy vieja. Casarme.

—¿Volver a Castilla?

—¡Por Cristo bendito que sí, que el Nuevo Mundo será mejor cuando esté acabado!

—¿No os place?

—Ni hay calles adoquinadas con oro ni los perros cagan esmeraldas, como creen los ingenuos que se embarcan para las Indias en Sevilla. Ahí solo nos esperan trabajos y sinsabores. Y yo ya tengo una edad. ¡Una viuda con rentas, ese es el Dorado!

Los dos castellanos reímos con ganas y el mestizo Luisiño nos imita, aunque él no sepa qué sean las Indias, Sevilla, el Dorado o las viudas con rentas.

Me pongo serio y luego mando:

—Hombres a las jarcias, Lorenzo, ordenad dar trapo y orientad esas velas al viento como la boca de un sediento al agua.

El contramaestre grita las órdenes, que recorren como un todo el galeón. Yo, la vista fija en el horizonte, doy una última orden.

—Y repartid también a los hombres una generosa ración de ese *arch*, del aguardiente de arroz de los indios, en cada cambio de guardia. Un buen viento de popa o de aleta siempre se celebra, que los vientos contrarios se pagan con mucho trabajo y tristezas.

El contramaestre asiente, calla un momento e insiste algo burlón:

—¿Y no habéis de echar en falta el mar, capitán Longoria? Me carcajeo.

—¡No, piloto, no! ¡Que el que se hace a la mar por placer capaz es de bajar al infierno por diversión!

Un san Isidro de buen tamaño, tallado de bulto entero y pintado muy a lo vivo, cabecea en la roda de tajamar mientras el galeón corta el agua persiguiendo al sol, hacia el oeste, a unos alegres seis nudos de la corredera. Miro satisfecho a los hombres corretear descalzos por la cubierta, trepar a las jarcias y moverse por la arboladura sujetándose solo por el marchapié mientras faenan, a otros jalar cabos y con dedos de hierro hacer nudos de boca de lobo o de vuelta de escota. Todos doblan los esfuerzos pues ahora son apenas cincuenta, la mitad de la tripulación que salió de Acapulco. Todos a una, pues los marineros, lo sé bien, nos encontramos de seguido a la puerta de la otra vida, del cielo o del infierno según los méritos de cada cual, navegando en un limbo que flota entre la vida y la muerte. Sí, eso es lo que no entendió el capitán Encinas. No, en una nao todos somos conscientes del valor de cada quien, de estar todos en el mismo barco enfrentando la ferocidad del mar. Por eso los de tierra no nos entienden. No comprenden que este galeón es un mundo de madera que flota en un océano tan grande como la bóveda celeste. Un reino pequeño, enano, si se mide con el infinito azul y asesino que lo rodea. Y por ello reglado como una cárcel, que hay más libertad y alegría en la de Sevilla que en este galeón malhadado, condenados todos a compartir soledades, miedos y pesadillas. Yo no dudo en ajusticiar a quien lo merece y doy por descontado que en una travesía tan larga siempre habrá quien lo merezca. A esos hay que amputarlos para que no pudran el cuerpo entero. Ni reniego de las bajas en combate, que aquí todos sabemos a qué hemos venido. Pero no puedo aceptar las muertes inútiles por malas o pocas decisiones, ni entregar vidas a un demente.

¡Sí, Fernando de Encinas, maldito loco, casi nos matas a todos varias veces!

¡Por la sangre de Cristo que no he de permitirlo otra vez!


¡Hombres, siempre prontos a la sangre, a matarse! ¡Hombres, siempre midiéndose, retándose aun cuando se digan amigos, que de la broma cruel y la humillación a los golpes y las cuchilladas nunca hay mucho! No te puedes sorprender, María, lo has visto desde niña, viviendo siempre entre soldados. Amando a uno. La muerte. ¿Cómo osaste pensar que tú te librarías? Esta puerta, ¿por qué no apartas tus ojos de ella? A la puerta de esta recámara bajo el alcázar de popa, nuestra habitación en el San Isidro, antes de llegar a Pawu tuve yo que desenvainar mi espada y descargar un pistoletazo para defenderte, Fernando, mientras delirabas entre los brazos de fray Guillermo. Venían a matarte, a matarnos, por quitarte el mando de esta jornada al Maluco. Olmedo, el capitán del San Luis, y varios de los suyos. Yo, una mujer, tuve que enfrentarme a ellos.

—¡Paso, bruja del demonio!

—¡Maldita puta, apartad!

—¡Morisca de mierda!

Esas y otras lindezas me escupían Olmedo y los suyos mientras yo blandía mis armas ante ellos.

Sí, es cierto, Rodrigo, ¡bendito hideputa!, te pusiste de mi lado, pero solo después de que yo le disparara en la cara a uno de los de Olmedo, que hasta entonces, muy socarrón, apoyado en un mamparo y la mano descuidada sobre el pomo de tu espada, te limitaste a mirar y callar.

—¡Buen disparo, señora! —Tu mirada me decía a las claras que no lo hacías por mí, sino por él, tu amigo enfermo, pero reíste sacando al fin la ropera de la vaina mientras te me colocabas a un costado, burlón ante el primer muerto—. Ahora, os ruego que tengáis cuidado con ese pincho y lo dirijáis contra estos desgraciados que quieren acabar con vos y con mi muy antiguo camarada, don Fernando. ¡Y vosotros, señores, basta ya de fieros e insultos a la dama!

Ni te contesté, Rodrigo. Ya sabías que soy diestra con el acero, que tú mismo me enseñaste de cría, jugando, algunas paradas y estocadas. Y que Fernando, más en serio pues es su natural, otras tantas fintas y cuchilladas. Sí, a la puerta de esta recámara, el único cuarto privado en este galeón junto a la contigua del capitán Longoria, que todos los demás duermen en república sobre la tablazón de las cubiertas donde Dios les da a entender o los alcanza el sueño, me ayudaste a seguir viva. No por mí, lo sé, que siempre me culpaste de que Fernando se apartara de ti, sin entender que era su bondad y no yo quien lo empujaba a hacerlo. No por mí, sino por tu amigo y un extraño concepto del honor que nunca entendí en un asesino dispuesto a acuchillar por unos ducados a la mismísima Virgen con el Niño en brazos. En esta puerta, solos los dos y por un instante infinito, nos jugamos la vida ante cinco o seis quitando el muerto; hombres decididos a matarnos. El miedo alarga el tiempo, desde luego, y yo lo tenía. Tú no, Rodrigo, que hay que estar cuerdo para sentirlo. Por suerte, al sonido del pistoletazo, llegaron el capitán Longoria y otros oficiales del San Isidro, también espada en mano.

—¡Gracias, capitán Longoria, vuestra ayuda es muy bienvenida! —le grité.

—¡Señora, mi fidelidad no es para con vos, sino para con mi barco y mis hombres! —se apresuró a decir para dejar clara a los presentes en la comedia su posición—. Y para con el enfermo que ahí dentro, al parecer, está entregando el alma y que juré por capitán de toda esta jornada al Maluco. No haré nada contra vos, señora, pero os sugiero que, si podéis, convenzáis a don Fernando y parlamentéis con el capitán Olmedo y estos caballeros del San Luis. Ganaréis tiempo si está del Señor que el capitán Encinas no se muera de las fiebres. ¡Y vos, Olmedo, teneos, por Dios, que esto es traición!

Longoria, pensé, otro que tal baila. Otro al que se le daba una higa que los del San Luis me usaran de colchón de villanos y después me mataran. Hombres siendo fieles a otros hombres, eso es siempre así, y pobre de la mujer que se interponga. Bruja, puta..., ¡culpable! Lo he oído tantas veces. Susurrado o gritado. Yo ya sabía que todos los males de esta navegación, que ya eran muchos entre tormentas y enfermedades, pues todo se torció al poco de salir de la Nueva España, acabarían sobre mí tarde o temprano. Los hombres del mar se enfrentan a algo tan desmesurado, a un combate tan desigual con la naturaleza, que por fuerza buscan cualquier ayuda, real o imaginaria, y eso los vuelve muy supersticiosos. Algo aprendimos en el galeón que nos llevó de Sevilla a Veracruz, en la larga travesía del Atlántico y donde ya noté miradas y cuchicheos entre los marineros. Aquel capitán nos dijo que ningún galeón lleva nombre de mal tiempo o meteoros, como hacen los ingleses y otros herejes, de monstruos marinos o dioses paganos, que las naos de Castilla siempre se bautizan con santos y vírgenes por asegurar el favor de Dios. Y que no se zarpa en viernes por ser sabido que fue el día que se crucificó a Cristo. Ni el día 31 de diciembre, que fue el de la traición y muerte de Judas, que todo el mundo conoce trae mal fario y si se pesca, las redes salen llenas de huesos de ahogados. Por el contrario, nos dijo que siempre se ha de zarpar con la marea alta, que nadie se muere con ella pues la parca siempre espera a la bajamar para llevarse a alguno. Como propicio es siempre clavar una moneda de plata en el palo mayor, para Caronte, o tallar una Estrella Polar en la punta del bauprés. Ya en Acapulco, de Longoria aprendimos que tenía prohibido silbar en el San Isidro, pues en un barco trae mala suerte, que solo el viento puede hacerlo. Y que, por supuesto, las mujeres y los curas a bordo acarrean mala fortuna.

—¿Los religiosos también, don Álvaro? —preguntó escéptico fray Guillermo—. ¿Acaso no llevan todos los barcos en estas jornadas de descubrimiento y conquista religiosos que propaguen la fe?

—Así es, padre —contestó muy serio el marino—. Y por eso hay muchas naos que desaparecen tragadas por el mar, que quizá Nuestro Señor tenga prisa por tener a tanto santo hombre a su lado y se lleve con ellos a todos los demás.

Los hombres rieron las palabras del capitán Longoria, incluido el fraile. Pero luego no se rieron cuando, también muy serio, afirmó que las mujeres traen todavía peor suerte y que la sangre de la regla volvía loca la aguja de marear y así se perdían muchos barcos. Por eso no me quiso nunca cerca de la toldilla y de la bitácora, esté sangrando o no, por más que alguna vez, cuando navegamos extraviados, le asegurase que por la mucha hambre andaba con el cuerpo alterado y no manchaba. Tanto es el miedo a la sangre de las hembras que han estibado a la abada más hacia proa de lo habitual, supongo que por alejarla de la aguja de marear, que los animales siempre se atan en pequeños corrales hacia popa porque el viento de la marcha se lleve la pestilencia.

Ya en las primeras juntas en Acapulco, en una taberna junto al puerto, al poco de que Fernando cerrara con Longoria precio y que este viniera como capitán de mar en el San Isidro, mostró su disgusto por mi presencia, a tal punto que no tuvo recato en recomendar que me disfrazase de muchacho.

—Entiendan vuesas mercedes, don Fernando y doña María, que las mujeres son de mal fario en los barcos y más si no están casadas, que el pecado de unos puede caer sobre todos.

—He visto embarcar mujeres muchas veces —terció Fernando.

—Se toleran las putas, pues se embarcan en un puerto y se bajan en otro. O llevar esposas y criadas donde se precisen. Pero no andar de descubrimiento, navegando meses con una a bordo. Es por eso por lo que no aparecen en ninguna crónica de estas empresas.

Putas, criadas y esposas, pensé yo, ¿acaso no reducen los hombres siempre a eso a las mujeres? ¡Qué paradoja que nos odien por desearnos tanto! Para mí tengo que a muchos hombres en verdad no les gustamos las mujeres. Nos desean, nos necesitan, pero ni les gustamos ni nos entienden. Nos sueñan siempre en celo o pariendo y cuidando, putas, madres, esposas y criadas, pero ni les interesa conocernos ni les agradamos. Por eso nos niegan el ser y nos encadenan con leyes y tradiciones, nos sepultan con sayas y velos, nos acallan, apagan nuestro brillo y nos entregan como parte de un acuerdo o nos venden. Donde hay hombres armados quienes más sufren son las mujeres y las niñas. Rodrigo es así, compra o viola según el caso o el escenario, que para él somos o putas o botín de guerra. Fernando no, Fernando me quiere libre e igual. Por eso se mantuvo firme en que yo lo acompañaría y, al ver peligrar el negocio, el capitán Longoria se mostró más dispuesto a algún arreglo.

—Sois terco, capitán Encinas, permitidme insistir en que al menos disfracéis a vuestra dama de muchacho.

—¿Y si la dama no quiere? —contesté yo.

Nunca me gustó que los hombres hablen de mí como si no estuviera delante. Fernando, que lo sabe, me mira y sonríe.

—María, escuchemos al capitán. Quizá nos ilumine. —A Fernando le puede siempre la curiosidad y, a decir verdad, a mí también.

Longoria prosigue y nos ofrece una amplia panoplia de engaños y triquiñuelas que no dejan de asombrarme.

—Escuchen, vuesas mercedes: claro que siempre hay quien lleva a sus amantes con disimulos. Aunque un navío es un lugar de apreturas y difícil discreción, y más en travesías tan largas. Ante todo, nada de dormir juntos en la misma recámara. Doña María tendría que ser uno más de la tripulación, vivir y trabajar con los demás. Podría cortarse el cabello como un chico, vendarse fuerte los pechos y usar ropas holgadas. Nunca orinar por la banda de sotavento, como hacemos todos, y hacer siempre aguas mayores en el asiento de alivio, que allí puede encerrarse tras una puerta. Oí de una mujer disfrazada que se hizo con una pequeña vejiga de piel. La llenaba de agua y hacía como que meaba de pie. Pero no lo recomiendo, mejor aparentar retortijones y encerrarse en el retrete. En cuanto al sangrado, se suele cortar por la dieta y si no, en fin, en un barco no son raros los cortes y las heridas. Vos, don Fernando, podríais tomarla de paje a vuestro servicio y así pasar tiempo solos.

No salgo de mi asombro. Fernando me pide calma con la mirada.

—Entonces, si lo entiendo bien, capitán Longoria, lo que trae mala suerte en un barco es la verdad. Que una mujer oculta con engaños no lleva la mala fortuna consigo.

—No os burléis, señora. Estoy buscando soluciones.

—Capitán Longoria —corta al fin Fernando—, si María ha sido lo bastante buena para acompañarme en las guerras del rey por Flandes e Italia, también lo es para hacerlo en el San Isidro. ¿Así se llama vuestro galeón?

—Ese es su nombre y será como vos digáis, don Fernando, como capitán de guerra y de todos nosotros en esta jornada.

Y ahí se terminó la plática. A los dos días de zarpar de Acapulco, después de haberme mostrado a todos vestida con mis ropas de mujer por no complacer la mentira pedida por don Álvaro, guardé en un cofre mi corpiño, faldas y refajo y me vestí de hombre hasta hoy.

Lo que se calló el capitán Longoria es que el San Isidro tenía ya fama de galeón maldito en Acapulco y otros puertos de este océano hasta más allá de El Callao, donde tienen su fondeadero los cuatro galeones de la Armada del Mar del Sur, las apenas cuatro naos que protegen toda la parte sur del Pacífico, desde Panamá, en Castilla del Oro, a la Tierra de Fuego. Corría la especie de que apareció a la deriva, sin tripulación. Un armador lo rescató barato, lo adecentó, le puso de nombre San Isidro pues era madrileño y se lo vendió al capitán Longoria. De eso nos enteramos luego, por azar, ya embarcados, por uno de los marineros.

Desde entonces todo ha sido muerte, ajusticiamientos, guerra, matanzas y enfermedad.

Sí, esta puerta de la recámara, de la que no puedo apartar los ojos mientras Fernando y Rodrigo discuten en voz baja sobre una carta de navegación con algunas rosas de los vientos, rumbos y monstruos a punto de tragar galeones aquí y allá, pero mucho más llena de espacios vacíos, de manchas blancas que representan lo que nadie ha navegado aún. Llevamos solo un día en el mar desde que salimos de Pawu. La buena noticia es que no me mareo y retengo lo que como, cosa conveniente en extremo ahora que todavía hay comida y agua en buen estado. La mala, si la hay, la sabremos en cuanto se abra esta dichosa puerta y entren don Álvaro Longoria y Salvador Lorenzo, y se decida nuestro destino.

Las puertas no siempre se abren para bien. A veces, cerradas nos protegen.

¿De qué tienes miedo, María?

De todo, no te engañes, de todo.


Dios, Señor, tú que estás en todas partes, ¿estás aquí? He puesto mi vida y mis humildes fuerzas a tu servicio, me embarqué en este galeón en la Nueva España, tierra ya ganada para ti, por viajar aún más lejos en tu obra, por acrecentar tu Iglesia con nuevos fieles. Solo soy un fraile pero me movía una fe de hierro, fuego en el alma y la cabeza, la certeza de una bendita misión. Mis lecturas, mi frecuentar escritos de los sabios del pasado, paganos o no, mi hambre de saber nunca alimentó una duda sobre ti, Señor. Como nunca lo hizo la miseria que viví de niño, la injusticia que conocí en mi Castilla natal. Dios tiene un plan, me dije siempre, y no hay vida más útil que la consagrada a su servicio. Nunca dudé de ti, Dios mío. Pero este viaje infernal, esta odisea maldita, me ha dado intimidad con lo peor del hombre. Yo, que, ahora me doy cuenta, siempre preferí los libros a las personas y por ello estoy desnudo e indefenso ante la brutal revelación de lo humano. Qué feliz fui aprendiendo a leer las cartas de marear con doña María.

—¿Ven, vuesas mercedes? —nos explicaba orgulloso de compartir su ciencia el piloto Salvador Lorenzo, que solo en esos ratos apartaba la seriedad y sonreía ufano—. Por las cartas podemos determinar rumbo y distancia a navegar. Lo primero es trazar una línea recta entre el puerto de partida y, de saberlo, el destino o el puerto más próximo a él. Así. Luego movemos esta línea en paralelo hasta topar la rosa de los vientos más cercana de las varias que hay en la carta, que en contra de lo que piensan muchos ignorantes no son adornos ni dibujitos sin propósito. Lo dicho, se sube la línea paralela hasta la rosa de los vientos y ahí se ve qué viento o rumbo es el que más conviene a la primera línea que trazamos, la de origen y destino. Ya lo último es llevar la distancia sobre el tronco de leguas y calcular el total de la travesía. Así es como lo hacemos.

Me maravillaban esos planisferios iluminados con todo lujo de detalles y colores vivos, siempre con su línea equinoccial, los trópicos y los dos polos. Con los nombres de puertos y ciudades escritos con bella caligrafía perpendiculares a la costa.

Sí, y qué feliz viendo a los marineros honrarte con su trabajo incesante, orarte en sus pocos ratos libres. Verlos andar balanceándose, que es para ellos el modo más estable de hacerlo. Hombres de brazos fuertes, pechos y espaldas anchas por el mucho trabajo, piel de bronce y caras talladas por el viento y la sal en arrugas profundas como cuchilladas. Hombres en los que me era fácil reconocer tu obra, Señor. Era feliz charlando con ellos, aprendiendo de ellos. O complementando lo práctico que veía y oía leyendo con avidez el *Breve compendio de la sphera y de la arte de navegar*, de Martín Cortés de Albacar, que está considerado este del cosmógrafo zaragozano el primer y mejor tratado de náutica, pues hasta los ingleses lo leen con admiración y provecho. Viendo al capitán Longoria comprobar la latitud por la noche, la cara vuelta hacia las estrellas y calculando la altura de la Cruz del Sur con la ballestilla. O gobernar el barco desde la toldilla con el maestre, dando gritos que replican los oficiales a los hombres en cubierta y jarcias, mientras el timonel maneja la gran pala que es el timón de codaste con el pinzote, una vara que se une a la larga caña que se hunde en el interior de la popa.

Feliz, sí; porque te veía, Señor, en el trabajo y conocimiento de cada uno de estos hombres, pues todos somos creación tuya. Feliz porque si los antiguos pensaban que el final del mundo conocido, del ecúmene, eran las columnas de Hércules, los cristianos no habíamos hecho sino ensanchar para ti y para tu Iglesia los límites del mundo.

Pero te confieso, Dios mío, que hace ya muchos días que nada comprendo. Que no te encuentro. Que dudo.

¿No dices en el Génesis que estamos hechos a tu imagen y semejanza? Ya sé que no te refieres a la carne, no soy tan simple, por eso me asusta más la revelación de que el alma con que nos dotaste, a tu imagen y semejanza, es cruel y sanguinaria. Pues solo muerte y maldad he descubierto en este viaje. ¿Eres así, eres como nosotros, Señor? Tengo miedo de tu respuesta, pues no me vale un dios todopoderoso pero indiferente, ajeno a que su más hermosa creación se entregue a la maldad y la violencia a la menor ocasión. Y estas, en este viaje, se presentan con harta facilidad. Bastaron dos meses de errática navegación, de hambre, enfermedad y algunas muertes tras salir de Acapulco y antes de topar las primeras islas, para que tuviera que escuchar en confesión a un par de hombres del San Isidro sus deseos de matar al capitán Encinas y a doña María, a quienes culpaban de todos los males que sufríamos, a ella por puta y bruja, a él por hechizado, que solo un espiritado podría capitanear tan mal esta jornada. «Perdonadme, padre, pues los voy a matar, que muerto el perro y la perra que lo enloquece, se acabó la rabia». Que tan temprana apareció la ponzoña en esta jornada. Secreto de confesión, sí. ¿Me probabas? ¿Te fallé? Me pareció tan injusto y peligroso lo que oí, una amenaza tan cierta, que, tras muchos titubeos, avisé a don Fernando. No he dejado de dudar si lo hice por justicia o por miedo. Y la duda duele, desasosiega. La cosa acabó con un par de marineros ahorcados y otro hombre, un tal Sangiovanni, decapitado a espada por ser hidalgo, que hasta para ejecutar se mira la clase y condición. Pareciera que cuando la muerte se presenta, pierde la timidez y ya no quiera marcharse sin llevarse más gente, que luego hubo batalla y más ejecuciones. Yo, tan leído, me sorprendió aprender la obviedad de que cortar por lo sano algo viene de donde los cirujanos y barberos amputan para evitar que se extienda la infección y lo podrido. ¿Era, Dios mío, conocimiento nuevo con el que castigabas la soberbia del que creía saber algo? Así lo tomé. Luego al fin, Señor, topamos islas y archipiélagos, tan amenos y hermosos que nos parecieron restos del jardín del Edén en la tierra. Vana ilusión, pues donde hay hombres, donde las criaturas que creaste a imagen tuya existen y se encuentran, no hay paraíso posible. Las intenciones y arbitrios de los castellanos en este océano, las mundanas y las religiosas, me parecían en principio y sobre el papel en extremo acertadas. Ganar almas para la Iglesia y siendo nuestro rey su principal valedor en este mundo, salvar a estas tierras y gentes de la herejía y de paso aumentar las rentas de la Corona. Al ser tierras amenas, de clima suave y fértiles en extremo, quién sabe si no albergarían en el futuro a muchos de los que penaban los rigores de Castilla. Si el reino es la espada de Cristo, bien estaría que nos proveyeran de especias, maderas para las flotas y otras cosas de gran utilidad. ¡Quizá fuera posible edificar aquí la *Civitas Dei* en la tierra! Me ilusionó saber que todo estaba por hacer. Que al fin llegábamos a tierras e islas tan nuevas todas que, fuera de las Filipinas, ninguna ha sido bautizada aún en honor de reyes y reinas, de príncipes e infantas. La isla de los Ladrones, la isla de los Gentiles. Hasta una isla de los Garbanzos, así llamada porque dicen que con ellos señalaron unos indios sobre una carta la ubicación de su tierra al capitán Álvaro de Saavedra, allá por 1528. ¡Un mundo por hacer! ¿Fue vanagloria, Señor, pensarme tu instrumento para ello? ¿No ordenó el rey Felipe II que tomáramos amistad con los nativos y les enseñáramos a vivir políticamente para que conozcan a Dios Nuestro Señor y ganar así almas para su Iglesia? Entonces ¿por qué permites tanta violencia? Poco a poco entendí que son estas islas tierra de frontera y que solo importan como etapas para el Galeón de Manila, que aquí todo se reduce a él y su existencia todo lo explica y justifica. Ese barco es el único lazo comercial entre Asia y Castilla a través de la Nueva España, el único rumbo que no está controlado por los turcos y demás mahometanos, nuestra Ruta de la Seda. El comercio siempre fue lo primero. Colón llegó a América buscando una ruta comercial, Dios llegó luego. Magallanes descubrió el paso del Sur buscando un camino directo a la Especiería, Dios llegó luego. Tras meses navegando erráticos, pues nunca se supo bien qué buscábamos, en este océano ya he visto que fuera de Manila apenas se sostienen los castellanos en ninguna costa, que todo se confía en acuerdos con reyezuelos locales y la presencia de algún religioso. Eso y no más es el famoso imperio. Que la autoridad del capitán general de las Filipinas ni alcanza para someter a todo ese archipiélago, y su política fuera de allí se reduce al palo y la zanahoria, a amenazar a caciques e isleños con la fuerza de las armas de Castilla si no se avienen a acoger frailes y misioneros en sus islas, al tiempo que se les reconocen sus tronos y privilegios. Misioneros que persuadan a los indios de las bondades del cristianismo y de que la autoridad de los castellanos emana de él. De ti. Acero, sobornos y misioneros. ¿Eso es todo, Señor? Y aun en las islas que dominamos solo hay unos pocos castellanos en las costas. Pocos y locos, Dios mío. Que donde no hay orden ni concierto, pronto aparecen las herejías y la desmesura y en este enorme océano, en este desierto azul y salado, la demencia encuentra mil guaridas. Tengo miedo de volverme otro orate como el que topamos en una isla tras el archipiélago Peligroso y antes de llegar a Pawu, un jesuita ya viejo que llevaba allí más años de los que podía recordar y había perdido el seso. Una nao lo desembarcó allí junto a otros dos hermanos y un Cristo crucificado. En una jerigonza confusa, propia de su mente rota, nos contó que pronto murieron los otros padres y fueron devorados por los nativos. Que él se salvó porque oía tu voz y tú, Señor, le ordenaste cómo evangelizar a estas gentes. Inspirado por tu doliente imagen en el crucifijo, había degenerado tu fe en un ritual perverso y sangriento, convenciendo a los caníbales que allí habitaban de capturar a isleños vecinos para crucificarlos en remedo a lo vivo de tu Pasión, Señor. Que luego se comían la carne de estos crucificados como eucaristía, cosa que, nos explicó el jesuita loco, fue muy conveniente para ganarse su voluntad y convertirlos por ser su isla tierra pobre en cualquier carne que no fuera pescado y serles luego los huesos largos de los fémures muy útiles para hacer arpones y cuchillejos. Cuando atracamos en esa isla, don Fernando ya estaba recluido en su recámara por las fiebres, así que nadie quiso o pudo impedir que el capitán Olmedo, del San Luis, y Rodrigo

Nuño, que es de la piel del diablo, se pusieran al frente de más de cien hombres y mataran a espadazos a los nativos y quemaran en la playa al jesuita. De nada sirvieron mis súplicas. Venían ambos mohínos del mal desempeño de los soldados en un par de escaramuzas anteriores, que nos hicieron guerra en muchas de las islas que tocamos. El penar de aquella travesía empapaba de una apatía mortal a los hombres, que se sentían condenados por un sinsentido y acordaron los capitanes, todos menos el doliente Fernando, que darles extraños a quien odiar en una violencia súbita les devolvería el ánimo.

—A aguantarse el miedo y a matar se aprende matando. ¡Ea, señores, prueben vuesas mercedes el filo de las espadas en las carnes de estos caníbales hideputas! ¡Santiago y a ellos! —Así, sin necesidad de más, volteó Rodrigo contra los nativos la ira que traían los hombres por meses de mala navegación, enfermedad, muertes y falta de botín. Luego, cuando los hombres se agotaron de matar y había tanta sangre que ni la arena de la playa bastaba para secarla, y frente a la hoguera en que ardía el jesuita, Rodrigo me dijo que a qué tanto escándalo y que Pánfilo de Narváez fue famoso por la matanza de cientos de indios que hizo en Caonao, en Cuba, solo por probar él y sus hombres el filo de sus espadas tras afilarlas con los cantos del río. Que si él y Olmedo habían ordenado acabar con estos caníbales y el hereje que los pastoreaba era por hacer un mejor servicio a Dios, a ti, Señor, tener más diestra y menos asustada a la tropa para lo que viniera y salvar a cualquier otro cristiano que por allí llegara en el futuro. Le hablé del temor de Dios y Rodrigo, tu criatura, un demonio iluminado por fuego, bañado en sangre y con la locura en los ojos, se burló.

—Creedme, fraile, que yo he conocido y muerto gentes muy religiosas, hermanos católicos, herejes luteranos, paganos mahometanos y ahora idólatras en Asia. Curas, frailes, pastores, brujos, imanes y derviches... Todos con su dios en la boca, como insulto, juramento, plegaria o maldición. Y os aseguro que ninguno lo vio al morir.

A tu imagen y semejanza, Señor. *Imago Dei*, a imagen de ti que eres espíritu. ¿Qué queda en nosotros de tu pureza, de la inocencia? ¿Por qué nos diste la libertad de pecar? ¿Qué trampa fue esa? ¿Por qué estamos todos con el alma tarada desde que nos echaste del paraíso? Tú, que todo lo puedes, ¿no nos puedes perdonar?

Sé las respuestas, me las han enseñado en el seminario, en las prédicas, los sermones y parábolas, en los púlpitos y en los textos sagrados. Pero no aguantan el roce con el mundo, con la vida.

Ahí van Longoria y el piloto hacia la recámara de don Fernando. Al fin se han decidido. Ve tú también, Guillermo. Entérate de cuál es tu destino.

Como dice el capitán Longoria a cada tanto:

—¡Ya sabe vuesa merced que hoy será lo que Dios quiera y mañana lo que Dios mande!

¡Me gustaría tanto creerlo, Señor!

Sentir que estás ahí.

Ya solo dudo.

Pienso que solo estoy aquí para dar testimonio del horror.


—Bienvenidos, señores —recibo al capitán Longoria, a Lorenzo y al escribano Gómez que trae prevenido recado de escribir, mirando sobre sus hombros por ver quién más pueda venir con ellos, con Rodrigo a un paso de mí, María un poco más lejos y un par de pistolas cargadas sobre la carta de marear abierta en la mesa. Me tranquiliza ver que con ellos solo entra fray Guillermo. Disimulo los escalofríos y temo que me delaten los sudores—. Bienvenido, padre. Cerrad tras de vos, os lo ruego.

Longoria y Lorenzo se acercan a la mesa y ojean la carta

con cierto desinterés. Ya saben que navegamos por aguas poco o nada cartografiadas. Lo que de verdad quieren saber es otra cosa. Gómez se cuelga del cuello un pequeño atril con papel, y espera pluma en mano mirando a Longoria. ¿El qué? ¿Para qué quieren registro y testigo? Me vuelve a maravillar que Gómez siga vivo, nunca habría apostado por él.

—Don Fernando, espero que no os importe que el escribano tome nota de lo que decidamos. Ya nos hemos alejado de esa isla de Pawu más de un día de navegación. Llevamos una tripulación muy menguada para un galeón de este porte, para maniobrarlo y para defenderlo en caso de un mal encuentro. Y en la bodega unos pocos quintales de especias y un monstruo. Sois capitán de esta jornada, os ruego que nos participéis vuestros planes.

Gómez escribe.

—¿Acaso queréis discutirlos, capitán Longoria? —Mi tono es duro. Sé que aquí, hoy, se decide mi destino y el de María, que a estas alturas poco más me importa.

El marino me mira en silencio, me estudia, al fin resopla y habla.

—Discutirlos, no, don Fernando. Conocerlos por ver la mejor manera de cumplirlos. Soy el capitán de mar del San Isidro, no olvidéis que si este barco y sus gentes son un cuerpo vivo, yo soy el seso. Os escucho.

Sí, me escucha, pero en su mirada afilada leo la advertencia, sus ojos me avisan de que tenga cuidado y me tiente la ropa, que ya estuve loco y casi conseguí que todos muriésemos, que nos matásemos entre nosotros. Que se puso de mi parte porque no hay nada que odie más un marino que un motín y que a ver qué carajo quiero hacer porque igual no me aguanta otra.

Gómez se detiene y parece no saber qué debe y qué no debe anotar.

María me anima con la mirada. Apoyo las manos sobre la

carta y con un ademán de la derecha recorro el vacío que retrata el mapa.

—Más de medio año llevamos errando por este océano, llevando y tomando muertes mientras buscamos algo que, al parecer, no existe. Tierras ricas en especias que no estén ya bajo el dominio de Portugal o de Castilla, en las que descubrir, conquistar y rescatar riquezas y almas. Para ello hemos cruzado la inmensidad de este océano, bajado más al sur. Y hemos fracasado, señores. Bien decís, capitán Longoria, que quedamos los justos para volver, quizá ni siquiera para eso seamos ya suficientes. Desde luego no para dar batalla si nos atacaran otros barcos. Yo digo que regresemos. Esto no son las Indias, Nueva España o el Perú. En estas tierras nada hay para nosotros, los castellanos somos pocos, aferrados a la costa como liendres a los pelos, al leve roce de prosperidad y civilización, de riqueza y cordura, que deja el Galeón de Manila. Aquí Castilla solo manda donde los nativos nos acogen de buen grado y aceptan la cruz y los frailes, pues somos poca gente para derrotarlos y obligarlos a servirnos si persisten en rebeldías. En la misma isla de Luzón, corazón de las Filipinas, hay en el norte rancherías de indios que no se someten. Y al sur, indios moros y piratas que son súbditos de sultanes mahometanos. O islas atrasadas y despobladas, o islas como Pawu con su maldito rey, demasiado fuertes para tan pocos de nosotros. Aquí no hay almas que rascar. Aquí no hay oro ni plata, ni más especias. No hay un Potosí que valga mandar ejércitos, solo miseria que no merece tantos trabajos y muertes.

—Lástima, don Fernando, que no entrarais en razón antes —me interrumpe severo el capitán Longoria.

—Ardía de fiebre —me defiende María—. No era él quien hablaba.

Asiento. Continúo. María no me hace ningún favor al defenderme ante otros hombres, debería saberlo. Pero no, no creo que necesite las pistolas. Gómez hace rato que ha renunciado a escribir.

—Digo que volvamos, señores. Con lo poco que hemos rescatado de la bodega del holandés que hundimos y alguna isla. Con eso que, si no la esperada, no deja de ser una buena cantidad de ducados de oro, y con ese unicornio como presente para el rey, confío en ganar el perdón de los señores que en la corte aportaron los dineros para esta empresa. Solo quiero volver vivo para responder yo ante ellos, que bien a las claras mostraré que nada se puede reprochar a ninguno de vosotros. Quiero volver vivo para ser el mejor abogado de vuesas mercedes y último responsable de este fracaso. ¡Apuntad eso, escribano!

Gómez escribe.

Longoria cabecea como asintiendo a lo que oye; luego cambia una mirada con el piloto Lorenzo que no sé cómo interpretar, suspira y habla.

—Ya, ¿regresar?

—Sí, regresar.

—¿A dónde, si puedo preguntarlo?

—A la Nueva España, a Acapulco, y de ahí, cruzando hasta Veracruz, embarcar en los galeones que navegan en conserva, la flota de Indias, y llegar a Sevilla y Madrid.

—Ajá, ya. ¿Con el unicornio, unos pocos fardos de especias y todos nosotros?

—Sí, claro. Todos. Los que lleguemos, que bien sé que alguno perderemos por los rigores del tornaviaje.

Miro a Rodrigo. Curioso. Siempre que pienso o nombro a la muerte, sin quererlo mis ojos se van a él. Me sonríe, su mirada está helada pero su boca me sonríe. Longoria lo ve y, quizá sin quererlo, reposa la mano izquierda sobre los gavilanes de su espada, como comprobando que sigue ahí, a mano.

—No, capitán Encinas, no podemos hacer eso.

—¿Por qué? No os entiendo, capitán. —De verdad que no

le entiendo pero me dispongo a una epifanía, pues el marino muestra mucho aplomo en su voz y postura. Lo cierto es que hace tiempo que dudo de todo y, sobre todo, de mí—. ¿Qué decís? La ruta del tornaviaje que descubrió Urdaneta es segura, mucho más que nuestro navegar errabundo hasta aquí, buscando lo que no hemos encontrado. Sí, subir latitud norte hasta las Filipinas. En Manila podremos enrolar gente, reponer bastimentos. Luego seguir de allí hacia el noreste hasta encontrar los contraalisios que nos porten a la California, rumbo sureste y sin calmas chichas. Luego bajar latitud sur hasta Acapulco.

—Habláis como un marino, don Fernando, y así sería la mejor travesía si pudiéramos elegirla. Pero no nos conviene. No; si apreciáis en algo vuestra cabeza y las nuestras, no podemos volver por ahí. —El capitán Longoria busca apoyo en todos los presentes con la mirada antes de volverse hacia mí y hablar de nuevo entre sorprendido y alarmado—. ¿De verdad no recordáis lo que dijisteis cuando perdisteis la cabeza por las fiebres? ¿Ni lo que pasó antes con el capitán Olmedo y el San Luis? ¿Estáis bien? ¿Acaso nos estáis embromando, capitán, haciéndoos el loco?

No, no lo recuerdo, que mientras me ardió la cabeza viví ensimismado y ajeno a todo, a mis actos y a mis palabras. Y ni María ni Rodrigo ni el fraile, extrañamente huidizos, me han contado nada. Al fin, yo tampoco les requerí claridad, preocupado por otras urgencias e intuyendo que no habían de gustarme las explicaciones. Lo que sí sé es que todo salió mal desde el principio. Las semanas de tormentas y calmas que enloquecieron a los hombres y causaron las primeras muertes. La enfermedad que estalló en ambos galeones solo un mes después de partir de Acapulco. Según unos por culpa de un polizón que ya traía las fiebres y al que se tiró por la borda del San Isidro sin demasiados miramientos, lastrado por una bala de cañón porque se hundiera pronto. Cuando me negué a matar de manera tan cruel a ese pobre muchacho, apenas un niño, vos mismo, Longoria, me explicasteis que nadie soporta muertos a bordo y que tal era la fiebre que consumía a ese polizón que ya estaba por entregar el alma, pero no sin antes contagiar a cuantos pudiera. Y que mis dudas en hacer lo correcto me pondrían a la tripulación en contra.

—¡Así que al agua con él, que se hundan la enfermedad y la mala suerte con el desgraciado! Abreviémosle el camino hacia el cielo o el infierno con una bala en los pies para evitar a los demás sus gritos, súplicas y la horrenda visión de un cuerpo flotando y comido por gaviotas y tiburones. ¡Que el fraile lo bendiga antes! ¡Ea, al agua con él!

Todo fue a peor desde esa muerte.

¿Lo recuerdo?


Mi amigo Fernando, mi valiente pero tan débil camarada. ¿No te acuerdas? Sé que no te hemos contado lo que pasó. Nada, y que sin relato desde el que partir, esto pasó, esto se hizo, es imposible caminar hacia delante, esto haré, esto diré. Yo siempre fui más de hacer que de pensar. ¡Quien piensa, pierde! Alguna vez me lo reprochaste en el pasado, chapoteando en sangre y barro en Flandes.

—Pero Rodrigo, ¿tú nunca dudas de lo que hacemos? ¿Hay nobleza en estas carnicerías?

—Fernando, ¿a qué torturarse? No olvido que los que nos mandan a la muerte, a acuchillar o a morir, a arrastrarnos por el barro sujetándonos las tripas o intentando volver a su sitio un miembro arrancado, son los que viven en palacios.

—¿Y entonces qué hacemos en estas tierras degollando pobretones?

—¡Mejor ellos que yo! Y nunca nos enseñaron a hacer otra cosa. Somos diestros en ello y no concibo oficio más honroso.

—En verdad que me asustas, Rodrigo.

María, esa mujer que has llevado contigo por campamentos, reales y presidios, ahora galeones, tiene el mal hábito de pensar y ella ha alimentado en ti tan peligroso pasatiempo. Hemos cambiado tanto, amigo. Ya nada es como cuando aún éramos mozos y creíamos poder elegir nuestras vidas, cambiarlas viajando aquí o allá. No como ahora, que seguimos yendo al fin del mundo por huir de lo único que no podemos cambiar, nuestras vidas.

Y ella, su presencia aquí, ha sido la semilla de todas las discordias, hermano. Aunque bien sé que nunca lo reconocerás. Por ella empezaron marineros y soldados a poner en cuestión tu autoridad, tu capacidad para mandarlos. Amén de tus dudas con aquel polizón, que yo creo que ahí comenzaste a no regir. Creí que habías vuelto en ti cuando mandaste decapitar a aquel hidalguillo descontento y ahorcar al par de villanos que lo seguían. Todo el mundo aprobó tu sentencia y la consideración al ejecutarla. Y es que, polizón aparte, empezaste, empezamos bien, que justo a la vista de las primeras islas topamos con una nao holandesa y le dimos lucida batalla. El vigía gritó «¡vela!», y nos asomamos todos a la toldilla; vimos que solo era una nave. Longoria dijo uno de sus dichos frotándose las manos:

—Barco a la vista, pólvora lista. Barco cercano, balas en mano.

Luego añadió que si queríamos especias ahí teníamos las primeras, que esos ladrones herejes solo se llegaban a este mar por robarlas. Con nuestros galeones navegando al pairo, llamaste a consejo en la toldilla del San Isidro e hiciste venir a Olmedo desde el San Luis. Al principio no tenías claro si atacar. «Nuestra misión no es combatir piratas, señores, sino navegar más allá del Maluco a descubrir y conquistar. Además, llevamos a mucha gente enferma. ¿Qué haremos con ese barco y su tripulación caso de vencerlos? No puedo prescindir de nadie para que lo lleve como presa a la Nueva España». No te faltaba razón, pero Longoria, Olmedo y su maestre, amén del piloto Lorenzo, protestaron y dieron sus razones: a esos perros luteranos hay que combatirlos donde sea y cuando sea, que son peores que la peste y asesinos todos. Que le vendría bien a la gente ordenarse para combatir tras tantas semanas de mala mar, fiebres y negros pensamientos. Y que seguro que los holandeses vienen de hacer sus maldades, con la bodega llena de lo robado, y quién sabe si con cautivos castellanos que bien podríamos rescatar. Y que dónde se ha visto que dos galeones castellanos rehúyan el combate contra un barco de piratas herejes, que tras derrotarlos ya veríamos qué hacer y que ¡sus y a ellos y que a quien Dios se la dé, san Pedro se la bendiga! Entonces, sin dudarlo, ¡cómo me gustó verlo!, diste orden de alistar los dos galeones para el combate y aproar, pues teníamos mejor viento, hacia los holandeses, que ellos navegaban dando bordadas y nosotros con muy buen través. Olmedo volvió al San Luis. Se izaron las banderas de combate y allá que fuimos. Ahí te tornaste un Marte, que junto a Longoria y yo mismo, supiste dirigir con bravura a hombres ya en su mayoría muy enfermos.

El barco holandés era más rápido y con mejores cañones, de más alcance por ser más largos sus tubos como acostumbran ellos y los ingleses. Mas nuestras naos iban surtidas por demás de rodelas, coletos y coseletes, ballestas y dardos, picas, lanzas y arcabuces, de pólvora y balas, así como de dos perros de presa, Leoncillo y Cipión, aunque estos de poco valían contra los rubicundos herejes pues están entrenados para matar indios. Longoria y Olmedo previnieron lo necesario en las cubiertas del San Isidro y el San Luis, tinas de agua y lampazos húmedos para apagar posibles fuegos, que en la guerra del mar todo es extremado, o te quemas o te ahogas. También piedras pequeñas y medianas para que si el agua que salpicaba mojaba pólvora y mechas, poder lanzarlas a mano y quebrar miembros y descalabrar herejes. Mientras Longoria y Olmedo ordenaban la maniobra a la gente de cabo, tú, Fernando, lo hiciste bien y sin dudar con la gente de guerra. Ahora no sé quién eres, pero cómo te reconocí ahí.

—¡Los arcabuceros que se dividan entre los alcázares de popa y proa! ¡Piqueros y ballesteros con ellos para protegerlos! ¡El resto de las escuadras a la cubierta a ayudar al condestable de la artillería, a acarrear balas y pólvora donde se necesiten!

Nos aproximamos y el San Luis corrió como un sabueso a cortar cualquier posible retirada, en caso de virar, de los holandeses, mientras nosotros nos echamos encima de ellos, a quitarles el viento. Los herejes vieron pronto el peligro de que los barloventeáramos, se desentendieron del San Luis y respondieron a cañonazos nuestra maniobra, tirando a la proa, que como la popa son las partes menos gruesas y protegidas, por ver de atravesarla y que las balas corrieran toda la cubierta para hacernos gran carnicería. Luego al casco, también como ellos y los ingleses acostumbran por herir gente y la artillería enemiga. Nosotros respondimos como suelen nuestros galeones, cañoneando su aparejo para desarbolarlos, hacerlos caminar más lentos y mejor inmovilizarlos. Que los castellanos siempre buscamos el abordaje y tirar de espada por tener mejor infantería embarcada. El único problema es que disparando a las velas y antenas no les matas gente, así que cuando los abordas aún están muy enteros.

—¿De verdad crees que tenemos mejores infantes que ellos, Fernando? —te pregunté más divertido que alarmado.

—¡Lo importante es que lo crean los herejes! —me contestaste sonriendo.

Al fin en el mar, todo es el viento. Y este estaba de nuestra parte. Pronto nos pusimos a combatir a tocapenoles, que así le dicen los marinos cuando se está ya tan cerca que tus aparejos tocan con los del enemigo. Ordenaste con buen tino disparar primero descargas con mosquetes, que son de más alcance, luego con arcabuces cargados con balas y con palanquetas, dos plomos unidos por un alambre y que cortan miembros y descabezan. Longoria cañoneó con metralla y palanquetas más gruesas el alcázar, toldillas y castillo enemigos, que por ser los lugares más protegidos eran el sitio de reunión de los contrarios.

Llevábamos ya cuatro horas de combate cuando al fin nos pudimos enganchar al barco holandés como dos perros jodiendo. Ya no podían huir y pronto el San Luis se nos uniría para abordarlos por ambas bandas. En previsión del asalto y mientras Longoria y tú, con otros oficiales y un par de grumetes, mandabais desde la toldilla, a mí como segundo comandante me enviaste al castillo de proa. Todo el aire se estremecía con cañonazos, arcabuzazos, gritos de valor y de dolor, toques de tambor y de trompeta para transmitir las órdenes a marinos y soldados. Yo, Fernando, volví a sentir que estaba en el único lugar del mundo que me cuadra y apetece: la guerra.

Aferramos al barco holandés con garfios porque no huyera, disparando con todo lo que había a mano de nuevo a tocapenoles, tanto por matarles cuanta gente pudiésemos como por cegarlos con el humo de la pólvora, con una gran nube pesada y pegajosa que, al estar nosotros por barlovento y ellos sotaventeados, el viento llevaría sobre ellos. Aún hubo un par de descargas más, de ballestazos y hasta pedradas antes de que saltásemos las bordas para luchar con espadas y pistolas, con hachas y dagas. Y tú, Fernando, por Dios que no dudaste y saltaste a mi lado gritando como un demonio. Lo cierto es que una vez a bordo del barco enemigo, la disputa duró poco. Habíamos matado mucho con las descargas anteriores y los pocos que quedaban estaban muy heridos. El capitán de los herejes murió incluso antes de que los abordásemos, así como su piloto. Poco más de veinte hombres muy maltrechos, tanto como el barco, que tenía destrozado el aparejo del palo mayor, bauprés y mesana. También ardía en varias partes y

Longoria te avisó del peligro que eso suponía para nuestros galeones por estar atados a él. Ordenaste trasladar a nuestra nao todo lo que de valor hubiera en su bodega, que esas y poco más son las especias que aún llevamos. Longoria y Olmedo te urgieron con voces a que nos separásemos del galeón holandés para no arder con él.

—¿Y los prisioneros? —les gritaste. Te contestó su silencio. Te volviste hacia mí, los ojos húmedos y rojos, la cara negra de pólvora—. ¿Y los prisioneros, Rodrigo?

—Han luchado bien y han perdido. Su barco no tiene reparación ni nosotros con qué hacerla. Haz con ellos lo que harían contigo.

Movías la cabeza como negando. No querías aceptarlo. Buscabas con la vista a María, al fraile que arrodillado en nuestra toldilla elevaba al cielo ennegrecido de humo unos rezos que no podíamos oír. Quizá ahí empezaste a quebrarte, mientras los hombres abandonaban su condición de fieras y esperaban tus órdenes.

—No puedo hacer eso —dijiste envainando la espada y caminando tembloroso para saltar las bandas y volver al San Isidro, a refugiarte en María y el fraile.

Así que yo di la orden para ocultar tu debilidad. Una escuadra acabó con los holandeses aún en pie. Luego, moviéndose como una jauría sobre los cuerpos, los grumetes y los pajes remataron a los heridos con sus cuchillos de misericordia. Los premié con el botín que encontrasen en los muertos.

De vuelta en el San Isidro y mientras los hombres te vitoreaban, tú empezaste a temblar y te tuviste que apoyar en María. El capitán Longoria te pidió nuevas órdenes, pero tú lo miraste esquivo, balbuceaste una excusa que ninguno entendimos y te refugiaste con tu barragana en la recámara. Longoria me miró alarmado.

—¿Está herido?

—No, está enfermo.

Longoria ordenó separarse de una vez de lo que quedaba del barco holandés. Y cuando pusimos algo de distancia, mandó echarlo a pique cañoneándolo en la medianía del casco.

No participaste en la celebración por la victoria, ni en el tedeum que ofició fray Guillermo para agradecer el seguir vivos y haber mandado al infierno a tanto hereje hideputa. Ni saliste a confortar a nuestros heridos, que harto trabajo tuvo el cirujano amputando y cauterizando con hierros al rojo o aceite hirviendo. Longoria mandó cantar y tocar guitarras y otras cosas para tapar sus gritos, pero estoy seguro de que los oíste. No son distintos a los aullidos y lamentos que habíamos sufrido tú y yo tantas veces y en tantas guerras del rey. ¿Por qué te quebraron estos? ¿Fue ahí que te rompiste?

Desde ese día no volviste a ser el mismo. Taciturno, callado, apenas si hablabas con María y el fraile, diste en decir cosas sin sentido. Al poco empezaste a convulsionar por las fiebres y te encerraste en tu recámara, ordenándonos desde allí, sin dejarte ver. La gente perdió la fe en ti, en su capitán, que no se adoran peanas sin santo. Justo al tiempo que la navegación se volvió errabunda y parecías no saber a dónde y a qué dirigirnos. Cada isla que topábamos, o era poco más que un arrecife con palmeras habitado por un puñado de caníbales, o ya tenía una fortaleza portuguesa o mora bien artillada para recibirnos. ¡Al sur, más al sur!, ordenabas, y cada entrada que dábamos a una nueva isla nos encontrábamos con lo mismo y dejábamos una porción de muertos, de gente flechada o alanceada. Matar une mucho, ¿sabes? Tras una matanza de indios que hicimos en una de esas islas sin nombre y que espantó al fraile, carnicería sin más motivo que el poder hacerla y aliviar a los hombres en ella, por más que tú habías prohibido cualquier violencia contra las mujeres, y usar los dos perros de presa que traíamos, los marinos me admitieron en su compañía y fue la primera vez que oí a Olmedo y a su piloto hablar abiertamente de rebelión con Longoria, de amotinarse y matarte para librarnos de tu desastroso mando.

—Para mí tengo que vuestro amigo Encinas está con el seso perdido y nos trae navegando sin rumbo —dijo Olmedo.

—Mi amigo y vuestro capitán, no lo olvidéis —le contesté yo.

—Sigamos un poco más sus órdenes a pies juntillas —insistió Olmedo—, hasta que la navegación se resienta tanto que sea insufrible para los hombres. Que sufran sus desvaríos. Entonces será el momento de actuar.

Olmedo sonrió y se volvió ladino hacia Longoria.

Longoria calló y el que calla otorga, así que tiempo después, y animados por el general descontento, intentaron Olmedo y otros asesinarte en la recámara. Ni te enteraste de que, mientras delirabas dentro, María les plantó cara en la puerta con gallardía, yo les mostré que seguía siendo muy tu amigo. El propio Longoria llegó para ver qué pasaba y, visto lo visto, decidió hacer honor a su palabra para contigo. Convenció a Olmedo de volver a su barco y le prometió que, poniendo los galeones al pairo y con poco trapo porque anduvieran juntos como hermanos, se fondearía y se haría una asamblea donde discutir, poner o deponer capitanes y tomar decisiones como hombres libres y castellanos que allí éramos.

¡A saber qué te coció la fiebre en la cabeza para que soltaras las herejías que soltaste en esa junta! Dijiste palabras que no son tuyas, que por tu boca tengo por cierto que hablaban los muchos libros de ese fraile alumbrado y de María.

¿No te acuerdas, Fernando?

¿De verdad no recuerdas que tras aquello desapareció el San Luis con toda su gente para siempre?

¿No?

Veo y oigo de una manera muy distinta a los hombres, que quizá han perdido esa capacidad. Soy capaz de descifrar las variaciones de la brisa por el zumbido de los insectos y los olores, el momento del día por el color de la hierba, una lengua universal de millones de voces que es el latir de la vida y la muerte en la naturaleza. Por eso, desde que estoy aquí encerrada me siento ciega, sorda, no puedo reconocer nada de lo que ha sido mi mundo y me vuelco en escuchar con el hocico a los humanos, en verlos con las orejas puntiagudas y olerlos con mi piel coriácea. Nada me habla, hay sal en el aire, estoy confinada entre maderas muertas que amenazan con quebrarse cada tanto. Me duelen los quejidos secos de tantos árboles distintos hechos tablas. Confusa, noto que pierdo la comunicación con la vida, siento miedo y una tristeza desesperada.

Me confunde no saber cuántos soles llevo aquí cautiva, sin apenas espacio para moverme, en un recoveco de esta gran nuez en el que no puedo ver el cielo. Me duelen el cuerpo y las llagas, pero al menos me he hecho al extraño balanceo de esta cosa. Lo más frecuente es que cabecee en el sentido de la marcha. Resulta mucho más molesto cuando a ese cabeceo se une un movimiento lateral. Es evidente que flota en el mar, que se mueve por él gracias a la frenética actividad, para mí incomprensible, de los hombres. Andan todo el día repitiendo gritos, subiendo y bajando a esas ramas tan altas y tirando de unas lianas que lo unen y mueven todo. Lo cierto es que me maravilla la cantidad de cosas que hacen, porque todos huelen a enfermedad y a muerte. Hay un grupillo que deben de ser los que mandan, van más vestidos y uno de ellos va siempre con la única hembra. Son los que vi aparearse fuera de la gran colmena, antes de caer como una imbécil en la trampa para tigres. Los hombres repiten mucho la palabra «galeón», que no es que a mí me diga nada, pero creo que es como llaman a esta nuez. Galeón.

La mujer y uno de los hombres, que tiene el pelo cortado en redondo y la coronilla calva, son los que más me visitan, me miran curiosos y discuten sobre mí cosas que, por supuesto, no entiendo. Luego hay varios hombrecillos que se van turnando en visitarme. Esos no se detienen mucho conmigo, apenas el tiempo de darme agua dulce y algo de forraje. Ya digo, si alguien me preguntara y pudiera contestar, para mí el rasgo más llamativo de los hombres, malos olores aparte, es la prisa.

Por supuesto, he establecido comunicación con todos los animales que pululan libres o están cautivos como yo en el galeón. Huelo y oigo, porque ver veo poco donde estoy, realidades muy distintas. En general, todos los animales que viven a bordo tienen miedo, como yo y como los propios hombres. Yo creo que es por la posibilidad siempre presente de ahogarnos dado que no somos peces, tortugas, ballenas o delfines y no flotamos en el mar.

Luego hay animales más asustados que otros. Por ejemplo, hay varios arrastrados aquí por el hambre, presente y futura, de los hombres. Un par de búfalas y varias cabras, gallinas... Están tristes, aterradas. Parecen tener claro que seguirán vivas mientras den leche y huevos, pero también que serán las primeras en ser sacrificadas cuando empiecen a escasear el agua dulce y el alimento. Los hombres se las comerán. Me angustia pensar si ese será mi destino. Me comunico también con muchos otros animales que andan más o menos libres en esta jaula flotante. Hay dos gatos cazadores de ratas y un simpático perrillo que gusta de saltar entre las piernas de los hombres y menear la cola sin parar, alegrándose quién sabe de qué. También hay dos perrazos de presa, más quedos, de ladrido grave y fauces terribles, fuertes, con los que, al parecer, los hombres gustan de despedazar a otros hombres. Llevan unos collares llenos de púas afiladas. Esos perros tienen la mirada sombría y esquiva del que asesina para agradar a sus amos, no para comer, y no se relacionan con los demás animales. Se deben considerar muy importantes por matar, es algo que les pasa a todos los carnívoros. También los veía en mi selva, pavoneándose con sus garras y colmillos, rugiendo feroces sin venir a cuento. El otro perrillo, pese a sus cabriolas, lametazos y menear de rabo, tampoco me parece muy feliz. Lo cierto es que cuanto más cerca de los hombres, más triste es la mirada de los animales. Ya no pertenecen a la libertad salvaje, pero tampoco son humanos ni lo serán nunca. Me dan pena.

Aunque las que más me impresionan son las ratas, por su número y su ferocidad. Se comen entre ellas, padres y madres a las crías, se degüellan de una dentellada, quiebran sus espinazos. Y yo solo puedo pensar en que esto también es cosa de los hombres, que llevan la muerte con ellos, pues todos estos animales viven hacinados en el bosque muerto que es el galeón y se contagian de su locura.

Antes de caer en sus manos tenía un propósito por el que vivir, aun sin saberlo: ser una más en la vida de un ser más grande que cualquier otro, compuesto de aves, de soles, de noches, de árboles, de olas y mareas, de hormigas y elefantes, de agua que cae, de limos refrescantes, de madres, crías, cachorros, esperma y orines, trinos y rugidos. Ser parte fecunda de ese ser. Ha sido caer en manos de estos hombres ansiosos y notar que mi propia existencia ya no tiene sentido. Que ya nunca seré la madre de nadie. Y eso duele, duele mucho. Y me enfurece.

Pero no puedo hacer nada salvo herirme con barrotes, cadenas y ataduras.

Aquí encerrada lo único que puedo hacer es pensar. Echo de menos lo físico, sentir mi fuerza, mi vitalidad en movimiento, en libertad. Ahora solo pienso, recordando y aprendiendo pues tengo todo el tiempo para observar, desde un punto fijo, mi cárcel, el mundo pequeño e intenso de este galeón. Todo me parece una versión torpe, grotesca, de la naturaleza y de cómo nos relacionamos en ella los animales en libertad.

Hummm, esta agua me sabe a muerta, a estancada, no corre libre. ¿Dónde la guardarán? No me extraña que por aquí todos estén más o menos enfermos. No sé yo si beberla... El forraje tampoco es fresco.

¿Por qué son tan soberbios los hombres? Nunca podrán enseñar a ninguno de los animales que capturan y amaestran nada que sea más perfecto que lo que la naturaleza nos enseña en libertad. Nunca podrán enseñar al león a cazar, al pájaro a hacer mejor su nido o al pez a nadar. Solo torpes trucos a animales que ya no sabrían vivir en libertad, pobres imitaciones de gestos humanos, ridículas, que ellos encuentran divertidas.

No veo a la hembra. Sé, porque los huelo, que está con todos los hombres principales, los machos más importantes de esta manada, en la guarida que hay en la parte de atrás, la popa la llaman, de este galeón.

Espero que ella esté bien. Es la que me mira con más compasión. O eso me parece.

Este galeón es un sitio muy ruidoso, pero aún alcanzo a escuchar cómo los machos discuten allá atrás.

Parecen enfadados.

Y eso me asusta más aún.

¡Quiero volver a mi selva!

¡Quiero vivir!


—Que si estáis bien, don Fernando —insiste el capitán Longoria.

Abro la boca para contestar, pero no consigo hilar palabra mientras recorro los ojos de los presentes. Hay alarma en los de don Álvaro y el piloto, Salvador Lorenzo. Frialdad en los de Rodrigo, pasmo en los de Gómez, la pluma de nuevo detenida. Compasión y dolor en los de fray Guillermo y María.

Habla, pienso, di algo, lo que sea. ¿Por qué sientes que todos están en un secreto que tú desconoces? ¡Eso es imposible!

—Sí, claro que estoy bien. No entiendo por qué teméis la ruta que propongo. Ni qué peligro es ese tan terrible para nuestras cabezas. Os digo que no queda sino volver y esperar que lo poco que llevamos en la bodega y ese extraño animal contenten a alguien. Volver antes de que nos trague el océano como al San Luis.

Gómez vuelve a escribir.

—A eso me refiero —tercia Longoria—. Nunca vimos resto alguno de naufragio. Olvidaos de Manila o Nueva España. Ese es el rumbo más lógico y ese perro de Olmedo lo tomó sin duda.

—¿Qué queréis decir, capitán? ¿Olmedo?

—Que si el San Luis desertó, que es lo que Olmedo tenía en mente, lo más normal es que volviera a la Nueva España hablando pestes de vos, don Fernando, y de vuestro mando para justificar su cobardía. Que a muchos espantasteis con vuestras herejías y blasfemias. Tiempo habrá tenido de difamar y ahormar voluntades. Allí nos esperan la horca o la espada, la muerte que cuadre a cada cual según su condición. Si es que no la topamos antes en las Filipinas.

—¡Pero…, pero si naufragaron! —protesto—. ¡Hubo una gran tormenta esa noche y a la mañana ya no estaban, se había hundido el galeón con toda su gente! ¿Sois ahora vos quien quiere enloquecerme?

—Creedme, Encinas, por más que lo deseéis no se hundieron. Apagaron el fanal de popa, a oscuras soltaron trapo y se marcharon sin más. Nos abandonaron a nuestra suerte. Vos estabais postrado por las fiebres, pero yo mandé virar y los buscamos durante dos días, sin encontrar ni resto de aparejo, ni un tonel, ni un cuerpo. Desertaron, capitán. No dudo de que Dios me dará la oportunidad de cruzarme en algún puerto con ese perro hijo de una puta con chancro de Olmedo y abrirle el pecho con mi cuchillo. ¡Ni siquiera me dio la oportunidad de traicionaros e irme con ellos! Engañó a un marino, a uno de los suyos. ¡Gómez, no escribáis eso último!

El escribano asiente y se detiene. Suda.

—Pero ¿por qué desertar? Por mucho que desvariase o no, Dios lo sepa, en esa asamblea, no veo razones para algo tan despreciable como la traición.

Longoria resopla y cabecea.

—Capitán Encinas, ya de antes teníais a la gente muy revuelta. Recordad que muy pronto hubo que dar muerte a unos por su plan de mataros y que os reveló, Dios lo bendiga, el bueno de fray Guillermo.

—¿Pero por qué, Longoria, por qué tanto odio y tan temprano? No creo haber sido cruel con nadie, ni riguroso en exceso. Todos sabían a lo que veníamos.

Longoria y Lorenzo se miran, luego el piloto baja los ojos y don Álvaro, tras mirar a María, suelta el trueno.

—Por ella, capitán.

—Longoria, cuidado con lo que decís. —Aquí no me tiembla la voz.

Gómez se rinde y deja la pluma en el rebajo de su atril.

—Vos me preguntáis y yo os contesto. ¿Sigo?

—Seguid.

—Ya os previne en Acapulco. Las mujeres en los barcos y jornadas como esta causan problemas. El descontento comenzó cuando, con ella al lado…

—Ella se llama doña María, Longoria. No os conviene olvidarlo si seguís hablando.

El marino me mira seco, abomba el pecho, echa hacia atrás los hombros y sigue.

—Cuando con doña María al lado, en la toldilla, ante las primeras islas disteis orden de hacer guerra a quien nos la hiciera, pero de respetar a las indias. ¿Acaso no animan siempre los capitanes de mar y guerra a sus hombres, soldados y marineros, a usar a las mujeres que encuentren allá donde entren en conquista o descubrimiento? Las mujeres siempre son parte del botín o del trueque.

»Vuestra prohibición os ganó la enemistad de muchos en estos galeones. Ese rencor fue creciendo con muertes y reveses y, al fin, puso viento en las velas y corazones de los del San Luis para abandonarnos, que os digo que esos hideputas están bien vivos y camino de la Nueva España.

—Pero ¿cómo podéis creer eso, Longoria?

—¡Os lo repito! ¡Yo no los vi hundirse! ¡Ni dimos con restos o náufrago alguno, por más que navegamos dos días en su busca! A mí me sorprende que no aceptéis la posibilidad de que huyeran y de que lo hicieran empujados por vuestro rigor, capitán Encinas. Que los castellanos se vienen a estas empresas por gustar más la libertad de los conquistadores que la disciplina de los ejércitos del rey, que solo y mal soportan los extranjeros y villanos. Además, señor mío, es fácil sentir como injusticia insufrible que otro te niegue lo que él disfruta sin tasa ni recato.

—Explicaos, Longoria.

—Solo digo que vos poseéis una mujer, la gozáis, pero se las prohibís a los demás.

—María es mi compañera, no mi posesión.

—Llamadlo como queráis, señor. Y a mí bien que me parece, capitán, pero los otros no son tan liberales y ella ni siquiera es vuestra esposa. Hay quien dice que es una barragana morisca y medio bruja.

—¡Basta, Longoria, por vuestra vida! —grito golpeando la mesa.

El estupor nos silencia a todos. Y, sin embargo, ¿acaso me sorprendo por esta revelación? Al fin María habla.

—¿Qué proponéis entonces, capitán Longoria?

—Renunciar a Manila y a subir hasta el noreste para tomar los vientos del tornaviaje de Urdaneta. Volver a Castilla por donde nadie nos espera, navegando hacia el oeste, por el cabo de Buena Esperanza, aprovechando que ahora los portugueses son también súbditos de nuestro rey, y arribar a Lisboa o a la misma Sevilla con este monstruo cornudo, que Dios sabrá para qué lo quieran vuesas mercedes. Aunque vamos cortos de gente, está sanada y repuesta. Podremos conseguir marineros y bastimentos en Goa, Cabo Verde y las Canarias, que siempre hay allí hombres sin barco y con ganas de volver.

Me siento mareado, sin aire. No sé qué decir. Me derrumbo más que me siento en una silla, con la mirada perdida en negros presagios.

—Capitán Longoria, ¿habéis navegado esa ruta que proponéis? —consigo preguntar—. ¿Y vos, Lorenzo?

—No, don Fernando —contesta el piloto.

—Yo tampoco. —Longoria responde seguro y, por extraño que me parezca, aliviado. Debe de ser uno de esos locos que se crecen ante la dificultad—. Pero no os preocupéis. Cuando un marino no conoce el mar que navega, ni las costas que otea, ni los arrecifes que pueden destripar su barco, por fuerza lo compara con aquello que ha navegado antes y sí conoce. Con la experiencia. Y de ahí saca sus conclusiones. Que es lo mismo que sacar bolas de una bolsa o cartas de una baraja. Puedes sacar la blanca o un triunfo, puede que salga bien. Pero también puedes sacar la negra o un mal naipe. Va a ser difícil, y más aún con tan poca gente a la maniobra, pero lo que os ofrezco es una muerte probable intentándolo contra una muerte segura por traidor en el primer puerto que toquemos en la otra ruta. ¿Sois jugador?

No sé qué decir para no parecer débil. O asustado. Busco fuerza en María, que me la da con una mirada que encierra un mundo, una vida y unos sueños juntos, que me calienta el alma y devuelve el vigor a mi voz y a mis miembros. Me pongo de pie, bien erguido.

—Capitán Longoria, os quedo en deuda por vuestra franqueza y determinación. Antes de tomar una decisión, os ruego me permitáis discutir este asunto con mi consejo más privado.

Longoria asiente y sale seguido del piloto Salvador Lorenzo y del escribano Gómez, que trata de guardar torpemente todo lo que traía. Cuando cierran la puerta todos nos quedamos en silencio. En ese momento, como a cada media hora de día o de noche, un grumete gira la ampolleta, el reloj de arena de la bitácora en el alcázar de popa, justo sobre nosotros, hace sonar la campana y recita:

> *Una va de pasada, y en dos muela*
> *más molerá si mi Dios querrá,*
> *a mi Dios pidamos que buen viaje hagamos*
> *y a la que es Madre de Dios y abogada nuestra*
> *que nos libre de agua, de bombas y tormentas.*

Luego acaba con el grito de siempre:
—¡Ah de proa! ¡Alerta y vigilante!

Y esas palabras que ya no escuchaba a fuerza de oírlas todo el tiempo, me sacuden, me devuelven a la urgencia de decidir, de salvar nuestras vidas. Las de todos, la de ella. Miro a María, a Rodrigo y a fray Guillermo.

—Necesito saber qué pasó en esa asamblea maldita, qué me convirtió en un hereje y un loco a los ojos de todos los hombres. ¡Nos va el pellejo en ello! ¡Contádmelo todo con detalle!


Y te contamos, Fernando, mi amor, lo que los ardores de la fiebre parecen haber borrado de tu memoria. Lo que, quizá por miedo a lo inmediato en manos de Pramagalang y los suyos, ni tú preguntaste en la isla ni nosotros te explicamos para no cargarte con más preocupaciones.

Que antes de llegar a Pawu, ardiendo y no muy en tus cabales, convocaste a los dos capitanes y a la mayoría de los hombres que aún vivían, menos de la mitad de los que salieron de Acapulco y todos también enfermos, para hablarles y levantarles el espíritu. Que con todos reunidos en la cubierta, desde la toldilla empezaste balbuceando algo que nadie entendió y que el silencio de los demás se hizo duro, afilado, expectante. Que te rehiciste y comenzaste a gritar.

—¿Lo recuerdas, Fernando? ¿Ya lo recuerdas?

Asientes. Es tu memoria volviendo irrefrenable como el agua en una acequia cuando se abren las paraderas. Se te humedecen los ojos. Bebemos poca agua, está racionada, pero al fin esta siempre encuentra sus cauces. Como los recuerdos. Somos odres de lágrimas y orines.


Recuerdo, me recuerdo. Ardiendo en el alcázar. El sudor que me entraba en los ojos. Los escalofríos.

Sí, me recuerdo intentando hablar a los supervivientes de los dos galeones.

—Dios justiciero... el paraíso, el paraíso... es el infierno. Arriba como abajo... ¡Señores...!, yo... Yo... —Me callé, incapaz de enhebrar las ideas. En mi mente se ordenaban en lucido escuadrón, pero a mi boca llegaron en desbandada, como tropa desbaratada que huye. Las punzadas del estómago me martirizaban. Las sienes me latían tan recio que sentí que se me iba a quebrar el cráneo. Abrí de nuevo la boca. Nada. Un grito mudo que se disuelve en los mucho más rotundos silbidos del viento en las jarcias. Los hombres me miraron en silencio, empezaron a removerse inquietos, a mirarse de soslayo buscando certezas. ¿Ese de ahí es Sangiovanni?... No puede ser. Lo matamos...—. ¡Señores soldados y marinos de esta jornada...!

—¡Hablad más fuerte, capitán Encinas, no os escuchamos! —gritó al fin uno desde la cubierta.

No me oían porque…, sí, ahora ya recuerdo, abrí la boca y nada dije. María, miré a María y vi lágrimas en sus ojos. Longoria se miró las botas y Rodrigo reposó la mano en la espada. El tacto del arma le da seguridad cuando las cosas se presentan inciertas. Vuelvo a ese día, a ese instante. Habla, Fernando, habla. ¿Qué te detiene? ¿La certeza de que nada será igual después de explicarte? Llénate los pulmones de aire y comparte tu epifanía con estos desgraciados bajo tu mando. Cuando oigan la verdad, comprenderán.

—¡Señores soldados y marinos de esta jornada al fin del Maluco, al fin del mundo, sentíos afortunados porque os he traído lejos de Dios y del rey! ¿No entendéis la bendición de andar perdidos, libres de las leyes de Dios y de los hombres? ¿Teméis la libertad? ¿Os place el yugo?… ¡Dios y la muerte!… ¡La salvación! ¡Dios no nos mata, tan solo deja que muramos! No nos salva de nosotros, ¿verdad, fray Guillermo?, eso es el libre albedrío, ¡matar o morir! ¡Dejad de culpar a Dios! ¿Acaso existe en este infierno? ¿O es solo esperanza y coartada? ¡Nosotros somos la peor plaga sobre la tierra! Si nuestra vida solo lleva a la muerte de otros, si el final ineludible es nuestra propia muerte, ¿por qué no rendirnos y suavizar así dolor y daño?… ¡Todo esfuerzo está condenado al fracaso, ni las buenas obras ni los pecados nos sobrevivirán mucho! Siempre hay una peste, una flecha, una violencia inesperada que acaba con todo, con nuestro todo, señores, en un día. Y sin embargo, para no sentirnos bufones, enanos ante gigantes como las mareas, las estrellas o los bosques infinitos, porfiamos, nos resistimos e intentamos hacer del hoy el siempre. ¡Para siempre no es más que todos nuestros hoy ensartados en ilusiones y decepciones! Aquí estamos, trayendo la muerte a otros pobretones por las peleas y ambiciones de unos reyes ya fenecidos, de sus cartógrafos que dividieron un mundo y del papa que los bendijo. Y por las deudas del de ahora con sus banqueros, por alimentar más guerras y más crímenes. ¿No lo veis? ¿No entendéis el error?

Si hay un silencio en el mundo, aplastante, omnímodo, es el que posee a estos hombres. ¿Por qué me miran así? ¿Gómez no toma recado? ¿Cómo es que sigue vivo?

—Señores, no hemos parado de sufrir los rigores del mar y de combatir a lo largo de muchas semanas, solo ahora encontré el momento y las fuerzas de convocaros a todos en asamblea en la que tengáis voz y voto. Claro que no habíamos de reunirnos en parlamento en plena degollina. O una tormenta. La guerra y el mar exigen capitanes. Pero envainada la espada, es tiempo de que rindamos cuentas de nuestros actos y decisiones, yo el primero, y la mayoría de vuesas mercedes, como hombres libres, decidan si siguen otorgándome su confianza. Y dadnos seguridad de que el resto aceptará lo que se vote. Que así se organiza en república la gente como personas libres, con voz y sin cadenas ni vasallajes, poniendo y quitando jefes y reyes.

»Aquí ya nadie ha de estar al mando de nadie por cuna o riqueza, y cuando lo esté por conocimiento y valor, si el momento lo requiere, volverá a ser uno más cuando el peligro haya pasado. Nos conduciremos como iguales, como hermanos. ¿Qué decís vos, Olmedo?

—¡Que eso es solo traición, anarquía y desgobierno! ¡Que queréis ser como el loco Lope de Aguirre y volvernos a nosotros vuestros marañones! ¡Traición, traición al rey y a Dios!

—¡No, Olmedo, no! Bien sé que hay quienes se sienten más cómodos obedeciendo que tomando decisiones. Yo no predico el desgobierno, sino vivir en sociedad de manera bien concertada, con orden y justicia, entre iguales. ¡Que nunca nos hayan dejado vivir así no significa que sea imposible, sino que hay demasiados reyes, nobles, curas y banqueros que nos necesitan para sostenerlos con nuestra miseria! ¿Lope de Aguirre estaba loco? ¡Puede ser, pero yo no lo sé, que la historia de sus crímenes nos la contaron sus enemigos, quienes lo persiguieron y dieron muerte! ¡Reyes, nobles, banqueros y obispos! ¡Yo aquí no veo a ninguno sudando por el sol y por la fiebre, a ninguno vi sangrando, abordando galeones herejes o guerreando indios! ¡Señores, lo único que os pido es que no laméntéis libraros de vuestras cadenas y tengáis el valor de ser libres!

»¡Amparados por la inmensidad de este océano y las distancias con el rey y sus virreyes, podemos aspirar a la libertad total de crear una sociedad nueva! ¡Que no haya aquí esos que siempre disculpan al rey de injusticias y corrupciones, culpando a malos consejeros y cortesanos aprovechados!, pues los que así obran son siervos en cuerpo y alma que temen el peso de ejercer su propio gobierno, de ser al fin libres y responsables de sí mismos. ¡Que no haya aquí tampoco obispos ni curas gordos que cobren diezmos por hacer monopolio de Dios, que cada quien hable con Dios como mejor le parezca!

—¡Eso es cosa de ese cura alumbrado! —grita uno de los de Olmedo.

—¡Es cosa de tener seso! Y de ser libres para creer o no en lo que queramos, que aquí nuestra religión sea volver al paraíso en el que todo era de todos.

—¡Mas parece que vos no creéis en Dios, capitán Encinas, amancebado con una morisca y tan amigo de un fraile herético! —chilla otro.

—¡No es cierto! ¡Creo en Dios y en que este hizo a todos los hombres de un solo molde y una sola sangre para que morasen sobre la faz de la tierra, juntos y libres!

—¿Y cómo viviremos? —pregunta el escribano Gómez, acongojado.

—Señores, en estos dos galeones hay representación de todos los oficios y conocimientos de nuestra época, que la gente en cada navío es resumen de nuestros saberes y capacidades.

—¡No se pueden comer jarcias y velas! —grita uno.

—¿Y no hay mujeres en vuestro paraíso? —añade aquel.

—¡No, ambos tenéis razón! Pero bien podemos mezclarnos con las gentes de alguna de estas islas que nos cuadren. Son de clima benigno, abundante fruta y pesca, agua excelente. Enseñarles a fabricar aperos de labranza, aprender de ellos lo que saben de su mar. Juntos e iguales trabajarlas y compartir los frutos. Crear familias.

—¿Con los indios? —se burla Olmedo.

—¡Sí, dejando atrás errores como la pureza de sangre! Que todos hemos vertido sangre, la propia y la ajena, y solo la hemos visto roja e igual en todas partes. Imaginad si levantamos aquí, en una de estas islas, una sociedad donde toda esa riqueza que crea el trabajo se repartiera entre nosotros, sin más propósito que alimentar al hambriento, educar al ignorante o curar al enfermo. Donde todos, unidos por la verdadera compasión por el prójimo, cuidásemos de los demás. ¿De qué valen las glorias y conquistas de ese supuesto imperio si en nada mejoran la vida de sus súbditos, si solo enriquecen a unos pocos? Entiendo vuestro miedo. Yo mismo lo siento. ¡La libertad! Nada nos prepara para la libertad sino conocerla, vivir libres. Probarla y defenderla. Es por eso por lo que reyes, nobles y curas nos la niegan. ¡Quien ha sido libre ya no vale para esclavo! Por eso estamos acá, señores. Hartos de sembrar los frutos que no comeremos, de levantar casas y palacios en los que no viviremos, de guardar riquezas y luchar en guerras ajenas. ¡Basta! ¡A este lado olvidado del mundo librémonos del yugo y atrevámonos a ser libres y vivir en sociedad como tales!

»¡Todos tenemos miedos y vendrán pruebas difíciles, dudas y problemas que no sabremos enfrentar por ser nuevos para quienes nunca, en verdad, fuimos libres! Entonces, hermanos, saquemos fuerzas de unos pocos y claros principios: nadie más ni menos que nadie. Y lo que no es justo para mí tampoco lo tiene que sufrir otro. ¡Habrá errores, sin duda! Pero al menos los cometeremos nosotros y nadie nos dirá que las cosas son como son y no hay otro modo de vivir, que así lo quiso Dios. ¡Ningún rey nos dirá que el mundo es suyo solo porque su abuelo fue un ladrón más feroz o con más suerte que los nuestros!

»Busquemos una isla donde vivir en república, una fuera de las cartas y los rumbos. Ofrezcamos nuestros conocimientos y valor a los nativos, que nos acepten y con ellos nos podamos mezclar como iguales. ¡Nunca más vasallos o súbditos sujetos a la obediencia por la fuerza, que la obediencia de quien no es libre para decir no nada vale!

»¿Estáis conmigo?


Sí, Fernando, empezaste a gritar como un poseso. Pero, poco a poco, te oí, mi amor, hablar tan en razón y con tan buenos argumentos de hermandad y libertad que me llenaste de orgullo y admiración por ti. Salían las palabras de tu boca incontenibles, como el vino de un pellejo acuchillado. Hablaste muy bien hasta que te desvaneciste y volviste a quedar postrado y sin conocimiento durante días, como si en esa arenga hubieras agotado parte de tu vida. Tras tus palabras, Olmedo se espantó y regresó al San Luis haciéndose cruces como si hubiera visto al mismísimo Satanás y tachándote de poseso. Longoria no las tenía todas consigo, pero desde luego es más templado y esperó a ver de qué lado caía la moneda. Lo que más los asustó, en eso concordamos fray Guillermo y yo, fue el eco que tus palabras tuvieron en muchos de los hombres, en especial de los marineros. Alguno te vitoreó y luego conversaron en corrillos, donde se les oía discutir muy a lo vivo, tanto que algunos llegaron a las manos y se dieron sus buenos puñetes. Bien vimos que a bordo de los galeones hay dos mundos separados por algo más fuerte que cualquier mamparo, el de los capitanes y oficiales y el de los marineros. Sin venir a cuento, meneando la cabeza y frunciendo el ceño, al ver los corrillos el capitán Longoria espetó:

—La familiaridad fomenta la desobediencia.

Fray Guillermo, que siempre curioso llevaba ya tiempo confesando, cuidando de sus almas y haciendo amistad con estos marineros del galeón, a los que leía libros sacros y hasta alguno de caballerías por entretenerlos, nos lo explicó bien.

—Son gente dura, grosera y pecadora, más supersticiosos que religiosos. Pero también son francos, de fiar y muy valerosos. Tened en cuenta que no son pecheros ni siervos como tantos en campos y ciudades, ni aprendices sujetos a ningún gremio, sino que se contratan como hombres libres en los puertos. Cobran al tercio de los beneficios. O a ventura de la nao, según de exitoso sea el viaje. Son orgullosos y las palabras de Fernando les han sonado bien a muchos.

Sí, Fernando, tú seguías perdido en tus febriles pesadillas, pero tus palabras calaron en estos hombres recios que duermen a la intemperie bajo las toldas. Helados o quemados por el sol, empapados siempre. O en los entrepuentes, solo en caso de temporal, hacinados y respirando el hedor a humedad, a agua podrida. Palabras de igualdad y libertad que calentaron el corazón de estas gentes desesperadas que, por huir del hambre o de la justicia, aceptan una vida peligrosa, un trabajo cruel, una paga corta y una disciplina recia por parte de capitanes y oficiales. Estos hombres que viven y mueren descalzos a bordo de los galeones de Castilla y solo sueñan con ponerse las botas, con llegar a puerto, calzarse, bajar a tierra para saciarse y volver otra vez pobres a la mar.

Y si ese sentimiento de rebeldía entre los marineros y algunos soldados preocupó mucho al capitán Longoria, aterró a Olmedo, que esa misma noche, aprovechando las nubes que taparon la luna y desataron una fuerte tormenta, apagó el fanal de su popa y se largó. Longoria tiene razón, todos lo sabíamos. Ahora tú también lo sabes.

—¿Y ahí me desperté frente a Pawu?

—Sí, Fernando, y sin tiempo para más te pusiste al frente de los menos enfermos y dimos entrada en la isla.

—Ya.

—¿Qué vamos a hacer? —pregunta con afectada liviandad Rodrigo. Si tiene tanto miedo como todos los demás, como yo, desde luego no lo va a demostrar—. ¿Harás caso de Longoria, Fernando?

—No lo sé. ¿Qué pensáis vosotros?

—Somos demasiado pocos para dar con una isla decente y establecer ese nuevo jardín del Edén vuestro, don Fernando.

—Sí, fray Guillermo, antes de que pudiéramos explicar las bondades de mi idea a los nativos, nos asesinarían. Lo más probable es que acabásemos en los estómagos de esos buenos salvajes. Dicen que la carne de los cristianos es sabrosa como la del puerco y estos isleños deben de estar hartos de tanto pescado.

—Cierto, amigo. Pero pese a lo que dice Longoria, aún podríamos llegar a las Filipinas y quedarnos en Manila. A Madrid solo llegan noticias de ella una vez al año y a través de la Nueva España, con el galeón de la China. Os sería fácil desaparecer, si es lo que queréis.

—¿Manila? No, Rodrigo, allí los castellanos nunca serán muchos, sería difícil escondernos.

—El mundo parecía infinito, y no lo es —digo al fin con un punto de tristeza.

Fernando me pide perdón con los ojos y le sonrío apenada.

—¿Y si vosotros dos os quedáis aquí? Estamos cerca de Pawu, podríamos volver y desembarcaros. Viviríais escondidos entre estos mahometanos —insiste Rodrigo—. María es morisca y, al menos, sabemos que no son caníbales.

—No, la idea no es cambiar de dios y de rey. Dejados a nuestra suerte, solos los dos y extranjeros, nada nos queda sino la miseria y la muerte. No demoraré mi decisión, pero estoy cansado. Fray Guillermo, Rodrigo, por favor, dejadnos solos a María y a mí, os lo ruego. Eso y que ganéis algún tiempo con Longoria y Lorenzo.

En cuanto acaba de hablar Fernando los dos hombres se retiran. Nos quedamos solos.

—Escondámonos, Fernando —le ruego de inmediato, yo misma sorprendida por lo implorante de mi voz.

—No. No hemos conquistado nada. Eso sería distinto, quedarnos como señores de estas gentes y no como prófugos de la Corona.

—¿Señores? ¿Qué importa cómo nos quedemos si estamos juntos y libres? ¿No soñamos con vivir sin dios ni rey?

—Ningún pobre es libre, María, y aquí no hay para nosotros nada salvo pobreza entre extranjeros, que es la peor de todas. Me pides que me quede para esconderme. Yo no puedo esconderme y menos cuando me acusan de algo que no he hecho. De traición. Pude estar loco, enfermo. Desvariar. Pero no soy un traidor. Hay que volver y volver con algo en la bodega. La abada y poco más. Limpiar mi nombre o, entonces sí, no podremos escondernos en sitio alguno. Di mi palabra y a estas alturas de mi vida es lo único que tengo.

—¿Tu palabra, Fernando? No podemos ser presos de algo como las palabras.

—María, si hemos llegado juntos y vivos hasta hoy es porque siempre hice honor a mi palabra. Por eso nos perdonaron muchas veces tu origen, mi amor por ti y el que vivamos según nuestras propias reglas en un mundo que no lo permite. Nosotros, más que nadie, debemos defender nuestra palabra. Mi honor me exige volver y rendir cuentas ante quienes pagaron todo esto. ¿Vendrás conmigo?

—Volveré contigo, te amo. Pero, Fernando, no es tu honor lo que nos lleva de vuelta a Castilla, a Madrid. Es tu fantasía de que allí algo cambiará, de que la fortuna te hará un regalo y te dará lo que crees que mereces. Nos devuelven allí cosas tan peligrosas como deseos y ensoñaciones. Pero sí, estaré a tu lado y compartiré tu destino. Te sigo, aunque sé que todos llamamos destino a las consecuencias de nuestros errores. Bien sé que la realidad nunca se rinde a los deseos.


Y fue así que se decidió a volver a Castilla, con gente tan menguada, por el Índico y África. Acordado el nuevo rumbo, repuesto el capitán Encinas y confiados todos en el saber del capitán Longoria y el piloto Lorenzo, con la bodega llena de agua fresca y alimentos estibados en Pawu. Los primeros días navegamos al norte y luego hacia el oeste, persiguiendo el sol. Yo oficié misas y recibí confesiones. Ninguna por fortuna que requiriese penitencias graves o romper el secreto por salvar vidas. La vida a bordo del San Isidro era tan dura como podía esperarse con tan poca gente a las jarcias, pero había un sentimiento general si no de alegría, sí de alivio. Yo volví a leer para quienes no sabían, que son la mayoría. Longoria, pese a estar de suyo prohibido por evitar peleas, hizo la vista gorda cuando los hombres en sus descansos se jugaron con naipes y dados los maravedíes por cobrar. También sacaron las chirimías, tambores, flautas y trompetas, que lo mismo servían para dar órdenes en combate o hacerse oír en nieblas muy cerradas que para alegrar los pocos ratos libres. Otros se acercaban conmigo y María a ver a la abada, a reírse de cómo se tambaleaban ella y otros de los animales por el mareo. Claro que los más empleaban sus descansos en charlar y contar historias, que así transmiten los más viejos su sabiduría del arte de navegar a los más bisoños. Otros se despiojaban, o lavaban sus ropas con orina y la enjuagaban con agua de mar como suelen. O se echaban en cualquier parte y dormían. También eran de mucho entretenimiento las salomas, los cantos de trabajo que entonaban los que faenaban, marcando el ritmo al baldear, aferrar velas o jalar cabos y en el cabestrante. Convencí al escribano Gómez para que tomara registro de algunas, que era cosa de ver cómo un salomador componía versos sobre la marcha y no pocas veces satíricos con los capitanes y otras cosas, que repiten a coro los demás marineros en faena. Hay una que le dicen «saloma de cabestrante», por ser esta labor muy pesada y que requiere de muchos hombres juntos para realizarse girando un enorme tambor en el que se encapillan o enrollan la escota o el cable para cada maniobra, que cantan cada tanto y se burla del almirante Colón.

*Cuando zarpó Cristóbal Colón,*
*no sabía dónde iba...*
*Cuando llegó Cristóbal Colón,*
*no sabía dónde estaba...*
*Cuando volvió Cristóbal Colón,*
*no sabía dónde estuvo...*
*Cuando murió Cristóbal Colón,*
*no se sabe a dónde fue...*

Fueron días de navegación tan plácida que el capitán Longoria decía que parecíamos navegar por el Mar de las Damas y en broma ofreció a María capitanear el San Isidro por un día.

—El Mar de las Damas —explicó riendo— va de la isla de San Vicente en Cabo Verde hasta el Caribe, y se le dice así porque los alisios soplan tan constantes de popa y hacen la navegación tan fácil y de poco mérito que hasta las mujeres podrían realizarla. Y como tal pareciera que estamos en él, hasta vos, doña María, podríais ahora mandar este galeón.

A María no le hizo gracia el chiste.

—No debierais quitarles mérito a las mujeres, capitán Longoria, que si estáis aquí soltando impertinencias es porque una atravesó nueve meses de muy dura travesía.

Ahí quedó corrido el marino, que fue el único que no se rio.

En verdad que en esos días que duró la calma me pareció

que el universo entero había cesado de hacernos feroz guerra y vi maravillado en cada sol, en cada cielo, en las estrellas y las olas, la enorme obra de la Creación.

Mas, como digo, quiso Dios Nuestro Señor mandarnos nuevas pruebas y castigarnos con una tormenta más recia que ninguna que hubiéramos topado, y eran muchas y terribles, hasta entonces. Un día Longoria, Lorenzo y el nativo Luisiño nos señalaron alarmados un grupo de nubes ancladas en el horizonte y que bien podían indicar que por allí había tierra o anunciar, por su descomunal tamaño y espesura, una gran tormenta. Se decantaron por esta última amenaza cuando vieron un cerco blanco alrededor del sol, señal inequívoca de tormenta y de desgracias, nos dijeron.

—Alba alta, vela baja —alcancé a oír que decía entre dientes Longoria.

Poco A poco y sin puerto o refugio donde escapar de ellas, las nubes cárdenas, ciclópeas, cerraron para cargar contra nosotros como un escuadrón. El mar, hasta entonces amable, empezó a fruncir el ceño, a rizarse molesto por nuestra presencia. Una nube más grande que las otras, preñada de rayos y centellas, ansiosa de alumbrar la tempestad, se nos vino encima. Comenzó a soplar un viento fuerte que tornó los cabos y cordajes del San Isidro en un arpa enloquecida que cantaba nuestra muerte. Todo el aparejo se puso a crujir. ¿Acaso no es la muerte el último crujido de la vida? Fue entonces que Longoria dio orden de recoger trapo.

—¡Todos a cubierta, por los clavos de Cristo, amainad las velas o nos hemos de morir en este día!

Al poco nos cayó encima tal tormenta que, siendo de día, parecía de noche. El mar crepitaba como una hoguera y lenguas de agua se subían por el casco hasta lo más alto de los palos para caer de la otra banda. El aire olía a azufre mientras el cielo ardía en miles de hilos blancos. Carga y hombres golpeaban contra los mamparos como los dados en un cubilete.

Los animales chillaban aterrados, pues llevábamos tan pocos días de singladura desde Pawu que aún no los habíamos sacrificado. Pasaron las horas y la cosa fue a peor. Longoria y Lorenzo gritaban órdenes que nadie oía pues los truenos retumbaban tan fuertes y seguidos en el tambor negro del cielo que la gente quedaba sorda, y era tal el ulular del viento en los obenques que había que gritar en el oído de los marineros para que obedecieran. Así llevábamos dos días sin dormir, aferrados a cualquier cabo, los hombres jalando trapo en las gavias y con el cielo desplomándose sobre nosotros, cuando Salvador Lorenzo entró empapado en la recámara donde don Fernando, don Rodrigo, María y yo nos habíamos refugiado.

—¡Señores, estamos haciendo agua, el galeón se escora y hay que adrizar! El capitán Longoria, lamentando que gente de su calidad se requiera para estos trabajos, os suplica dar una mano en las bombas de achique. Y a la señora y al fraile que rueguen con fuerza por nosotros. ¡Síganme!

María, por supuesto, se negó a quedarse allí y yo le contesté al piloto que hay tiempos para el *ora* y tiempos para el *labora* y que bien podía rezar mientras achicaba agua. Así que salimos todos de la recámara otra vez. Camino de las bombas vimos cómo una ola relamió la cubierta y se llevó con ella y para siempre al pobre de Gómez, el escribano, que estaba con otros ayudando a tirar al mar un mastelero caído. Intentó aferrarse a un obenque con sus manitas blancas, pequeñas, de escriba. Pero se le abrieron y el mar lo arrastró mientras gritaba. Era hombre bueno y discreto, de tan poco destacar como poco molestar. Que Dios Nuestro Señor lo tenga en su gloria.

Otro que murió en ese día fue el indio Luisiño, que ya venía muy triste de hacía días, y que, despojándose de sus ropas y musitando palabras en su lengua, se lanzó de cabeza al mar y desapareció para siempre. *Et ipsum quoque* que Dios Nuestro Señor lo tenga en su gloria.

Cuando bajamos hasta las bombas nos encontramos allí

al capitán Longoria y varios marineros, algunos con los músculos de los brazos desgarrados de tanto achicar.

—¡Bienvenidos, señores hidalgos, andamos tan cortos de gente y estos infelices tan agotados y precisados de un relevo que tengo que rogarles que se pongan vuesas mercedes a achicar agua conmigo! A doña María solo puedo pedirle que se aparte y ayude con los heridos. Y vos, padre, ya que insistís en ayudar, os ruego que disculpéis tantas palabras gruesas como decimos, que lengua que blasfema no sirve para rezos. ¡Además, si aún blasfeman es buena señal, creedme!

—¿Cómo así? —pregunto mientras achico y jadeo.

—¡Si blasfeman furiosos es que aún luchan! ¡Preocúpense vuesas mercedes cuando oigan rezar a tan grandes pecadores, que solo entonces soltarán los cabos y darán barco y almas por perdidas!

Renuncio al debate y sigo achicando, en silencio, ahorrando la respiración, mientras Longoria también ordena a un marinero viejo que marque con tiza el nivel del agua en la bodega y que tras cada rato de bombeo vaya y lo compruebe, que en bombear fuera el agua que había entrado se decidiría si habíamos de vivir o moriríamos ahogados. Durante horas se trabajó en ello, relevándonos unos a otros todos los de a bordo en el esfuerzo, hasta que a la vuelta de uno de sus muchos viajes el marinero regresó sonriente.

—¡Viviremos, el agua está por debajo de la tiza y bajando!

Fuera, por fin, también comenzó a amainar la tormenta. El galeón empezó a moverse con menos violencia y dejamos de oír rugir el viento. Cuando subimos a cubierta el sol ya estaba poniéndose pero aún alcanzamos a ver un enorme arcoíris, que siempre anuncia la calma, la paz entre el cielo, el mar y los hombres. Esa noche, entre las estrellas, vimos una luna verdosa, augurio de buen tiempo.

Dios nos había perdonado.

Me agobia no ver el cielo, apenas un trozo. ¿Es que el cielo se ha encogido? No, es que yo estoy en el fondo de una trampa y todo, incluida yo, encoge, se hace triste y pequeño, previsible y por ello terrorífico. Esta vez no es el mareo de los primeros soles, aquellas náuseas interminables que me quitaban el apetito. No. Esta vez siento miedo, me angustia la idea de que no tengo a dónde huir que no sea esta nuez, o barco, que cruje como si dos enormes machos embistieran una y otra vez sus flancos. Sí, quizá podría romper mis cadenas, esta jaula, mi prisión, ¿para escapar adónde? Vivo en esta caja, pero mi cárcel es también este barco, apresado a su vez en la extensión infinita y agitada del mar. Madera que cruje muerta. Oigo gemir de dolor al bosque en las maderas del barco, a los árboles pero también a los pájaros, los animales, los insectos que vivían en ellos. Me pregunto, asustada, si el galeón aguantará. Parece a punto de saltar hasta el cielo para luego hundirse en lo más profundo del negro mar con todos los que estamos a bordo, hombres y animales.

Mi propio peso me lanza una y otra vez de un lado a otro, hiriéndome con sogas y grilletes. Los hombres corren sin parar de gritar y huelo su miedo. Las olas son gigantes y si no crecen aún más es por la guerra que les hace el viento, que las desmocha y hace caer sobre la cubierta del galeón. Uno de esos desplomes tira ante mí un pez. Boquea plateado, me mira extrañado, con pena en sus ojos redondos y sin párpados, y otro golpe de mar lo saca de mi vista. Ahora sí me doy por muerta. No comprendo al océano, me es adverso, extraño, peligroso. ¡Un sinsentido para una *badaq*! Yo no debería estar aquí, me revuelvo y maldigo a los hombres por haberme puesto en esta prisión, rodeada de la furia de algo que no entiendo y que me quiere matar. ¡Que nos quiere matar a todos!

¡Esto no acaba nunca! La fuerza del mar me levanta del

suelo, me sostiene un momento en el aire y luego me deja caer. Me hago daño. Veo a unas gallinas enloquecidas suicidarse, lanzarse revoloteando al océano. Igual da, me digo, quizá prefieren eso a que las descuarticen y se las coman. También veo a las ratas correr y chillar histéricas, morder a los hombres y a estos pisarlas con los pies descalzos. Oigo gemir asustados a los perrazos asesinos, suplicando a sus amos, que los ignoran preocupados solo de sí mismos. No sé si hay sol o luna, todo el cielo parece negro. Estoy asustada. Siento que podría aplastar a un hombre, a varios, si se pusieran a mi alcance.

Rabia y miedo se alimentan como pasto seco y fuego.

Llagas y heridas empeoran, se infectan. Aquí no hay pájaros que me limpien, ni fresco barro que me proteja la piel. Me siento débil, enferma. Aterrada y furiosa. ¿Por qué estoy aquí? No nací pez ni ballena. El discurrir normal de mi vida nunca me habría puesto a merced del mar. A los *badaqs* ni nos gusta ni nos interesa el mar o la playa, ahí no hay nada de provecho para nosotros, nada de comer o un buen escondite oscuro y fresco para descansar. Tanto es así que recuerdo enojada que mi madre me contó de una hermana suya tenida por loca y extravagante porque un día, en la playa, se metió hasta el codillo en el mar para ver qué se sentía. Los animales en libertad no solemos estar locos, no hay por qué. Aunque empiezo a entender que no hay manera de estar atrapada o domesticada por el hombre y no estarlo. ¡Sí! ¿Qué hago aquí? ¿Por qué voy a morir aquí? ¡Malditos sean los humanos y sus incomprensibles caprichos!

Y entonces, tras embestir varias veces los barrotes mientras hombres y animales corren, lloran, se arrastran, maldicen y suplican ante mí, me detengo, jadeante, y descubro algo del todo nuevo para mí: el caos. Otro descubrimiento gracias al hombre, pues es algo unido a él, creado por ellos. Crean el caos cuando intentan forzar la naturaleza. Como esta tormenta que nos matará a todos porque los hombres crearon una situación imposible en la que una *badaq*, otros animales y pájaros histéricos y ellos mismos, unos parientes de los monos con piernas para andar y manos para agarrar, pero sin aletas, estamos juntos y hacinados en mitad del océano.

¿Qué hace una cabra balando bocabajo en el aire? Solo una cuerda al cuello la mantiene unida al galeón, la ahoga pero sin ella la cabra volaría hasta perderse entre las olas. ¡Caos!

El caos es el hombre.

En este pensamiento estoy cuando por fin noto mis patas más firmes sobre el suelo, que cesan las sacudidas del mar. La cabra aterriza con un golpetazo, dejan de gritar animales y hombres, y percibo que la claridad de un sol naranja dispersa la oscuridad.

Veo un trocito de arcoíris y resoplo de felicidad.

Pese a los hombres y su caos, creo que nos hemos salvado.


Sobrevivimos a una tormenta de mil demonios y hace un par de semanas que navegamos hacia el suroeste, hacia el cabo de Buena Esperanza. Desechamos Longoria y yo tocar puertos portugueses como Malaca o Goa, mitad por desconfianza de cómo nos recibirían por muy súbditos del mismo rey que fueran, mitad por no subir tan al norte y confiar en que bastaría la gente a bordo para llegar a Cabo Verde y allí reponernos para una última travesía a Sevilla. Lo cierto es que el mar dispuso nuevas encalmadas y trabajos que traen muy agotados a los pocos marineros y soldados, que ahora tienen que redoblar esfuerzos para mantener en rumbo al San Isidro. Pronto necesitaremos tocar la peligrosa costa en África para hacer aguada, pues la que llevamos está podre. También hemos reducido a menos de un cuartillo de azumbre la ración de *arch*, el vino de arroz que nos dieron en Pawu. Tuvimos que poner a varios marineros a recoger las migas de galleta que quedaron en los barriles para que las separasen de las heces de las ratas y hacer una mazamorra, mezclándolas con ajos, aceite y agua, que es ahora nuestro principal sustento. La gente anda desfallecida, que es mucha pena no poder, pese a permitirlo la mar, encender ningún fogón en la proa para darles una comida caliente al día. En los ranchos que hacen para comer solo tienen esa mazamorra y poca cosa más.

Los animales, los que sobrevivieron a la tormenta, los fuimos comiendo. Las jaulas de pollos y gallinas para nosotros, los oficiales, están vacías, así como los corrales, y el capitán Longoria hace ya días que propuso carnear a la abada por alimentar a los hombres, a lo que me negué con fuerza. Él se enfadó y yo no le quise dar razones de mi decisión. Siento que necesito viva a esa bestia. Puede, cada vez lo creo más, que me espere la muerte en casa. Solo llevo a esta bestia y unos pocos fardos de especias. Quizá por eso necesito más aún a este pequeño unicornio acorazado, su aura mágica, su alicornio.

—Fernando, no puedes fiar todo a llevar una criatura fantástica que valga un potosí y el favor de un rey. —Rodrigo, ya sin Longoria delante, me lo afeó—. Sabes que solo es un animal raro, propio de otras tierras. Y sí, habrá quienes paguen por curiosidades, por verlas o poseerlas, pero nunca tesoros. Estamos jodidos. Además, esa bestia bebe agua como una condenada. Comámosla.

María se puso de mi lado.

—Es un animal hermoso. Bebe la misma agua sucia que nosotros y a la fuerza tenemos que hacer aguada y encontrar alimentos. No la matemos.

El fraile también se opuso por considerar a la abada una rareza digna de estudio y una criatura del Señor digna de amor y compasión.

—¿Y los pollos no, fray Guillermo? —se burló Rodrigo—. Que bien que os gustan sus patas.

El caso es que hacía días que la gente pasaba hambre y sed, que los calores de estas latitudes nos hacen sudar mucho y no hay agua bastante ni buena para reponernos, sobre todo a los marineros, que estos andan siempre en trabajos muy duros y con escaso descanso. Un silencio triste cubrió el galeón.

La navegación cada vez era más lenta por culpa de la gran cantidad de moluscos pegados a nuestro casco. Las velas, los cabos y las jarcias estaban más fatigadas, flojas y con holguras que hacían más difíciles las maniobras. Así, el cansancio del aparejo se contagiaba a los brazos, las piernas y el corazón de los hombres por más que el capitán Longoria los quiso animar a su recia manera.

—¡Nunca estáis contentos, hatajo de herejes! —Reunida la gente en la cubierta, Longoria se paró en la toldilla y con el sombrero calado, los pulgares en el cinto y conmigo al lado les gritó—. Allá atrás, en torno a estas islas que tocamos, en los márgenes del Maluco, pobladas y frecuentadas de chinos, japoneses, malayos, portugueses, herejes holandeses y sepa Dios qué otros desgraciados, os sobraba la gente y de todos teníais miedo. Pero cuando estamos días y días en el gran océano, sin otear tierra ni un mal pájaro que la anuncie, también penáis y maldecís por vuestra suerte, perros. Haremos aguada en la primera bahía segura que avistemos, rescataremos la comida fresca que podamos de los negros que por allí haya, que llevamos aún muchas baratijas en la bodega. Fondearemos el menor tiempo posible para no perder más gente, que son tierras de muchas fiebres, y luego navegaremos hasta Cabo Verde. Allí tengo factores muy amigos que nos han de surtir bien de lo que necesitemos para reponernos. ¡Miraos, la mayoría parecéis no saber si vivir o entregar el alma! ¡Ea, señores, a decidirse! ¡O demonios o condenados, pero todos a desempeñarnos con igual gana en el infierno!

Un silencio tenso recorrió a los hombres. Nadie decía nada, pero estaba claro que no andaban muy conformes. Al fin, de entre todos se destacó un marinero veterano y que, luego supimos, era muy respetado por sus compañeros.

—Busquemos tierra, capitanes, algún puerto. Portugués o no. Si hemos de morir, muramos secos. Somos muy pocos y débiles para tanto trabajo, tanto galeón y tal travesía. Cabo Verde está muy lejos. Y los señores capitanes prometieron ver de enrolar más gente en algún puerto y no han cumplido ni quieren hacerlo.

Munárriz, que pese a llamarse Miguel así se hacía llamar por todos pues decía que a los pobres con un nombre les alcanza, hablaba sin gritar y con voz segura. Se había destocado del gorro rojo en señal de respeto, pero parecía cualquier cosa menos servil. Longoria y yo nos miramos de reojo al notar que, si no todos, la mayoría de sus compañeros murmuraban y asentían a sus palabras.

—¡Don Fernando como capitán de la jornada, y yo mismo, vuestro capitán en este galeón, ya hemos tomado esta decisión como la más conveniente! ¡Volved al trabajo y ánimo, que se vea que sois marineros de verdad y no chusma de las galeras del Mediterráneo!

—Señores capitanes, hablo en nombre de todos los marineros. Os rogamos que deis otra pensada a lo que decís, que muchos preferimos guardar la poca fuerza que nos queda en buscar un buen puerto, uno cercano, y ahí que cada cual decida su destino.

—¡Munárriz, por los clavos de Cristo, que eso que dices suena a motín! —gritó amenazante Longoria.

—Solo pedimos que nos escuchéis, capitanes. Que nunca nadie nos habló de no volver a la Nueva España, donde muchos dejaron familia, y de navegar el mundo entero hasta Sevilla. Busquemos un puerto que nos convenga, merquemos barco y mercancías, y que allí cada cual elija su rumbo.

—¡Vuelvan al trabajo, señores, que no se desgobierne el galeón! —zanjé yo—. Hemos escuchado vuestras reclamaciones y las discutiremos.

Munárriz miró en torno suyo, recabando fuerzas de sus compañeros.

—Así lo haremos, don Fernando, por no descuidar el barco, pero solo hasta que se dé respuesta a nuestras justas reclamaciones, que aquí no hay esclavos sino hombres libres y vuestras propias palabras, loco o no, nos parecieron muy puestas en razón.

Munárriz se puso el gorro rojo y con un gesto hizo que los hombres volvieran a las jarcias, que bien a las claras nos quedó a Longoria y a mí que fue él y no nosotros el que ordenó a la gente.

Así que aquí estamos otra vez Longoria, Lorenzo, yo y los míos, reunidos en capítulo para decidir qué hacer con Munárriz y los que parecen apoyarlo.

—Capitán Longoria, ¿este Munárriz puede en verdad levantar a la tripulación? —pregunto mientras ruego para que nadie mencione el canto a la rebeldía que hice en mi rapto de locura.

—Pues, don Fernando, no creo que pudiera antes de vuestras desafortunadas palabras, que por lo que se ve dieron forma a lo que muchos de estos desgraciados ya traían en el caletre —me contesta Longoria sin miramientos. Me lo merezco.

—¿Habíais navegado con él antes? —pregunta Rodrigo.

—No, es un medio vasco medio asturiano que andaba sin barco en Acapulco. Allí se enroló. Me contó algo de sus muchas travesías, vi sus manos y andares de marino y lo apunté en la nómina del San Isidro. Piloto, tú lo has tratado y sabes más de él.

Salvador Lorenzo asiente con la cabeza.

—Es marinero muy respetado y oído entre los suyos por haber navegado mucho y lejos, por leer bien vientos y mares. Y haberse librado con vida de dos naufragios. También tiene fama de ser un hábil cazador de ratas, que siempre es de ayuda uno así cuando se acaba la comida, y le alaban el tener voz recia y cantar entonado.

—¿Y eso basta para que lo sigan en un motín? —pregunto incrédulo.

—No basta pero ayuda, capitán Encinas. Lo que sí hará que lo sigan en tal crimen son los costurones antiguos que el látigo dejó en su espalda y que Munárriz blasona ante los otros como un título de nobleza, pues dice que se los ganó por hacer frente a capitanes tiranos, o de esos que recortan raciones por ganarle más a los viajes, y defender a sus compañeros. Sabed, don Fernando, que los marineros admiran mucho eso pues sufren mal los latigazos. Lo tienen por cosa que se hace con esclavos y con infieles, no con cristianos y hombres libres.

—Entiendo. —No, no entiendo un carajo. Maldigo cómo mi cabeza ardiente dejó suelta a mi lengua para repetir a un grupo de hombres desesperados las ensoñaciones y desbarres que, siempre con María y el fraile, conversábamos por pura afición al duelo de ingenios y a imaginar—. ¿Qué recomendáis hacer, capitán Longoria?

—Ejecutarlo. A Munárriz y a los que lo sigan.

De inmediato mis ojos se encuentran con los de María. Siento vergüenza.


¡Ay, Fernando, me miras avergonzado! ¿Te falta valor? Debiste hacer un punto de honra de tus palabras, ¡sostenerlas con hechos! ¿No soñamos tantas veces con algo así? ¿No nos embarcamos al fin del mundo por ver si aún hay paraísos, quizá uno para nosotros? No puedo odiarte ni despreciarte. Con tu vida me has demostrado que me amas. Tampoco yo soy nadie para juzgarte, aunque me lo pidas con la mirada. En el fondo nunca somos quienes soñamos ser, ni siquiera en el mundo de dos que quisimos crear. No, no encontrarás en mí ningún reproche, que si te amo en tu fuerza también es justo que lo haga en tu debilidad y flaqueza. Si no, no es amor.

Fíjate, Fernando, cómo te miran con reprobación, culpándote de alentar sueños de rebelión en hombres desesperados, todos en esta recámara menos yo y el bueno de fray Guillermo. Recuérdalo, mi amor, cuando llegue el momento. Que llegará.

—Pues a mí este Munárriz me parece que habló con gallardía —interrumpe fray Guillermo—. Estos hombres ya han sufrido mucho y nunca han faltado a sus obligaciones.

—Bien se ve que sois un hombre de Dios y que tenéis un corazón compasivo, fray Guillermo. —Por el tono que usa Longoria, lo que ha dicho parece más un insulto que un cumplido—. No os engañéis con ellos. Son canalla de la peor. La mayoría de estos hombres se embarcan por miedo al hambre o a la horca, para poner distancia entre su cuello y el nudo. Como los peores pícaros de Sevilla o Madrid, hablan una jerigonza propia y que solo ellos entienden por mejor comunicarse en secreto y tapar sus crímenes, bastardeando el castellano con las lenguas de los puertos que tocan.

—Cierto es que va para un año lo que llevo embarcado, hablo con ellos y los escucho con atención, pero apenas entiendo nada de sus conversaciones —concede fray Guillermo.

—A mí me pasa igual —apunto yo.

—No os sintáis corrido por ello, fray Guillermo. Ni vos, doña María. Os digo que hablan algo que solo los del mar podemos entender. Para los de tierra es una parla sin sentido, puede llevar semanas o meses solo aprender a nombrar los cabos y los nudos. Pero creedme que para los de la mar es lengua clara y a propósito para nombrar sin ambigüedades todo lo que te puede matar o salvar en una travesía. Para dar las órdenes que se han de imponer sin error en las tormentas y combates. Pero ya os digo que todo lo que tienen de listos y bravos, lo tienen de bellacos, que junto a su parla aprenden todos las siete artes.

Fernando enarca las cejas pero no dice nada, querría no estar aquí. Es Rodrigo quien pregunta divertido:

—¿Y cuáles son esas siete artes?

—En los barcos de cualquier nación se aprenden tan pronto como a baldear o a hacer nudos. Blasfemar, beber, embaucar, putear, robar, matar y traicionar. Tened por cierto que traemos verdaderos maestros de tales cosas a bordo. Y que entre tanto gramático en maldades, este felón de Munárriz es el Nebrija de todos ellos.

Todos quedamos por un instante en silencio, cada uno hilando la condena a muerte de Munárriz con nuestras propias culpas, con nuestros propios miedos. ¿Por qué nos sentimos desnudos y pequeños ante los que defienden una verdad con su vida?

—Pero, capitán Longoria, si matáis a Munárriz —se atreve al fin fray Guillermo—, matáis también mucha sabiduría, que estos marineros más viejos son depositarios de muchos conocimientos de su oficio y enseñan a los más jóvenes. Los que por comparación con lo navegado dan la medida de tifones, tormentas y encalmadas. Yo he hablado mucho con algunos y no los creo rebeldes a Dios o al rey.

Longoria resopla y niega con la cabeza. Luego se refrena, es fácil adivinar las maldiciones que diría al buen fraile por su insistencia en defender lo que él más detesta, pues como buen marino es decidor en extremo. Al fin intenta sonreír, pero la falta de paciencia produce una mueca extraña.

—Fray Guillermo, estos depositarios de conocimientos que queréis preservar como si fueran libros sagrados también son los que inician a los más jóvenes en todos los crímenes, rebeldías y sodomías. Santos que siempre traen una maldición en la boca y cuchillos afilados que manejan con maestría. Creedme que no os gustaría quedar a su merced.

A Rodrigo le brillan los ojos. Lo conozco. Lo que Longoria retrata no es tan distinto de la vida del soldado, que para él es la más alta. Durante años convivimos Rodrigo, Fernando y yo en las guerras interminables del rey, y sé que para Rodrigo bien están vicios, crímenes y violencias si luego y sin lloros se está dispuesto a pagarlos con la horca o poniendo el cuello en el tajo. Sin súplicas, con gallardía. Hidalgo al fin, su problema no es con la moral, ¡allá cada uno con su alma!, sino con la conducta ante la muerte. Yo creo que le divierte imaginar cómo Munárriz afrontará el castigo.

—Longoria, os entiendo, pero insisto en que el marinero solo habló en nombre de sus compañeros, no sabemos de cuántos se trata. No se han alzado en armas. —Fernando duda, me es fácil adivinar que aún tiene esperanzas de ganarse la voluntad de Munárriz. Fernando siempre confundiendo la realidad con sus deseos—. Además, matar a Munárriz y algún otro nos dejaría aún más cortos de hombres en las jarcias.

—¿A qué tantos miramientos con este Munárriz, capitán Encinas? Se diría que lo admiráis. ¿No estaréis recayendo en fiebres y herejías?

—No, no os preocupéis por mi sensatez. Y sí, admiro siempre, amigos o enemigos, a la gente con coraje para defender lo que cree que es justo.

—Nada os importó ajusticiar a aquel orate de Sangiovanni y los suyos. No me hagáis pensar que vuestro rigor fue solo por defender a la dama.

—Aquellos planeaban matarnos. Munárriz y los suyos solo quieren desembarcar.

—¡Desertar! Y matarnos también, que sin hombres para navegar esto no es un galeón, sino una mortaja. ¡Mejor perder a dos o tres que a la mitad que con ellos se irían!

—¡Por Dios, Longoria, ofrecedles el perdón aquí y que nada se sabrá en Castilla!

—¡No puedo! ¡No podemos! —Longoria, desesperado, se vuelve hacia Rodrigo—. Señor Nuño, sois soldado, os ruego hagáis ver al capitán Encinas, otro soldado, la importancia de la disciplina en una guerra. Que quizá ahora no oigáis los cañonazos, pero esta travesía es una guerra feroz contra el océano.

—Castiguemos, Fernando —intercede Rodrigo—. Pero sin matarlos.

—¡Es delito peor que un asesinato, es motín! —estalla Longoria—. Si permitís esto, permitís cualquier cosa en el barco. Os concedo que vamos cortos de gente, dadme al menos la vida de Munárriz y la decisión de cómo ejecutarlo. Nos va el galeón en ello.

Fernando, me miras otra vez. No para pedirme permiso, por supuesto, no para consultarme o ganar tiempo, no. Me miras avergonzado para decirme sin palabras que te rindes. Tranquilo, te miro y te contesto: lo entiendo, te amo.

—Munárriz y solo Munárriz —le dices al fin al ansioso Longoria.

—Así será, capitán Encinas.


¿Dónde estás, Señor, que no te encuentro?

¿En verdad me trajiste aquí para perder la fe? ¿Por qué yo, un fraile, tu servidor, tengo que dar testimonio de la maldad de los hombres y no de tu obra?

¿Es lo que quieres de mí?

Sea.

Esa misma noche se prendió a Munárriz. Lo hicieron Longoria, el piloto Lorenzo, Rodrigo y un par de hombres de confianza, todos armados de espadas, dagas y pistolas bien cebadas. El marinero no opuso resistencia y él mismo aplacó a algunos compañeros que echaron mano de cuchillos y hachas. Lo trajeron atado al alcázar de popa, donde le pusieron guardia. También se apostaron hombres armados y fieles en la cubierta y el castillo de proa, se cargaron arcabuces y se giraron falconetes que apuntaban a la cubierta. Con la primera luz del alba, navegando en mar abierto y tranquilo, se hizo toque de llamada y se reunió a los hombres del San Isidro en cubierta. Al redoble de una caja de tambor se mostró al maniatado Munárriz y sobre él, en la toldilla, a los dos capitanes. Cuando cesó el redoble, habló Longoria.

—¡Señores marineros y soldados, escuchen vuesas mercedes! Este hidalgo aquí a mi lado es don Fernando de Encinas, capitán de todos nosotros porque así lo aceptamos libremente y así lo dicen los contratos que firmamos. Por las mismas razones, amén de mis años en el mar, yo, don Álvaro de Longoria, vengo por vuestro capitán en el San Isidro. Donde hay hombres, hay por desventura, órdenes e injusticias. Y aquí sin duda las ha habido y de ellas responderemos cada uno ante Cristo Nuestro Señor. Pero, señores marineros y soldados, sepan vuesas mercedes que seguir en la rebeldía a Munárriz es un crimen horrendo pues es levantarse contra las leyes del rey, de Dios y del mar. Y como tal lo hemos de castigar en él y los que se le unan. ¡A ver, que se adelanten los que tengan prisa por conocer a Satanás!... ¿Nadie?

Nadie. Solo hombres cabizbajos y alguna mirada triste, sin rastro de rabia. Están vencidos, resignados.

—¡Bien, me alegro, que os sé a todos muy bachilleres en traiciones, pero más lo soy yo en enmendar bellacos, atarlos a los obenques y hacer maullar al gato en sus espaldas!

Entonces, el capitán Encinas tomó la palabra, con un ligero temblor en la voz, como quien no está seguro de lo que dice.

—¡Hombres del San Isidro, este Munárriz se ha levantado en rebeldía y pretendía amotinaros, poneros en contra de vuestros capitanes y las leyes! ¡Será castigado por ello como merece! ¡Pero somos hombres justos y no le negaremos el derecho a defenderse! —Longoria se movió incómodo y miró de reojo al capitán Encinas. Estaba claro que no le había consultado esto, que nunca habría permitido un alegato que pudiera revolver a los hombres de nuevo. Pero se calló, pensando sin duda que sería peor que los levantiscos vieran a su líder atado y a sus dos capitanes discutiendo. Don Fernando, o no vio los gestos de Longoria o los ignoró—. ¡Munárriz, habla si quieres!

El marinero alzó la vista hacia la toldilla, miró sorprendido un instante, abatió la cabeza otro y al fin habló.

—Poco tengo que decir. —La voz de Munárriz se oía clara, firme—. Solo que entre los muchos vasallos y pobretones que aman y acatan la servidumbre, defendiendo a quienes los esclavizan, mal que os pese siempre estaremos los que ni podemos ni queremos ser criados y buscamos la libertad de lo despoblado, del mar, para vivir en rebeldía. Lo sepamos o no, que muchas veces nos sale del alma y ni nos paramos a pensarlo. Por eso creímos en vuestras palabras, capitán Encinas, que bien supisteis decir lo que, con mucho menos seso, algunos siempre hemos sentido que es justo y deseable. Dimos en pensar que al fin se daba alianza entre el muy leído y los más esclavizados, y que de esa nunca vista alianza entre el saber y el trabajo íbamos a alumbrar en este barco un nuevo paraíso. Nos equivocamos, yo el primero, que nada bueno pueden esperar desgraciados como nosotros de hidalgos como vos. Y pagaré con la vida la ingenuidad. Pero sabed que, los que son como yo, ahí seguiremos por más que nos deis cárceles y muertes, que llegará el día en que no tengáis horcas bastantes para tanto rebelde. Que siempre habrá quien intente vivir sin miedo y miseria.

»Nada dejo a mis compañeros, que bien me aseguro siempre de zarpar sin blanca encima, que no se pueda ahogar conmigo una sola moneda. Las gasto en puerto, que si unos penan en esta vida por recompensas en el cielo, yo siempre las disfruté en la tierra. Familia tampoco tengo que me llore ni a la que dejar pobrezas. No culpo de mi muerte a las ideas que soñé posibles. Otros las verán cumplirse. Moriré por culpa de la tiranía de vuesas mercedes, malditos hidalgos, y del diablo, que me llenó la cabeza de muy chico con cuentos y consejas sobre la justicia. Pero nadie me avisó de que, para el pobre marinero, la miseria y el peligro son lo único cierto. Al fin todos estamos muertos. Hablamos, faenamos, maldecimos, nos arrastramos y nos arden la tripa y la garganta de hambre y sed, pero estamos ya tan muertos como los que echamos por la borda para sepultarlos en el mar. La sola diferencia es que ellos han aceptado el estar muertos. —Aquí Munárriz recorrió con la mirada la cubierta, a los hombres, alzó la vista a los aparejos más altos, a los masteleros y cofas. Yo seguí sus ojos con los míos por ver lo que él, y solo encontré un cielo azul, sin nubes, en el que ardía un sol de fuego. Y no te vi en él, Dios mío. Munárriz bajó la vista, suspiró y se volvió hacia los capitanes—. A mis compañeros les deseo la mejor de las suertes; a vuesas mercedes, el infierno.

—¡Lorenzo, proceded con el castigo! —gritó Longoria, y el tambor volvió a redoblar.

Ahí empezó el martirio ejemplar del rebelde Munárriz. Longoria, ante mis súplicas y las de María y los silencios, culpable el de don Fernando y gozoso el de don Rodrigo, ya nos había avisado de sus intenciones. El tormento había de ser largo y cruel, no bastaba con darle muerte. No había que ahorrar en latigazos y suplicios, que la chusma que se rebela contra su capitán pone la vida de todos en peligro y bien lo hará contra la autoridad del rey y de Dios Nuestro Señor cuando tenga ocasión.

Así que lo primero fue arrancarle la camisa y atarlo al cabestrante, como si abrazara el tambor, porque ofreciera bien abierta la espalda y los costados. Y allí se le azotó con el látigo tanto y tan recio que mostró los huesos de las costillas y la cubierta parecía un matadero por la sangre. Munárriz gritó de dolor. Los hombres que atendían obligados al castigo callaban y alguno lloraba por su compañero. Pero no acabó ahí la crueldad del martirio, que luego de los azotes, Longoria mandó encurtirlo y le echaron a Munárriz vinagre y agua salada sobre las heridas. El pobre aulló de dolor y se desvaneció, que solo lo despertó una nueva tanda de latigazos. Hasta tres veces se repitió esto, dejando al marinero como un *ecce homo*. Un castigo tan horrendo que, se decía, había marineros que preferían matarse a sufrirlo. Para entonces, incapaz de resistir la visión, doña María se retiró a la recámara. Sola, porque bien vi que don Fernando se obligó a sí mismo a permanecer impasible en la toldilla. Luego Longoria mandó desatar al pobre Munárriz del cabestrante, cosa que hicieron varios de sus compañeros con delicadeza y susurrándole palabras de ánimo y respeto. Esto enfureció al capitán, que, en vez de exponerlo en la barra, un cepo de madera que hay en cubierta para esos menesteres, decidió, por humillarlo más frente a los suyos, atarlo a la jaula de la abada, deseando que la bestia lo mordiera y le comiera las carnes. Dijo muy serio que así, al menos, el traidor serviría para alimentar y mantener viva nuestra más preciada mercancía. Así se hizo, y la pobre bestia se acercó a olisquear al doliente Munárriz, mas se apartó al momento, como asqueada, todo lo que pudo hacia atrás en su exigua cárcel.

Allí, colgando de sus ataduras, quedó el pobre Munárriz durante más de un día, la mayor parte del tiempo desvanecido por el dolor y la mucha sangre perdida. Yo permanecí a su lado rezando por su alma y por si, en alguna de esas que se despertaba aullando, requería confesión. Durante la noche fue muy de ver cómo se acercaban compañeros para llevarse un jirón de su ropa, un mechón de pelo o algo de su sangre en un pañuelo. Todos me miraban en silencio antes de hacerlo, alguno se santiguaba, quizá esperando mi reproche por lo que tenía mucho de llevarse reliquias profanas y adoración pagana. Yo a ninguno dije nada porque, Dios mío, entendí que lo que se llevaban eran semillas de futuras rebeliones y dignidades, trozos sobre los que edificar la historia de un marinero que no se plegó a tiranías aun a costa de su vida. Y, Señor, me pareció bien.

A la mañana siguiente prosiguió el tormento. Longoria dio orden de que se le quemara la lengua por haberla utilizado para envenenar a sus compañeros. Yo protesté con fuerza, le dije que me parecía crueldad innecesaria con un hombre que apenas si recobraba un instante la conciencia y se volvía a desmayar. Longoria me dijo que no era castigo por lo que pudiera decir, sino por lo que llevaba dicho. Le insistí diciéndole que no había podido escuchar en confesión a Munárriz, a lo que el capitán, ya más impaciente, me contestó que mejor me preocupara de darle la extremaunción. Así lo hice. Aquella misma tarde, y aún atado a la jaula de la abada, se dio garrote al rebelde con una cuerda y un palo.

En todo lo que duró este asunto y por ser cosas del gobierno del San Isidro, nunca levantó don Fernando la voz contra semejantes crueldades.

Un galeón es un mundo pequeño flotando en un mundo más grande. Eso, Dios mío, he aprendido en este viaje de locura. Aquí se reproduce un pequeño universo, con tierra, poco cielo, mucho infierno y hasta dioses y reyes vicarios. No me cabe duda, Señor, de que me trajiste aquí con un propósito que aún no entiendo, algo más allá de ser testigo del horror de los hombres para con sus semejantes. ¿Para aprender? Sí, puede ser. Ahora entiendo que no se puede exigir a una persona un comportamiento moral cuando todo lo humano, el reino y este galeón que lo imita, cuando todos los poderes funcionan gracias a la inmoralidad, los favores comprados y la violencia contra quien protesta.

Dime, Dios mío, ¿qué queda salvo destruir todo en nombre de la honradez y la compasión? Es eso o apartarse de los demás como un apestado. Ser cómplice o condenarse a la soledad más absoluta.

¿Qué es lo correcto, Señor?


¡Cómo será el hambre que traigo que olisqueo la carne herida, abierta, de este pobre hombre que han atado a mi jaula! ¿Acaso las alegres mariposas no se pirran por la caca, la sangre y los cadáveres? Pero no, no puedo vencer mi repugnancia, soy herbívora y ni siquiera el caos de los humanos, su locura por trastocar todo lo que son y lo que somos, consigue que pueda comer carne. Las heridas abiertas en el lomo del hombre me espantan, reculo y pateo contra el fondo de esta trampa en que me tienen encerrada. Siento lástima, es obvio que está agonizando y me extraña ver que otros hombres se le acercan para tomar su sangre, pelos y trocitos de su ropa. Llevan así desde ayer. Debe de ser algo relacionado con eso de la religión y los dioses, con la tontería esa de pensar que hay cosas mágicas que pueden ayudarlos en el futuro. Los animales no conservamos recuerdos ni reliquias. Primero porque no creemos en nada que no sea el ahora y segundo porque no tenemos bolsillos, cajas o casas donde guardar nada. En libertad, estamos moviéndonos todo el tiempo a donde la naturaleza nos envía para comer o ser comidos, para procrear o alimentar otras vidas con nuestras carroñas. ¿Qué sentido tendría que yo guardase, si pudiera, una pezuña de mi madre? Es absurdo. Yo tengo mis propias pezuñas.

Me da un retortijón y cago mal y pequeño. No me extraña, no tengo nada en ninguno de los compartimentos de mi enorme estómago, nada que devolver a mi boca para rumiar de nuevo. Siento un enorme vacío. ¿Un dios lo llenaría? Igual sirven para eso, para olvidarse del hambre. No sé, de verdad que no entiendo qué piensan los hombres. La evidente y buscada contradicción entre su modo de vivir y la naturaleza. ¿Qué hago yo aquí? Sigo sin comprenderlo. Es estúpido.

¿Ahora qué hacen? Hummm… Están matando al hombre herido, lo estrangulan con una cuerda que aprietan contra su cuello girando un palo. El pobre apenas suelta un gorgoteo. ¡Ya!, se le acaba de hundir la tráquea. Está muerto. El humano simpático que muchas veces viene con la hembra a verme es un fraile. Una especie de hombre sagrado, uno que los demás aceptan como mediador con sus criaturas imaginarias. Gente que habla en nombre de seres que no existen. Es confuso para mí, como tantas otras cosas de los hombres. Pero, como digo, es simpático, y ha estado todo el rato junto al que acaban de matar y que ahora, por fin, desatan de mi jaula y se llevan con cierta brusquedad. Ya he oído muchas veces cómo tiran a sus muertos al mar. Supongo que con este harán lo mismo. Daría lo que fuera por unos brotes frescos... Lo que más me sorprende de los humanos es su atracción por la muerte, cómo alargan todo lo que tiene que ver con ella, lo que en la naturaleza es un simple trámite entre una condición, comer, y otra, ser comido. Su atracción por la muerte, sí, su tendencia a matar a otros humanos, a gastar energía en asesinarlos porque luego, salvo excepciones, no se los comen. Yo he visto a monos en mi selva usar herramientas, palitos y cosas así para hurgar en los termiteros. Incluso piedras para abrir cocos. Pero esto de los hombres va mucho más allá: inventan máquinas, cosas muy complejas, y viajan distancias increíbles para poder despedazar, desgarrar, achicharrar, estrangular y agujerear a otros como ellos. No parece bastarles espantar a los rivales como hacen los machos de todas las especies. O las hembras cuando ven amenazadas a sus crías. No. Ni matarlos de un golpe certero, sin crueldad, como hacen los depredadores en mi selva. No, entre ellos se hieren, torturan, matan y se rematan de mil maneras diferentes, ¡cuantas más, mejor!

A los pobres hombres empiezo a tenerles tanta lástima como miedo, el ansia de poseer los aboca a la insatisfacción y a la destrucción. ¿Qué trajo a los de este galeón tan lejos de sus bosques y ríos? Han muerto y matado mucho, todo para poseer algo que allí no tenían, especias, y que aquí crece libre en los árboles, en las plantas. Por culpa de esa ansia incomprensible yo estoy presa en una jaula. Y luego todo lo justifican con ese Dios que no se les cae de la boca. ¡Si pudiera hablar, que no puedo porque soy una *badaq*, les diría cuatro cosas a estos monos chalados y violentos! Sí, que no discutan y nos jodan a los demás con sus seres imaginarios. ¡Nadie creó el mundo, imbéciles, fue el mundo el que nos creó a todos! Y el que un día nos matará sin agitarse, sin quererlo o importarle. A ver, listos, y si nadie creó el mundo, ¿para qué sirven vuestros dioses? A vuestra vanidad, desde luego. Os queréis creados por el tal dios, omnipotente, porque eso os hace distintos y dignos de su protección. Así podéis encarar vuestras atrocidades con optimismo y alegre irresponsabilidad, ¿no? ¡Patéticos bobos presuntuosos!

Ahí está otra vez el fraile mirándome. ¿Por qué me mira tanto?

Si pudiera hablar le diría que la crueldad, el daño por el daño, es algo que una hembra de rinoceronte como yo no puede entender.

Ningún animal derrocha muerte.

# MADRID

El viento gélido de Guadarrama nos acuchilla cuando dobla-
mos para cruzar la calle Mayor y nos obliga a arrebujarnos
mejor en nuestras ropas. Fernando y Rodrigo en sus capas,
tan altas que apenas se les ven los ojos llorosos de frío entre la
pañosa y el bien calado sombrero. A mí, por un instante, me
devuelve al aire de mi niñez, el de las Alpujarras. Me cierro
mejor con las manos el rebozo, vuelta como estoy a las ropas
de mujer desde que, por fin, bajamos para siempre del maldito galeón en el puerto de Sevilla. Caminamos con prisa y en
silencio, por guardar el resuello en nuestras bocas. Rodrigo,
tras días sin mostrarse, apareció por fin esta mañana con recado de don Ruy de Lasso. Quería vernos esta noche en secreto. Sé de la inquietud de Fernando ante la cita a la que acu-
dimos, tras más de una semana bien guardados. Por eso
vamos a oscuras, casi a tientas y sin una mala luz que nos de-
late. Pasamos ante las gradas vacías de San Felipe. A estas horas de la noche de este noviembre helador, sus lonjas y cova-
chuelas están cerradas y no hay nadie allí intercambiando
noticias, avisos, chismes o epigramas. Lo cierto es que solo
nos hemos cruzado con los muleros de la marea, los que
arrastrando un tablón pesado por las calles apartan la basura
y los bichos muertos a su paso, el estrago nocturno que deja
la vida del día. Es horrible cruzarse con los de la marea y sus

mulos, que más que limpiar revuelven la porquería para después apelmazarla y liberan un olor nauseabundo. No puede ser sano, pienso mientras arrugo la nariz y contengo el aliento, por más que los médicos digan que esta peste es muy saludable por engordar el fino aire de Madrid, que se tiene por peligroso y traicionero, que es fama que mata a una vieja y no apaga un candil. Fernando y Rodrigo son orgullosos madrileños, gatos descendientes de gatos escaladores de murallas, nacidos a la sombra de la torre mudéjar de la iglesia de San Pedro el Real, la más antigua de la ciudad. Siempre la extrañan cuando están lejos por andar de guerra en guerra, pero no diría yo que aguanten mucho tiempo en ella. Lo cierto es que la Villa y Corte a mí, en invierno, siempre me olió a mierda fría, gatos muertos, gallinejas y demás fritangas. Y en verano, igual, salvo que la mierda está caliente. Curiosa el alma humana. Por más de un año y medio penamos al otro lado del mundo, enfrentando muertes, fiebres, tifones y calores húmedos que nos tenían empapados y con sed todo el tiempo. Soñábamos con cualquier lugar que no fueran ese océano inmisericorde o esas selvas impenetrables y venenosas. Y ahora que estamos aquí tiritando, casi las extraño. Quizá, María, no te mientas, porque allí sobrevivimos y los temblores de aquí sean tanto por el frío como por el miedo a lo que nos espera en esa casa a la que vamos con tanto sigilo y a estas horas. De todas maneras yo soy así, siempre melancólica de lo que finalmente no fue, que nada conquistamos ni descubrimos más que un montón de muertes. No fantaseo como Fernando, no. Sé que más pronto que tarde algo pasará que lo cambiará todo. Y eso no es ni bueno ni malo: es.

Al doblar una esquina vemos unos bultos esquivos escurrirse en las sombras pegados a una pared. Bajo las capas de Fernando y Rodrigo oigo el rozar de aceros. Yo también aferro mi daga. Madrid es un lugar violento donde se asesina a más de una persona al día. Nada, los bultos desaparecen. ¿Qué amarán tanto mis dos compañeros de esta pocilga, de este enorme caldero de ambiciones? Huyen de él en cuanto pueden, pero no hables mal de Madrid delante de ellos.

A ti, Rodrigo Nuño, el genio te brota fácil y aún más el asesinar. Nunca te gusté, durante años me toleraste, y si no me despreciabas a las claras era por no enfrentarte a tu amado amigo. Tan amado que hubo un tiempo en el que te creí bujarrón y celoso de mí por ocupar el corazón de quien más deseabas. Pero no, Rodrigo, eso habría sido amar y nunca te vi enamorado. Sé que tienes mucha parte del alma muerta. Os veo caminar, unos pasos delante de mí, dos embozados de igual talla y parecida agilidad. Tan similares y, por fortuna, tan distintos. Rodrigo, tú nunca me atrajiste. Y crecí mujer tan pegada a ti como a tu amigo. Con las orejas y los ojos bajos, moviendo con miedo la cola, como la perrilla apaleada que era. Pero si pronto la gratitud de mi niña hacia Fernando se convirtió en el deseo de mi moza, en ganas de él, de tragar y amasar su verga, de metérmelo dentro, ya en aquellos lejanos días de convivir, de la promiscuidad de cuarteles, tiendas y reales, siempre me imaginé tu piel helada. Nada recuerdo bello o dulce de mi infancia, salvo los rigores de mi vida en una aldea miserable, los castigos de mi padre, las lágrimas de mi madre y luego, un día, la entrada en tromba de la muerte. La sangre y el silencio. Quizá por ello tuve prisa en sentirme mujer, en crecer. Amar a Fernando fue parte de ese correr hacia delante, hacia mi nueva yo por hacer, dejando atrás a la niña asustada. Siendo los dos, Fernando y tú, jóvenes hermosos, todo lo que sentía al verlo, la entrepierna caliente y mojada, los pezones duros, era repulsión contigo. El rechazo de mi piel, de su necesidad de arder, por alguien que sudaba el frío de la muerte, la frialdad de un bello cadáver. Rodrigo Nuño, siempre tuviste algo de pescado.

¿Cómo puedo pensar en esto ahora? ¿Con este frío que corta y traspasa?

Ruido de pasos acercándose, voces. Ahora somos nosotros quienes, apretándonos, nos escondemos en las sombras de un portal. Son tres cofrades de la Hermandad del Refugio en busca de algún enfermo que recoger en su silla de manos y a repartir algo de pan y huevos duros a los mendigos y pobretones que penan su miseria en el desierto helado de las calles.

A mí no me gusta Madrid, una ciudad parásita y a la vez sierva del rey Felipe II. Nada o muy poco produce. Todo lo compra. Sobre todo las almas y voluntades, regateando el valor de las virtudes y sobrepreciando el de la ambición. Su única industria es el poder. Madrid es un capricho del rey, una ciudad por hacer, una capital sin grandeza. Villa pero, sobre todo, corte. Llena de gente que viene a pretender y buscar fortuna, con buenas o malas artes, con ingenio o con planes descabellados como enviar flotas y tercios a conquistar la China o hacer regimientos de soldados autómatas, mejorando quién sabe cómo los juguetes que Juanelo hizo para el emperador Carlos y que funcionarían metiéndoles brasas dentro como corazón. Me viene a la mente algo que, en una de nuestras muchas charlas frente a la abada en el San Isidro, me dijo fray Guillermo.

—¡Hay tantas gentes en ellas y son tan mezquinas las iglesias de Madrid que, por fuerza, han expulsado a Dios de ellas para caber mejor! ¡Créeme, María, Dios está aquí, en estos mares y selvas, en los azules infinitos y en los ojos tristes de este unicornio desmedrado!

Tengo un mal presagio con fray Guillermo. Vino con nosotros y el animal todo el camino desde Sevilla, pero fue llegar a Madrid y desaparecer sin dejar recado. Siento que desde su ausencia echo de menos algo que tardo un instante en identificar, en encontrar una palabra en la que quepa la sensación difusa que me atraviesa al pensar en él. Compasión, me digo de pronto, eso es, ¡compasión! Desde que se fue fray Guillermo nos falta compasión para con todo, para con nosotros mismos. ¡Espero que esté bien y sano!

Sí, Madrid; aquí conviven en fatal intimidad las urgencias de los poderosos, sus intrigas, con la porción de menesterosos y miserables que requieren a su servicio, de espadachines, asesinos, tahúres, putas cantoneras, tarascas y tusonas que los sacien, estrelleros, capigorras y adivinos que les hacen la cosa llevadera y les auguran que sus ansias serán satisfechas por tal o cual conjunción de astros y sortilegios. Legiones de mendigos y tullidos, verdaderos o hechos desde niños rompiéndose huesos y mal curándolos por tener para siempre por rentas las limosnas de los caritativos. Corte de los milagros con su buena cantidad de enanos, bufones, místicos espiritados y monjas llagadas, alquimistas de cualquier escoria en oro, siempre bienvenidos en la corte de un rey acostumbrado a gastar todos los tesoros de Indias y, aun así, estar quebrado. Una ciudad levantada sobre manantiales y viajes de agua, sí, pero sin ni siquiera un gran río en el que desaguar sus mierdas y lavar las conciencias. ¡Tanta ambición en tan poco sitio te quita el aire! ¡Pareciera que todos quieren festejarse y degollarse por igual, presos de humores negros y sanguíneos! Normal que mane la sangre en duelos, asesinatos, corriendo toros o en ejecuciones y autos de fe, pues en Madrid son muchos los que pretenden y pocos los que consiguen.

Sí, aquella otra noche, antes del viaje al Maluco, don Ruy de Lasso, el mismo al que vamos a ver hoy tan en secreto, se quejaba mohíno.

—Felipe II, nuestro rey, al que Dios guarde muchos años, es el centro del universo, del poder, y el que quiera calentarse a la vera de este sol, por fuerza tiene que renunciar a las delicias y palacios de otras partes por las apreturas de este poblachón venido en corte. Vivir en esta Tebaida de fríos y calores extremados, arrastrando el culo entre la ciudad y el monasterio en la montaña. ¡Ah, el poder solo crece en la cercanía de un poder mayor! Así que los nobles y potentados nos ordenamos en órbitas alrededor del rey, que lejos de él no hay nada. Mirad esta ciudad, miradla despacio y entenderéis a quiénes sirve y representa. Aquí no hay palacios de traza italiana, catedrales y monasterios ricos como en Sevilla, Nápoles o Lisboa. No, aquí hay solo paredes recias de ladrillo, esquinas de pedernal y algún negro chapitel, cofres donde vive el poder, el poder sin delicadezas, el que aplasta, no el que se exhibe para seducir. Para ese poder bastan la mole maciza y sin gracia del Alcázar, iglesias chatas, conventos de postigos cerrados, un par de cárceles y quemaderos, algunas casas adustas, sin alardes. Solo eso y alrededor miseria, arrabales que alojan a los muchos que sirven a tan pocos, a pícaros, mendigos y pobretones, poco mejores que animales. Desde luego menos valiosos que mis caballos. Casuchas tramposas, antros, albañales, muladares, alguna huerta y un río escuálido. Tal es Madrid, la cabeza de tan gran imperio. Un lugar feo. Pero sí, aquí está lo único que importa, el rey, el poder. Bueno, a una jornada de aquí, que por no gustar a nadie, Madrid ni gusta al rey que puso aquí la corte, que él no sale de El Escorial y no pisa la villa.

Esa noche de hace más de dos años se decidió nuestro destino y nos puso a todos rumbo al fin del mundo. Aquí, en Madrid, empezó todo y aquí es fuerza que termine. Pronto lo sabremos.

—Llegamos —anuncia al fin Rodrigo ante un portón cerrado y sin luz.

—Llama —dice Fernando, que se gira para mirarme y me sonríe para tranquilizarme.

Yo sonrío también pero no dejo de ver a un par de embozados que están parados a unos pasos, sin duda vigilando la calle.

Rodrigo golpea con la aldaba una seña convenida.

La puerta se abre. Y me pregunto si el rectángulo de luz dorada que emerge ante nosotros no será ese fulgor que dicen se ve antes de morir.

Entramos.

Es una casa distinta a la de la última vez, pues distinta es la hermosa tusona que ahora frecuenta el señor don Ruy de Lasso, que siempre tuvo a Cupido por un niño impertinente a su servicio y gusta de usarlo. Lo sé porque alguna vez, riendo, Rodrigo nos contó cómo escoltaba a los pajes del noble en sus procuras. Mercurios de su pasión con los que enviaba pruebas de amor a las damas, muchas veces joyas y delicados pañuelos de encaje flamencos con manchas de su propia sangre. ¡Y eran tantas sus amantes y tantos los pañuelos con sangre, que empalidecía y se consumía! ¡Bebía entonces cuartillos de vino de Alicante para criar más linfa!, se burlaba Rodrigo. Esta es otra dama a la que conocí aquella noche funesta, sí, pero la escena es la misma. La Venus sentada en un almohadón en la tarima tras la barandilla al fondo de la gran sala, otra vieja alcahueta recibiéndonos obsequiosa y ordenando a una tropilla de criados que recogen nuestras capas y tocados. La sombra de otro marido cornudo y consentidor que desaparece oportuno tras un cortinaje, que estos cuartos, comodidades, bargueños, espejos venecianos, sedas y gruesos paños italianos, plata y vidriería en los aparadores, braseros que caldean, cornucopias y velas, servidores y joyas hay que pagarlos y lo hace la ligereza de su esposa. Don Ruy susurra algo a la tusona, que le sonríe galante. Es bella, viste un carísimo traje lleno de puntillas y pasamanerías, con un aparatoso guardainfante del que brota su talle como una flor. Sus movimientos son delicados, pausados, y los subraya con un pañuelito calado que sujeta en la enjoyada mano izquierda y que airea en el estrado el aroma del costoso perfume que llaman «vinagrillo de los siete ladrones», mezclándose con el olor del espliego que queman en varios pebeteros. Me la imagino preparándose para su galán, girando sobre sí misma varias veces mientras una criada con el buche lleno de perfume lo espurrea entre los dientes sobre su dueña. La cara, el cuello y las manos blancas de polvos de arroz y las blanduras que se tienen por inexcusables artificios de belleza, boca y mejillas realzadas con cuantas mudas puede comprar el dinero: papelillos rojos para frotar y dar color a las mejillas, cera para avivar el brillo frutal de los labios y los párpados ennegrecidos con kohl. El pelo laboriosamente trabajado y entretejido con perlas. Como en la vez anterior siento la mezcla de curiosidad y desprecio con que me mira la tusona, midiéndome de los pies a la cabeza, sorprendida por la sencillez de mi vestido, mi cara limpia y mi pobre moño. Noto su pasmo cuando repara en la daga con gavilanes que cuelga en su vaina de mi cintura. También la sorpresa cuando, sin pedir permiso, renuncio a sentarme como cualquier mujer en los cojines de la tarima y lo hago en las sillas junto a la mesa, como hacen los hombres. A su mirada extrañada respondo con una sonrisa y una leve inclinación de cabeza. Nadie nos va a presentar, mitad por discreción, mitad por desinterés. Somos mujeres. Ella la puta cara de don Ruy de Lasso, yo la puta barata de Fernando, que así me piensan todos menos él por más que me dé cabida a su lado como igual y compañera.

Pero hay algo distinto y que me previene de que las cosas han cambiado y para mal. Esta vez solo me miran con asombro los ojos de la tusona. La noche en que nos reencontramos con Rodrigo y don Ruy de Lasso encomendó a Fernando viajar al fin del mundo eran muchos más los ojos que me contemplaban asombrados y divertidos, había al menos, y que yo recuerde, otros siete jóvenes señores, hijos de duques y condes, y entretenidos por otras tantas tusonas. El ambiente era muy diferente, de fiesta, y cuando llegamos los picos estaban ya calientes por el mucho vino y algunas otras cosas que descubrí usan tan grandes señores para regocijarse y descargar sus cabezas de tantas preocupaciones como da gobernar estos reinos, acrecentar sus respectivas fortunas sirviendo y sirviéndose del rey. Había un cuenco con hojas de coca del

Perú, tabacos enrollados y pipas de barro que una de las tusonas, riendo sin parar como suelen los que las fuman, rellenaba con cogollos de cáñamo. Que donde hay dineros no hay más virtud y menos vicio, sino vicios mejor servidos. De aquellas cosas nosotros ni pedimos ni nos compartieron, en la certeza de que sería bueno mantener la cabeza fría y tratar de sacar en claro qué querían y qué se ofrecía a Fernando, labor harto trabajosa porque allí todos peleaban por sobrepasar en locuacidad y grandes planes a los demás.

—Desde que el rey ha vuelto de Lisboa no ha salido de El Escorial, pero sé de buena tinta que piensa menos en la cruzada contra el turco y más en flotas a las Indias y la Especiería. Ha venido muy impresionado por los grandes galeones que los portugueses construyen para su comercio con la India y el Maluco —dijo un tal Osorio—. Ellos pueden usar Lisboa como puerto y no tienen los problemas de uno fluvial como el de Sevilla. Si usamos galeones mayores, hay que buscar otro puerto de más calado.

—¡Será difícil vencer la resistencia de la Casa de Contratación pero, tarde o temprano, pasará! Hay que anticiparse y comprar ya. ¿Cádiz? ¡La Coruña fue un desastre! —contestó con una astuta sonrisa un tal Saavedra—. ¿Has leído ya el nuevo *Libro de la montería*, de ese Argote de Molina? Se lo quiero regalar a su majestad.

Otros conversaban de otras cosas, mientras dos alcahuetas ordenaban la danza de sirvientes.

—¡Os digo que el rey cede en exceso derechos a los Fúcar y otros banqueros extranjeros, todo para pagar sus interminables deudas! —le espetó un De la Cerda a un Hurtado de Mendoza que jugueteaba con un mazo de cartas—. Ved, esos naipes que sostenéis…

—¿Qué pasa con ellos?

—Su venta en nuestros reinos es monopolio de los genoveses. Así como el pellizco de sal con el que aderezáis un plato. El mercurio con el que se amalgama la plata de la copa en que bebéis es privilegio de los Fúcar, titulares de las minas de Almadén. También el trigo de ese pan que están cortando, si viene de tierras de Órdenes Militares. ¡Todo está en manos de usureros extranjeros y estos no son judíos a los que podamos azuzarles la Inquisición!

—¡No, mi buen amigo, judíos ya no quedan! —se carcajeó el Hurtado de Mendoza—. Pero os veo en exceso preocupado, ¿acaso sois arbitrista?

—No, válgame el cielo, no —protestó el De la Cerda—. Solo leal al rey y a Castilla.

—Pues como yo, por Dios santo. Escuchadme, ha llegado a mis oídos que el rey quiere construir y cerrar alrededor de la Casa de la Carnicería.

—¿Cerrar la plaza del Arrabal?

—Sí, hacer una plaza porticada, una plaza mayor para la Villa y Corte. Es una idea. Aún tardará unos años. Por eso, y antes de que otros nos madruguen, debemos comprar cuanta casa y suelo podamos en torno.

—Buena idea. ¿Lo saben los demás?

—Sí, algunos. Los que deben.

Los dos rieron. Me resultó curioso lo pronto que habían ignorado nuestra presencia allí, lo desenvueltos que hablaban de sus cosas, alardeando los unos con los otros de saber más o de estar a la última en algo, de algún chisme siempre valorado en la corte de un rey que no se muestra, apenas habla con nadie y cuyas intenciones todos tratan de adivinar. Como se jactaban de sus respectivas tusonas, sentadas en la tarima, esperando, supongo, que sus dueños se calentasen como suelen los poderosos al hablar de sus planes.

Aquella otra noche, al fin don Ruy de Lasso golpeó su copa, requiriendo la atención de los presentes, su silencio, para darnos razón de nuestra presencia en su jarana.

—¡Castilla se desangra, señores! —explicó el de Lasso con

grandes ademanes, los ojos fijos en Fernando, mientras los sirvientes rellenaban las copas—. El oro y la plata de las Indias huyen hacia flamencos y genoveses para pagar los ejércitos y flotas del rey. Dejan aquí poco más que pórticos blasonados en Sevilla y Madrid. Y está bien que así sea, pues Flandes mantiene la guerra lejos de nuestras tierras y las galeras atajan al turco y a los piratas de Berbería. Nada importa que las riquezas de las Américas no queden aquí y que nuestros pobres las miren pasar ante sí boquiabiertos por el hambre y el pasmo, como quienes ven pasar tesoros de moros embrujados. Nosotros tenemos parte en los negocios de esos extranjeros. Pero también sabemos que los naipes de este juego ya están barajados. No hay más sillas en la partida. Y por más que algunos las ocupemos casi todas, la gula es incontrolable. ¡Como la lujuria! ¡Y sé lo que digo, que aquí varios somos familiares de la Santa Inquisición y perseguimos los pecados!

Don Ruy de Lasso aprovechó las risas que había provocado su broma entre los demás señores y tusonas para beber de su copa. Estaba de buen humor. Continuó.

—Es hora de usar nuestros ducados donde más valgan, el Maluco y Asia. Fernando, con nuestra confianza, llevarás oro y plata, mercadurías para rescatar con los indios, cañones y soldados para defenderos, y volverás con especias, pimienta, clavo, canela. Cueste lo que cueste, llegando a donde tengas que llegar y aún no hayan llegado otros. Irás ahora con dos galeones desde la Nueva España y si regresas con bien, volverás con más barcos y hombres, título de gobernador y encomiendas. ¡Y señores, esas riquezas nuevas volverán aún más los ojos del rey sobre nosotros! El alma de nuestro monarca se alegraba hace poco viendo desde las ventanas del Paço da Ribeira, allá en Lisboa, la arribada de los altos galeones portugueses. Ganaremos en poder, riquezas e influencias si coronamos esta empresa. ¡Y, capitán don Fernando de Encinas, como os he dicho, sabremos ser generosos!

Sí, aquella noche, bien servidos de vinos y manjar blanco, un grupo de jóvenes señores bromeaban indiscretos sobre un mundo que consideran suyo por derecho, sobre vidas que no eran más que dados que lanzar a los océanos y selvas esperando ganar y, de paso, divertirse. Esta noche, más de dos años y miles de leguas después, en cambio, algo del frío de la calle sigue dentro de nosotros, algo que ni la sonrisa cínica de don Ruy de Lasso consigue disipar.

—¡Caballeros, al fin! ¡Señora! ¡Bienvenidos! —nos sonríe el noble mientras se acerca.

Yo no puedo dejar de ver una calavera cruel y amanerada sobre una gola de encaje.


Estoy helada. De nada me vale mi gruesa piel en este lugar tan gélido. Además, he perdido mucho peso. ¿Cómo pueden los hombres vivir en este frío? Claro, por eso se cubren con ropas y cosas hechas de lana y del pelo de animales muertos. Yo, como los elefantes, *pachydermos*, tengo una piel que se engruesa y se arruga año tras año, llenándose de miles de pequeñas arrugas que sirven para guardar la humedad y refrescarnos, para atrapar el frescor de los baños de barro que nos hacen tan felices. Eso es porque no sudamos y vivimos en sitio de mucho calor. ¿Para qué me sirve todo eso aquí, en esta ciudad de los hombres donde el frío da dentelladas de tigre que me traspasan? Si pudiera razonar con los humanos, este argumento debería bastar para hacerles ver que yo no pinto nada aquí, que mi prisión es absurda y sin sentido. Les diría que estoy hasta dispuesta a subirme en otro maldito galeón para volver al calor de mi isla, a mi selva. Me siento melancólica, atravesada por una tristeza persistente que como animal me es del todo nueva. No entiendo qué hago aquí, encerrada en un corral de tablas, en una calle de piedra y polvo, sin vegetación más allá de una hilera de árboles de un huerto cercano y que me parecen tristes remedos de los de mi selva. Rodeada de los excrementos que por la noche y al grito de «¡agua va!» me arrojan encima desde las ventanas. Porque sí, me los tiran a mí y se ríen. Les parece divertido bañarme en sus cacas y orines, obligarme a que me sacuda sus heces de encima. Es muy desagradable. Los macacos de mi isla también se cogen la mierda del culo con las manitas y te la tiran por diversión, pero allí me podría ir a otro lado, bañarme en barro, limpiarme. Entre estas tablas no hay manera de esquivar sus porquerías y no dejan de amontonarse.

Ladra un perro a lo lejos, a la luna. O a una sombra. Debe de ser grande por el ladrido, seco, amenazador. Quizá es uno de esos perrazos que los hombres vuelven asesinos y usan contra otros humanos en sus guerras. O para guardar sus colmenas. En cualquier caso es un ladrido que avisa del peligro y me digo que los hombres temen a demasiadas cosas: a los extraños, a los de otro color, a que les entren en las guaridas que llaman casa, a que les roben, a que los asesinen, a que haya mucha gente o a estar solos. Y contagian todos esos temores a los pobres canes que les sirven y ya nada recuerdan de la libertad de ser perros. Otro ladrido y este desencadena una respuesta, un ladrido un poco más lejano. Y otro. Y luego otro. Después un grito de hombre, un golpe y el gemido lastimero de uno de los perros ladradores. Poco a poco vuelve el silencio.

Aquí la luna es igual y distinta a la de la isla. Allí era cómplice y amparadora de la explosión de vida cada noche, parte de ella. Aquí me parece lejana, jueza asqueada de secretos y violencias que no aprueba. De esta enorme colmena que se vuelve silenciosa por la noche. Tanta gente y sus animales y, sin embargo, con la oscuridad todo tan quieto, tan callado, tan muerto. Como si los propios humanos necesitasen esconderse y descansar de sí mismos y del mundo que han creado. ¡Bah!, creo que se me está yendo la cabeza.

Llevo días en este corral, aquí me encerraron después de un largo viaje encadenada, enjaulada, desde otra ciudad aún más grande y cruzada por un ancho río. Las ciudades de los hombres de aquí son mucho más grandes que las de mi isla. Viven muchos más, amontonados como les gusta. A mí las dos que he visto hasta ahora me parecen lugares feos, inhóspitos. Los hombres odian y temen los bosques, las selvas. Creo que los encuentran lugares peligrosos. Así que lo civilizan todo. Lo arrancan, lo queman, desbastan la madera de los troncos, la cortan en tablones, la tallan para fabricar cosas, sordos a los gritos de dolor que bajo tierra chillan los árboles, como un enorme y único cuerpo al que amputan miembros pues todos están unidos por debajo. Sí, me parece que donde estos monos vestidos se instalan por más de doce lunas llenas, las plantas que no les sirven para comer, quemar o construir sus absurdos nidos, perecen. Las arrancan y las malas hierbas se extienden ahogando a otras. O lo cubren todo con tierra, piedra y basura. ¿Por qué no dejan nada como lo encuentran, por qué todo lo cambian a peor? ¿Por qué renuncian al frescor de los bosques para sudar bajo el sol en llanuras de piedra? ¿Qué pasará con los árboles si las manadas de hombres siguen creciendo y creciendo como una plaga enamorada de solares, descampados y bloques de piedra tallada? ¡Me llaman bestia como insulto! De serlo, bestias ellos, que solo ven madera cuando ven árboles. Creen dominar el mundo y bastarían las mismas lunas llenas, si ellos desaparecieran y dejaran de dañarlo todo, para que raíces, tallos y hojas crecieran por doquier, para que las abejas zumbaran y los pájaros trinaran de nuevo. No dominan nada, el mundo solo los tolera.

Una gata negra se para ante mí y me observa con esos ojos que son brasas. La siguen dos crías. Las miro y trato de sonreír. Bueno, a la manera que tenemos los *badaqs* de hacerlo. No me vendría mal algún tipo de amigo y estos gatos parecen interesados en mí. Pero no, nada. La mueca que consigo con este frío que me duele los asusta, madre y crías desaparecen flotando ágiles en el río de mierda de los hombres, hasta que desaparecen en silencio entre las sombras.

En la naturaleza, en la bestia salvaje, no existe la vejez ni la decadencia propia de los hombres y sus animales cautivos, protegidos de la muerte para que les den sustento, servicio o compañía. No, en la jungla solo es posible la potencia brutal de la vida y la muerte justa, inevitable, repentina del que presenta el menor síntoma de debilidad, de lentitud. No hay ancianos ahí fuera. Y está bien que así sea porque la muerte de unos es la vida de los demás en un baile eterno. Por eso, encerrada aquí, entre los tablones de madera muerta, seca por el sol, el viento y la helada, tengo miedo a lo desconocido. A que me obliguen a vivir más de lo necesario para entretener sus alargadas vidas. ¿Una rinoceronte achacosa? ¿No es eso algo terrible y grotesco, una aberración contra natura? ¿Quién me ha de cazar? Y sobre todo, ¿a quién alimentará mi cadáver? ¿Por qué ignoran mi sufrimiento y lo tienen por inferior al de ellos? Si nos pinchan, ¿acaso no sangramos? Si nos hacen cosquillas, ¿acaso no reímos, saltamos o movemos la cola? Si nos envenenan, ¿acaso no morimos? ¿Acaso no guardamos luto por nuestros muertos?

No me ven, está claro. Solo ven la idea que tienen de mí, la que cuadra con sus miedos y prejuicios.

Me he esforzado por no reírme de las acciones humanas, no llorar por ellas ni odiarlas, sino comprenderlas. Pero no lo consigo.

Una rata gris y enorme, con dientes amarillos y una cola pelada y rota, se para ante mí y eriza el lomo. Me doy cuenta de que me interpongo entre ella y unas mondas de patatas, heladas por el frío, resto de las cosas que me tiran para comer. Me aparto unos pasos y le dejo vía libre. No me gustan las ratas, hay algo demasiado humano en ellas.

Al menos por la noche me dejan en paz. De día siempre hay un montón de personas mirándome, gritando cosas que no entiendo. Hay unos que se unieron a los del galeón en la ciudad del gran río. Hacen saltos y cabriolas que avergonzarían a cualquier mono tullido de mi selva, pero que aquí los que los ven celebran mucho. Esos hombres me tratan con una familiaridad molesta, como si nos conociéramos de antes. Uno de ellos, cada tanto, me pega con un palo en los costados para hacer que me mueva. Claro que también me traen forraje y agua. Los peores con mucho son los niños, así llaman los hombres a sus crías, crueles ya pese a su pequeño tamaño. Esos no solo chillan, también me tiran cosas. Hace dos soles uno me dio una pedrada cerca del ojo. Así porque sí. Su padre le rio la gracia. Luego crecen como crecen.

Sí, es triste e injusto.

Lloro y cago a la vez, extremos líquidos e irrefrenables de una misma existencia.


Sigo sin saber las razones de mi prisión y casi he perdido la cuenta de los días que hace que me desaparecieron en estas cárceles secretas. No hay ni un mal ventanuco. El pequeño hueco enrejado de la puerta solo me permite ver un poco de pared, que me parece siempre igual de mal iluminada. ¿Es de día o de noche? No tengo cómo saberlo. El guardián que me trae la parca comida, o es mudo o tiene orden de no hablarme en ningún caso. Abre, deja en el suelo la jarra de agua y la escudilla, cierra y se va. Vivo en una penumbra permanente, densa. Mi única compañía son las ratas que oigo y me alegro de no ver, devorando mis sobras y peleando entre ellas. Por eso, por la humedad y por el silencio atroz, entiendo que estoy preso muy abajo. Hay un rumor de corriente constante, tras el muro debe pasar uno de los muchos viajes de agua de la ciudad, así que procuro no beber demasiado para no orinarme encima todo el tiempo. Siento que mi voluntad y mi razón están a punto de quebrarse.

Aquí está otra vez este dominico. El único fraile al que vi un día después de que los sayones me arrojaran a este agujero. Vino acompañado de un carcelero, me miró severo, me soltó algo que me pareció formulario y que no entendí muy bien por los nervios, y se fue. Hoy viene solo, desde luego no temen que intente ninguna violencia y escape. Trae un farol en una mano para alumbrarse que apenas disuelve las sombras en torno a él y poco más. Es un hombre corto de estatura, macizo, de barba cerrada y mejillas sonrosadas que desmienten la oscuridad de este lugar y del que no sé ni el nombre.

—Fray Guillermo, os prevengo que esta es la primera amonestación. Si persistís en vuestro error, recibiréis una segunda.

—¿Qué error?

—El que debéis confesar. Yo no puedo ayudaros en eso, la verdad no puede ser inducida, debe salir de vuestro corazón, de vuestro examen de conciencia.

—Hermano, os lo ruego, decidme cuántos días llevo aquí.

—No puedo.

—Al menos decidme vuestro nombre, hermano.

—Tampoco puedo.

—¿Y cuándo será esa segunda amonestación?

—Dios dirá, fray Guillermo, Dios dirá.

Me derrumbo más que me siento en la yacija que, con una pequeña mesa y un cabo de vela que no enciendo nunca por no tener con qué, son la única decoración de esta lóbrega celda. El dominico me mira desde arriba un momento y sigue hablando.

—En caso de que sigáis sin confesar habrá una tercera y última amonestación y, entonces, al siguiente que veréis es al fiscal de vuestra causa que os leerá las acusaciones. Podéis evitarlo haciendo examen de conciencia, confesando vuestros crímenes contra Dios y confiando en la cristianísima caridad del tribunal. Os conmino, como ya hice en la visita anterior, a que lo hagáis y os reconciliéis con la Santa Madre Iglesia antes de que llegue ese fiscal y se os ponga a juicio.

¿Confesar el qué? ¿Quién me acusa y por qué? Mal puedo defenderme si no sé qué he hecho. Ya se lo he dicho. Conozco, pues es fama, este secretismo de los procesos inquisitoriales, pero no puedo entender qué tenga que ver con Dios y con su obra plantar la locura mediante el miedo y la incertidumbre en la mente de las personas. El inquisidor que me envían es siempre el mismo, a nadie más he visto en días. Nunca me ha dicho su nombre. Nunca me ha mostrado compasión, sino distante altivez, acrecentando mi sensación de ser culpable de algo, de lo que sea que ellos decidan. Así es con cualquier hombre. Si nos miran en silencio, con severidad, nos hacen sentir culpables. ¿De qué? De cualquier cosa, de tanto. Vivir es acumular culpas. ¡Dios mío, siento terror a la tortura! No a la muerte que, estoy seguro pues conozco mi vida y tu bondad, me acercará a ti. No. Me asusta el dolor y, aún más, la incongruencia de esta situación, su falta de razón. Y estoy a un par de visitas de ese fiscal, de que me cuelguen de la garrucha o me pongan al potro y laceren mi carne con vueltas de cuerda. Un hilillo de voz, que hasta me sorprende a mí por su tristeza, sale de mi garganta.

—¿Es de noche, hermano?

—No puedo decíroslo, fray Guillermo. Aquí no hay ni noche ni día, solo tiempo para estar con uno mismo y con Dios, meditar y confesar.

—Hermano, creo que ya os dije la otra vez que mal puedo confesar lo que ignoro haber cometido, que siempre viví como un buen cristiano y consagré mi vida al servicio de Dios. ¿Qué queréis que confiese? Decidme y lo confesaré. ¿Por qué me tratáis peor que a un animal? Soy un ser humano.

—Y como a tal os tratamos, fray Guillermo. Nadie os niega la condición superior de vuestra cualidad humana. La prueba es que confiamos en vuestra inteligencia y en vuestra alma al concederos la oportunidad de confesar, algo que por lógica no se hace con los animales por su naturaleza inferior.

Detecto en el dominico un brillo de pasión al hablar de esto, que todos tenemos asuntos que nos interesan más que otros y yo necesito hablar, romper este silencio que me vuelve loco. Además, nada hay que me guste más que una sana controversia. Echo el anzuelo.

—Los animales son criaturas divinas. Si todo es obra de la perfección de Dios, ¿decís que puede haber creaciones inferiores a otras? —argumento, y el dominico ladea ligeramente la cabeza alzando las cejas. Ha picado.

—Ya sabemos de vuestro franciscano amor por las bestias. Y que habéis viajado con un extraño animal desde los confines del mundo hasta aquí, una horrenda criatura a la que, también lo sabemos, gustabais visitar junto a una mujer en vuestra larga travesía en un galeón y luego en las jornadas de Sevilla a Madrid. Quizá esa familiaridad os hace olvidar que el de Aquino, en su *Summa Theologica*, deja asentado que la diferencia entre humanos y animales no es de grado en sentidos o inteligencia, sino de naturaleza. Son en todo inferiores a nosotros y carentes de seso y, por tanto, sujetos en todo a nuestra voluntad.

—¿Hasta el maltrato o la crueldad con ellos? —Obvio la mención a la compañía de una mujer, ¿María?, aunque guardo el dato, que seguro algo de eso esperan que confiese, e insisto en la polémica sobre animales y teología. ¡Necesito hablar!—. Sí, son los escolásticos, santo Tomás de Aquino y los demás, quienes establecen la tiranía absoluta de la voluntad humana sobre el mundo y lo que hay en él. Y vos y yo sabemos cuán imperfecta y hasta malvada puede ser la voluntad de los hombres. Cómo por capricho podemos agotar y devastar cualquier cosa.

—*Errare humanum est* pero sí, las bestias están sujetas en todo a la voluntad y necesidad de los hombres. Ya nos dice santo Tomás que la compasión es una forma de amistad, pero que no puede darse amistad entre los que no son iguales. ¿Tendríais compasión por una piedra? Los animales son mecanismos vivientes, como autómatas, y no es que tengan un alma inferior, es que carecen de ella. ¿Acaso no es conveniente que todo en la naturaleza esté al servicio de quienes fuimos creados a imagen y semejanza de Dios?

—¿Y si estamos errados? ¿Por qué negar nuestra animalidad?

—Porque el soplo divino nos dotó de alma y entendimiento.

—¿A todos?

—Os alabo el buen humor, fray Guillermo. No es frecuente en estas cárceles. No sé si os percatáis por completo de vuestra situación.

—Perdonadme, padre. Es solo que esta superior naturaleza que Dios nos otorgó, ¿y si solo es vanidad que deviene en crueldad? Pensar al animal es pensar al hombre. Ilustres filósofos como Celso en su *Discurso verdadero contra los cristianos*, su refutación al cristianismo, denunció el sofisma, el error, de creerlo todo con relación al hombre, de situarlo en el centro de todas las cosas y ponerlas a su servicio. Plutarco, en su *Moralia*, consideró la esclavitud de los animales como un abuso sin sentido, criticando quitar la vida a un ser vivo por comer un trozo de su carne.

—Os veo muy docto en las ideas de los paganos y enemigos de la religión verdadera.

—Leo todo lo que cae en mis manos, padre. Uso gruesas gafas para leer porque con la edad la vista se embota, pierde el filo como las espadas viejas tras tantas batallas contra la dureza de las letras negras y pequeñas y la fealdad de los malos escritos.

—¿Y cuáles son según vos los malos escritos, fray Guillermo?

—Quien solo lee por entretenerse o por reafirmar lo que ya sabe, camina un sendero fácil pero estéril. Solo aprendemos de lo que nos inquieta, interpela y descoloca. Solo la inquietud de la duda es una maestra real. Por eso, aliviarse es sinónimo de cagar, no de aprender.

—¿Rechazáis las lecturas que la Santa Madre Iglesia recomienda?

—No, pero añado otras que las fortalecen.

—¿Es que vuestra fe flaquea, fray Guillermo?

—Al contrario, mi fe es tan grande que en ella todo cabe. Tan valiente que no teme a la fe de los demás, a las ideas antiguas o nuevas. No es una fe pequeña, rígida, no es un mulo terco que lleva anteojeras para no ver. Es tan fuerte que en ella todo encaja y abraza a todas las criaturas de la creación como hermanos.

—¿No teméis al infierno?

—No. Temo la injusticia de los hombres.

—Hacéis mal. Sin temor de Dios, ¿qué haría la Iglesia?

—Solo temo que hombres, libros e ideas parezcan arder por igual. Siempre aprendemos desde un cuerpo, un sitio y una vida. El yo, el aquí y el ahora determinan lo poco o mucho que aprendamos de todo. Y yo no renuncio a intentar comprender, cueste lo que cueste, todo lo que me conecta con la vida. Pese a todo, pese al pecado que tan rentable nos resulta, pese a las carnicerías constantes que impulsan los poderosos, creo que el ser humano es mucho mejor y más diverso de como lo pintamos.

—Error funesto, fray Guillermo. En nuestra Castilla no necesitamos polemistas ni discutidores, sino soldados de la fe. En la diversidad florece la herejía, la rebeldía, la disolución. Por eso nosotros tenemos la sacrosanta misión de arrancarla de cuajo. Somos los defensores de la unidad, pues solo en la unidad de pensamiento se fortalecen los pueblos. Miraos, vos pensáis mucho, pero pensáis mal, en la dirección errada.

—No se piensa mal o bien, se piensa. Y en la diferencia encontraremos el conocimiento. Imponer una única manera de ver el mundo es tiranía, despotismo.

—Hay que salvar a la gente del error. Pastorearlos hacia la salvación. Dios ha querido que nosotros ayudemos en esa santa tarea a nuestro bendito rey Felipe II, titán sobrehumano que de todo se ocupa. Dicen que la luz de su despacho en El Escorial nunca se apaga, pues no descansa de los trabajos que le impone la defensa de la fe. Bien está que nosotros ayudemos a erradicar la ponzoña de herejes, apóstatas y alumbrados, protestantes y brujas espiritadas que, al final, solo quieren destruir la unidad de este reino. ¡Unidad, Guillermo, unidad para ser grandes! Habéis traicionado vuestros votos. Confesad y ahorraos el fiscal y lo que venga.

—Vosotros habéis traicionado el amor de Dios por los hombres, por todos ellos. Lo único que me consuela es la certeza de que por más gente que entreguéis a la cárcel, al garrote y a la hoguera, nunca podréis arrancar del todo lo mejor del ser humano, la percepción inmediata, instintiva, de lo que es injusto. De ahí saldrán legiones de hombres y mujeres libres. La lucha entre libertad y tiranía será larga, pero, al fin, bastará con que haya un puñado más de justos que de siervos para que el paraíso regrese a la tierra.

—¿Renegáis de la Santa Madre Iglesia? ¿De su obra?

—La Iglesia no mantiene a nadie. Tiene que ser mantenida. No produce trigo ni pan, lo reclama. No ara la tierra. Es una mendiga perpetua y altiva que exige diezmos y dineros para sostenerse.

—¿Pretendéis que viva del aire? Ahí se os ve lo franciscano, que entre conversos de vuestra orden nació la secta de los alumbrados. Bien haría la Suprema en espulgar más herejes entre los franciscanos, que lleváis vuestro amor por los pobres y la pobreza a extremos que os hacen desvariar y ya a nadie confundís disfrazando de misticismo lo que no es más que herejía. ¿Guardáis libros prohibidos, fray Guillermo?

—¿Es eso lo que debo confesar?

—No lo sé. ¿Lo sabéis vos? ¿Es eso? ¿Es solo eso?

El dominico no va a soltar prenda. ¿Libros prohibidos? ¿Por eso estoy aquí? No lo creo, así que me asusta imaginar de qué crímenes o pecados me suponen culpable. Habla, Guillermo, habla. Que no se vaya y te quedes solo.

—Los he leído por contrastar sabidurías y los guardo aquí y aquí —digo tocándome la cabeza y el corazón—. Amo los libros, pero ninguno tenía ya salvo una biblia Vulgata que me ha acompañado al otro lado del mundo y vuelta. Me la quitasteis en mi arresto. Tampoco importa, aquí no se puede leer.

—Veremos; puesto a tormento, Dios Nuestro Señor no os dejará mentir. ¿Sabéis que tenéis derecho a un abogado?

—Sí, uno que me adjudicaréis vosotros, hermano. Un dominico de la Inquisición como vos. Mal me podrán defender de las herejías que me suponéis los mismos que me acusáis. Decidme qué queréis que confiese y acabemos de una vez.

—¿Seguís sin saber qué confesar?

—Sí, hermano.

—Volvéis a pecar de arrogancia, hermano. Recordad, tendréis otras dos oportunidades y, tras esa tercera amonestación, os visitará el fiscal. Quedad con Dios y con vuestra conciencia, fray Guillermo.

Se va. Y me quedo solo en esta celda de las cárceles secretas de la Inquisición, buscando a Dios con los dedos en cada grieta de la pared, en cada punzada de angustia de mi corazón. ¿Qué me pasa al fin? No busco el martirio y menos a manos de mis iguales. Si es que este dominico cruel puede ser de los míos, servir al mismo Dios que yo. No lo creo. Aquí encerrado, tiritando de miedo y frío, siento que no confío en los santos y sus martirios, que cada vez más me parece una forma de locura y amor al dolor. Ni ansío la beatitud. No, quiero ser hombre, amar la debilidad de lo humano, los pequeños esfuerzos y luchas de la gente corriente, que es en ellos donde de existir está, sin duda, Dios. Quiero abrazar a todos mis semejantes, sea cual sea su credo y su piel, sabiendo que nunca podré hacer mío todo su dolor y queriendo vivir siquiera en parte sus alegrías, sus ilusiones.

Siento que quiero vivir y que confesaría gustoso.

Solo necesito saber el qué.

¿Qué quieren que confiese?


Esta noche, intercambiados los saludos de rigor, sentados a una mesa donde un sirviente escancia vino y humea el pollo deshilachado en una fuente de manjar blanco, don Ruy de Lasso, señor conde de los Castillejos, nos pide cumplida narración de nuestro viaje al Maluco.

—¡Desde el principio, desde buenas buenas, que decía mi madre! —exclama, curioso de la historia.

O de otra versión de la historia, pues a buen seguro tiene información de todo por el traidor Olmedo y los suyos. Por eso nos escondió cuando llegamos a Madrid, la tardanza en reunirse con nosotros. Rodrigo bebe y come, desentendiéndose de la narración que hace Fernando, y que él solo apostilla cada tanto con alguna mirada, resoplido o risa desdeñosa. Veo a las claras que Rodrigo y su señor, don Ruy, ya han hablado, que él ya le ha dado su relación de la fallida empresa y que se siente seguro, perdonado. Es Fernando el que da ahora explicaciones y justificaciones, respondiendo como mejor puede a las preguntas de Lasso, que asiente divertido al espectáculo de un hombre intentando salvar su honra y, quizá, su cuello. Solo lo interrumpe muy de cuando en cuando con alguna amable inquietud que mal disimula una cruel burla. Me pregunto si Fernando no se da cuenta de ello. Sí, seguro que lo nota como yo, pero ¿qué puede hacer? Siento ganas de decirle: «¡Mira lo que nos ha traído tu dichoso honor! Espero que camines erguido y orgulloso hacia el cadalso». Yo lo haré. El cuarto se llena con las fiebres, tormentas y encalmadas de aquellos días en el San Isidro, con las matanzas y las fracasadas conquistas, con la muerte de hombres, animales y dineros, la locura transitoria de Fernando y la deserción de Olmedo y el San Luis, Pawu y la abada, el retorno tan letal y tanto o más arduo que la ida.

—Llegamos con tan poco en las bodegas que, pese a ser un galeón grande, cruzamos con la marea alta y sin problemas la barra de Sanlúcar, remontamos el río y arribamos al puerto de Sevilla. Allí nos sorprendió que no nos prendieran los corchetes, pues pronto supimos que Olmedo nos denunció, nada más llegar desde la Nueva España, a la Casa de Contratación y a la mismísima Inquisición.

—Sí, sí que lo hizo —confirma divertido don Ruy de Lasso—. Y cárceles secretas os esperaban tanto en las Indias como en el castillo de San Jorge, en Triana, que allí hubierais ido de cabeza sin mi intercesión. Pero la noticia de vuestra arribada con el monstruo vino tan rápida a Madrid que si hubiera sido una trucha habría llegado fresca, así que pude también yo actuar con presteza.

—¡Gracias, Ruy! —corresponde Fernando, algo corrido. Creo que aún hoy le cuesta aceptar que el San Luis no se hundió con el hideputa de Olmedo y los suyos en algún lugar del océano. Que simplemente se largaron con viento fresco. Siempre su dificultad en aceptar la realidad—. Supongo que no es fácil refrenar a los de la Suprema. Sois generoso y valiente.

—¡Ah, solo soy curioso en extremo! —Se ríe el noble—. ¡No quería que desaparecieseis sin oír vuestra historia!

¿Cómo aguantas, Fernando? Yo misma siento ganas de clavarle mi daga en el pecho a este noble deslenguado que juega con nosotros como un gato con un ratón, golpeándonos con la almohadilla del sarcasmo antes de sacar sus garras y matarnos.

—¿Solo eso os importaba? —me oigo escupir más que decir.

Rodrigo y Fernando me miran sorprendidos. Hasta don Ruy se remueve incómodo y por un instante serio, antes de retomar su tono jovial y despreocupado.

—¡No, María, por mi fe que no! —Sus ojos vuelven de inmediato a Fernando, dejando claro que esto es un asunto entre hombres y que mi presencia aquí es solo una extravagante concesión—. No, Fernando, sabes que no. Lo impedí, con hartos trabajos y mover de nombres e influencias. Los de la Inquisición no se pliegan a nadie. O a casi nadie. Y sé que aprecias mi esfuerzo porque me conoces bien y no soy yo de pedir favores.

—Lo sé.

—Ese Olmedo tuvo meses para acusaros de mil cosas. A ella de bruja morisca, a ti de su hechizado, endemoniado y rebelde contra Dios y el rey, de querer ser otro Lope de Aguirre. Había un inquisidor con especial inquina hacia María, decía que —aquí don Ruy cambia la voz y la avejenta por mejor representar al dominico— las mujeres son siempre más culpables, están más dispuestas a la herejía y la rebelión. Tienen menos temor a la ley de Dios y de los hombres, en parte por su natural ignorancia y, en parte, porque abusan del privilegio de su sexo. Y así en todo tumulto público sobresalen en violencia y ferocidad. —El de Lasso se ríe de su propia imitación y prosigue más serio—. Pero lo paré todo. Por oíros y por el cariño y la deuda que de por vida contraje con Rodrigo y contigo en las Alpujarras. Y ahora sigue con la relación.

Fernando le cuenta entonces cómo consiguió vender las especias en la misma Sevilla y que allí, con una reverencia, tras cobrar lo suyo, viendo que no lo prendían, mas tentándose la ropa y con la barba sobre el hombro, se despidió el capitán

Longoria y se embarcó de vuelta para las Indias en el primer galeón en que encontró pasaje. Por último, entrega a don Ruy una letra de cambio contra un banquero genovés por el grueso de lo cobrado, así como un talego lleno de ducados de oro.

—Menos lo gastado en mantenernos en el viaje hasta Madrid y en la casa y comida de los diez días que aquí llevamos. También falta lo que hemos tenido que pagar en forraje y agua para reponer y mantener viva a la abada.

—Me place que lo hicierais —se limita a decir don Ruy de Lasso mirando displicente la cantidad reseñada en la letra de cambio y, por supuesto, ni se molesta en abrir y sopesar el talego con las monedas.

Veo una sombra de decepción en Fernando y le pido con los ojos que se reponga, que no muestre debilidad. Creo que me entiende. El noble hace una seña para que Rodrigo se guarde la letra de cambio y el dinero. Luego bebe, sonríe y habla.

—Háblame de ese animal y por qué tanto empeño en traerlo a Madrid desde el otro lado del mundo.

—Es una bestia horrenda y extraordinaria a la par. Yo nunca había visto nada así y tiene sobre el morro un cuerno, un alicornio con propiedades milagrosas y buscado por grandes emperadores de la historia. Nos la regaló como presente para nuestro rey Felipe el gobernante de una lejanísima isla y con hartos trabajos la hemos conseguido traer hasta aquí, con la esperanza de que sea para maravilla del rey y la corte y nos gane a todos, y por supuesto a vos el primero, su favor. Ya en el muelle de Sevilla nos la quisieron comprar aunque por unos pocos reales, que la bestia llegó consumida, todo pellejo y más muerta que viva por los rigores del viaje. Pero me negué. Y ocurrió que en Sevilla concertamos viajar junto a unos feriantes portugueses, músicos y acróbatas que a la corte venían, pues temían cruzar solos tantos despoblados y desiertos como hay hasta aquí, que pueden pasar días sin ver a un cristiano como bien sabéis y donde solo se pueden dar malos encuentros con bandidos y alimañas. Se acercaron a nosotros al oír el revuelo que la llegada de tan fantástica bestia había causado y dijeron que ellos sabrían reponer la salud de la abada, pues ya habían conocido otras antes en Lisboa. Así que juntos hicimos el camino y, antes de guardarnos nosotros por orden vuestra, dejamos a la abada acampada junto a los portugueses en las eras del convento de San Martín, cerca del postigo, donde suelen tener a los toros antes de los juegos de cañas y lanzas. Les hice a los feriantes provisión de dineros para que la mantengan mientras encontramos la ocasión y la forma de mostrársela al rey.

—¡Por los clavos de Cristo, Fernando! —El de Lasso refrena a duras penas una carcajada y mira a Rodrigo, que se remueve molesto—. ¿De verdad pretendes impresionar al rey con ese pobre animal, que te haga de embajador y te consiga una audiencia ante él y su favor?

—Bueno, Ruy, a mí solo no. Que nos consiga.

—¿Acaso crees que el gran rey Felipe II, amo del mundo e hijo del invicto césar Carlos, es un simple, un labriego ignorante al que espantar con una bestia como esta? Hace mucho que los rinocerontes llegaron a Lisboa desde las posesiones portuguesas, y el mismo rey Felipe, cuando pasó unos meses en aquella urbe y junto a un tal Clarevél, embajador francés, y otros señores, tuvo noticia y vio grabados de uno que en su tiempo puso el rey Manuel de Portugal a luchar contra un elefante. La madre del rey Felipe, Isabel de Portugal, lo vio de niña en los jardines del palacio de Ribeira, con elefantes y otras bestias de África y Oriente, que su padre allí atesoraba. El miedo a los venenos hace que de antiguo reyes y príncipes y papas acaparen esos alicornios. Dicen que la reina Isabel de Inglaterra, esa hereje a la que Dios confunda, pagó una fortuna de diez mil libras por un cuerno mágico que atesora en su palacio de Londres. Y nuestro bendito monarca es fama que tiene hasta seis distintos en su guardajoyas. No te engañes, este animal solo puede sorprender y divertir a los villanos, niños y mujeres. Regálaselo a los feriantes, que ellos bien sabrán sacar unos maravedíes por enseñarlo. —Ahora sí don Ruy de Lasso no puede contener la risa, de la que desde la tarima se hace eco la tusona como un cascabel lejano—. ¡O mira, atiende! Que quizá no estés tan errado y esa bestia pueda servir de distracción a gente de más calidad alanceándola en los próximos juegos de cañas y lanzas que va a haber en la plaza del Arrabal. Eso puede ser divertido, aunque desde luego olvídate de que el rey lo vea, que ya no sale para nada de El Escorial y solo se comunica con el mundo a través de papeles. Para mí que ansía descansar en el pudridero. ¿Desilusionado?

—Pues un tanto, sí.

—¡Ah, mi querido Fernando, la manera de evitar los desengaños es confiar solo en lo que de uno depende y no en fantasías que necesitan de otros para cumplirse!

—Eso me dice siempre María.

—¡Bah, a qué tan mohíno, mi señor de Encinas! Os encargamos una empresa, arriesgasteis la vida y la honra en ella. No salió bien. Recuerda a Boecio, el último de los romanos, lo que escribió sobre la inconstancia de la suerte: «La historia es una rueda, elévate conmigo si quieres, pero no te quejes cuando vuelvas a caer en las profundidades. Los buenos tiempos se van, pero también los malos. La mutabilidad es nuestra tragedia, pero también nuestra esperanza. Las peores épocas, así como las mejores, siempre regresarán». Intenté subirte a lo más alto, Fernando, quizá saldar así todas mis deudas contigo, que con Rodrigo las cuadré ya hace mucho. No salió bien. ¡A qué quejarse!

—¿Así, sin más? —A Fernando le cuesta hablar, aceptarse el trágico ejecutor de un mal sueño y, sobre todo, de algo que parece importarle solo a él. Me gustaría acariciar su mano. Sé que no debo, aquí y ahora no—. ¿En esto acaba todo, todas las muertes?

Un silencio pesado, frío, congela de pronto la estancia. Hasta la tusona lo nota y vuelve a susurrar con la alcahueta y llenarse la boca de dulces.

—¡Sosiégate, Fernando! El viaje fue una apuesta. Salió mal, pero no ha de quebrantarnos en demasía. Tal es su precio que bastan las pocas especias que rescataste para casi enjugar pérdidas. ¡Por más que no encontremos qué hacer con ese horrendo animal que también trajiste y que come como un batallón de jenízaros! —Lasso se burla un poco, como suele, pero esta vez no encuentra el habitual risueño corifeo. Lo nota y endurece el tono—. Mis amigos y yo, castellanos, alemanes y genoveses, pastoreamos nuestro oro como hacen los de la Mesta con las ovejas merinas. ¡Ah, Sevilla! Ahí recibimos el oro y la plata como lechales que irán engordando con cada movimiento. De todo picamos, Fernando. A ninguno nos gusta perder dinero, ni en la mesa de trucos, ni a los naipes, ni en las empresas que por el mundo financiamos. Castilla sigue siendo rica y pujante.

—Para vuesas mercedes, sin duda. —La voz de Fernando es sombría, como la de alguien que mientras habla va comprendiendo algo horroroso—. No para las legiones de hambrones que enviáis a buscar fortuna por el mundo.

—Así es, así lo quiso Dios. No hay vellocinos para todos, solo para los Hércules del emprendimiento que los trabajamos ordenando a gentes y galeones. Dicen sesudos arbitristas que la riqueza no es infinita, así que mejor que esté en manos de quienes sabemos qué hacer con ella, ¿no lo crees? Nuestra riqueza es la riqueza del reino y, además, todos católicos y con el alma por salvar, hacemos muchas caridades.

—Lo que pienso es que debe ser más fácil acrecentar los ducados cuando ya de cuna se heredan títulos y fortuna. Y lo imposible de prosperar cuando tu única herencia es la pobreza. Y eso está mal.

—¿Mal? ¿Te han vuelto las fiebres? —Alza las cejas don

Ruy de Lasso, reprimiendo una mueca burlona mientras encoge los hombros—. Te repito que las cosas son como Dios las ha querido, Fernando. Y tú eres hidalgo, no lo olvides. El pueblo, las gentes miserables, tienen que ser pastoreadas. Cristo Nuestro Señor los puso en este mundo sin otro propósito que servirnos, alimentarnos, darnos placeres y ahorrarnos fatigas, que todas quedan para ellos. Y para eso los dotó de todo lo necesario. Aguante y un poco más de seso del que tiene un animal. Lo justo para no cagarse encima y entender las órdenes más sencillas: ara, lava, siembra, limpia, cosecha, trae o lleva, vitorea, tiende la pica, avanza y muere. Claro que en su infinita piedad y en pago por tanto sufrir, Dios también les dio un alma que salvar aceptando su lugar en la creación, arrepintiéndose de sus pecados y bestialidades. Que poco más que bestias son la mayoría, te digo, sin otro afán que comer, dormir, aparearse y traer más desgraciados al mundo. ¡No te preocupes tanto por ellos! A veces oyes decir a otro con las palabras justas, lo que, sin nombre, hace mucho que intuías. Hoy, en esta junta más discreta, oigo lo que ya sabía y no quería pensar o poner en mi lengua. Para Lasso y los suyos todo fue poco más que un juego.

Fue en aquella otra noche de helada en Madrid cuando se hicieron esos planes. Siempre es en invierno, mientras fuera sopla el cierzo, cuando en los despachos de El Escorial y el Alcázar, o en casas como esta, al amor de los braseros se trazan en papeles y pláticas, que todo lo aguantan, los planes para repartirse el mundo. Nada parece entonces, en esos cuartos caldeados, demasiado grande o empresa imposible: vencer a los rebeldes de Flandes, invadir Inglaterra, conquistar en sagrada cruzada Jerusalén, la Sublime Puerta o la mismísima China. El invierno enclaustra a los ejércitos en castillos y presidios, a galeras y galeones en los puertos, pero desata las quimeras y fantasías de los poderosos, quienes calientes y con la tripa llena se entregan a sus ensoñaciones, que con hambre y frío a nadie le da por soñar con nada que no sea pan y abrigo. En el invierno se firman las paces y se planean las guerras, que los reinos, como los hombres, se recogen para no agotar el calor de sus cuerpos en afanes y trabajos inútiles. Entonces, desde estas habitaciones en las que la imaginación de unos pocos encierra todo el mundo, todos los que lo habitan, la elocuencia derrota a cualquier lógica. Por ello, casi doscientos de los nuestros y muchos más nativos murieron en unas islas al otro lado del mundo. O una abada de los trópicos acaba pelada de frío en la era de un convento. O una persona buena, compasiva, como fray Guillermo, desaparece tragado por la tierra.

—¿Qué sabéis de fray Guillermo, nuestro amigo? —pregunto sin miramientos, aun sabiendo que si no se le mencionó antes en la conversación es porque para Lasso es asunto menor y zanjado—. Cuando llegamos a Madrid quiso visitar aquí al prior de su orden y nunca más lo vimos.

—¿El fraile? —Don Ruy suspira y abre las manos en el aire—. La verdad, no sé nada. Aunque supongo que ya estará preso de la Inquisición. En Sevilla se libró por ir con vosotros, que nadie quería hacer escándalo prendiendo a uno y no a otros. Mas en verdad los dominicos tenían tanto o más interés en ese fraile que en ti misma, María, con tenerte por bruja reputada. Los inquisidores temen sobre todo a los herejes, los que viven en federación con los demonios o a los alumbrados que tienen el temple para profesar, vestir los hábitos por astucia y así esconderse mejor entre quienes los persiguen. No, no sé nada y si está ya preso, tampoco podré hacer nada.

Miro a los tres hombres. Solo Fernando parece apenado al confirmar nuestras sospechas. Rodrigo bebe de una copa, se seca con la bocamanga y luego se sacude unas migas del jubón. Don Ruy de Lasso sonríe y juega con un pesado medallón de oro que adorna una gruesa cadena. La tusona, que se hizo cruces cuando oyó lo hablado sobre un fraile preso de la

Santa Inquisición, ha vuelto a su alegre ligereza y reprime con su mano un bostezo. A todos nos mira severo desde un cuadro oscuro, abetunado, el Cristo de Burgos que preside todos los estrados en las casas de la Villa y Corte.

—Fernando, pronto iremos a las eras de San Martín con mi amigo Juan de Arfe a ver a ese monstruo con el que has cargado desde las antípodas —continúa hablando Lasso—. A Juan, que es artista y sabio de esclarecido ingenio, le gustaría dibujarlo. También vendrán algunas damas para contemplar a la horrorosa criatura, que siempre les divierte mucho espantarse. Hace poco viajamos hasta Salamanca por ver a una niña que nació con dos cabezas. ¡La verdad es que estos son tiempos de prodigios y señales! En Huesca se hacen lenguas de un hombre que resucitó tras varios días muerto y que ahora hace predicciones y oráculos en griego antiguo y con mucho acierto. ¿Lo puedes creer?

Ya no escucho la respuesta de Fernando, absorta como estoy mirando a don Ruy de Lasso, un noble ya en sus treinta y tantos, rico por herencia y siempre en busca de algo que le divierta, cueste lo que cueste y caiga quien caiga. Putas, abadas, niñas bicéfalas, estrelleros, músicos, enanos y acróbatas, poetas hambrientos, pintores de cámara, resucitados, actrices y actores. Él resume Madrid, la capital de este reino y los extremos que lo habitan. Y ni siquiera son ellos, Lasso y sus iguales, los más poderosos. Un pequeño número de hombres, sin más armas que tinta, papel y mensajeros, controlan las deudas del rey Felipe II y de sus nobles. Banqueros genoveses y alemanes que, como langostas, vuelan allí donde el precio del dinero es más caro para traficarlo, sin beneficio para ninguno salvo para ellos. Sin labrar tierras, sin alimentar a nadie o fabricar nada salvo más papeles y deudas. Odiados por el pueblo, que siempre disculpa al rey y a sus ministros, se alzan sobre el hambre de la gente. ¡Los banqueros no necesitan galeras y ejércitos para dominar todos los reinos del todopoderoso Felipe II! ¡Ah, Fernando, tantas veces te oí quejarte de esta decadencia! En verdad pensé que allí, bajo el sol ardiente del Maluco, ibas a obrar en razón. Al final resultó que solo eran fiebres. Los demás entendieron mejor que era locura.

Sí, la noche que Lasso y sus amigos se apostaron nuestras vidas a un envite también helaba, la casa era parecida, la escena es casi la misma. Ruy no parece tampoco distinto. Le sigue gustando escucharse. Quizá Rodrigo tampoco haya cambiado mucho, quién sabe en qué antigua carnicería asesinó a su alma, pero ni Fernando ni yo somos los mismos. Que es condición de los resucitados volver cambiados a la vida y nosotros morimos de muchas maneras en el viaje al Maluco. Los revividos nos volvemos extranjeros en nuestras propias vidas. Me pregunto si el de Huesca, que tanto divierte a Ruy, siente lo mismo.

Respiro cuando Fernando y yo volvemos a la calle.

Huele a muerte.

Otra vez.

A animales muertos y basuras.


He soñado con animales muy grandes. Seguro que es porque llevo días oliéndolos. Están muertos hace mucho, sí, pero puedo olfatear bajo estas tierras ricas en agua y pedernal los huesos de antiguos y enormes *badaqs*, ciervos colosales y elefantes lanudos. Arañan las entrañas de esta ciudad que llaman Madrid, más hacia la parte del río que sé que hay en algún lado, al que irían a beber. Los hombres caminan ignorantes sobre sus calaveras y sus costillas, sus espinazos y colmillos gigantes. Huesos olvidados. También huelo, pese al constante tufo a quemado, a cosas ardiendo, los bosques desaparecidos para alimentar los hornos, para apuntalar las guaridas, las casas, de estos monos vestidos y arrogantes.

El forraje que me traen está húmedo, podrido. Trago pulgas mientras como. Bebo agua por pasarlo mejor. El agua está helada. El tibio sol de esta mañana no basta para calentarla. Hace poco que salió, apenas un brillo tras neblinas, y además mi bebedero está aún en la sombra. Cantó un gallo y luego otro y salió este sol que no calienta. Aquí estoy encerrada en un corral encajado contra la esquina de un muro de piedra. Del otro lado me llegan voces de hombres que cantan cada mañana. No son canciones alegres, es más bien como algo solemne. A veces he seguido a alguno hasta fuera con el oído, olido hasta aquí y he visto que llevan ropas parecidas y el mismo corte de pelo extraño que el que me miraba tantas veces en el galeón, mientras charlaba con la única hembra sin pretender montarla. Aquellos dos, a veces, entre palabra y palabra, me sonreían y me miraban compasivos. ¡Debían de saber lo que me esperaba! En fin, que estos de aquí, los que cantan tras la tapia, también deben de tener que ver con ese asunto de los dioses.

Los perrillos de por aquí ya no me ladran tanto, se han acostumbrado a mi olor, a mi presencia. Me han quitado las cadenas y las heridas de mis patas van mejor, aunque aún tengo una gruesa cuerda en torno a una pezuña que me ata a una fuerte argolla a la base de uno de los troncos bien enterrado en la tierra. Los maderos de mi corral son también recios, de buen tamaño. Hace un par de días que los que me cuidan, esos que hacen volatines y malabares, los que me dan el forraje podrido, han construido un pequeño techo que cierra por arriba y uno de los lados libres mi corral. Así que ahora solo veo lo que hay ante mí. Me han tapado casi todo el cielo. Y, además, cada cierto tiempo cubren ese único lado libre con una tela. Entonces no veo nada de nada. Solo huelo y oigo la vida al otro lado. Al principio no entendí bien para qué tanto trabajo. Pero luego vi que los hombres que me cuidan conseguían así que no pudieran verme sin más los muchos curiosos que se acercan hasta mí cada día. Me esconden y, tras un rato, hacen mucho barullo con cañas agujereadas, flautas, chirimías y un pandero. Así reúnen a la gente en un pequeño rebaño, entonces le sacan a cada uno unos pocos redondelitos de metal. «¡Maravedíes, maravedíes!», repiten a gritos los que me vigilan y cuando todos se los han dado, descuelgan la tela con grandes voces, hacen sus patéticas volteretas y dejan que los demás me vean un rato. Todos abren mucho las bocas y los ojos, las crías gritan y algunas se esconden tras las piernas de los padres, que se ríen fuerte. Otras, también animadas por los hombres adultos, me insultan y me tiran cosas, a veces frutas podridas, a veces piedras o pellas de barro si ha llovido. Uno me tiró una botella rota y otro un gato muerto y tieso. Con todo, desde que han tapado por arriba y por uno de los lados mi corral, las agresiones de los niños han disminuido y como que se han ordenado, reduciéndose ahora a los horarios en los que pagan los padres.

Me parece que el hombre, por lo que llevo visto desde que me capturaron, vuelca su frustración, su rabia y su miedo en los más débiles, los animales. Lo digo porque casi todos los que vienen aquí a gritarme y tirarme cosas parecen, por sus ropas y las enfermedades que les huelo, de los más pobres de esta ciudad. Quizá es que la mayoría de los hombres son pobres, están enfermos de algo y por eso son los que más vienen. Hombres y mujeres con cuerpos extraños y grandes manchas de tiña, retorcidos como sarmientos por todos esos trabajos que hacen. Los perros tampoco están más sanos. Muestran las costillas y tienen la mirada gacha, huidiza de quienes están siempre asustados.

Paso mucho frío. Me siento humillada. La verdad es que cada vez tengo más miedo. Angustia, que no es otra cosa que temer lo que vendrá. No entiendo qué quieren de mí, de una *badaq*. Me da miedo enloquecer. Es lo que hace en los animales la convivencia con los hombres. O morimos para alimentarlos o quedamos cautivos, esclavos y medio locos, tristes, la mayoría incapaces de sobrevivir en libertad, si los dejaran. Y yo no encuentro ninguna causa para este dolor.

Oigo mugir a unos toros que trajeron ayer y encerraron en un gran corral al otro extremo de esta era, de esta explanada casi yerma. Son muy fuertes, negros, de cuellos anchos, pechos hinchados, patas recias y cuernos blancos en forma de luna. Muy distintos de los bueyes que esclavizan los hombres de mi isla en los arrozales o de los que tiraron de mí, de la jaula con ruedas en que me metieron, desde la ciudad adonde llegó el galeón hasta aquí. Los veo pastar las ralas hierbas y los oigo quejarse de miedo. Otros que también están angustiados por su destino. Los hombres parecen mirarlos muy impresionados, intercambian comentarios y voces gruesas, creo entender que los admiran y los temen a un tiempo. Me pregunto por qué. Son herbívoros como yo, así que por más hambre que tengan no atacarían a nadie si no es para defenderse. Los trajeron varios hombres a caballo y los casi veinte toros se dejaron guiar hasta el corral sin mayor problema. Uno de esos hombres a caballo se acercó ayer a verme con mucha curiosidad y estuvo un rato hablando de mí, digo yo que era de mí porque no me quitaba los ojos de encima, con los saltarines de las flautas, los que me cuidan, me tapan y me destapan a cambio de cosas. Luego se fue de vuelta en su caballo hasta el corral de los toros.

Con estos nuevos animales, los toros, cada vez somos más por aquí. Perros, gallos y gallinas, ratas, gatos, una *badaq*, caballos, muchos hombres y mujeres con sus crías, todos comiendo, orinando y cagando con más o menos discreción. Hay un desorden creciente.

Uno de los toros llora de miedo. Lo oigo, lo huelo. Está lejos para mis ojillos y además han vuelto a poner la tela. Entre los huesos enormes sobre los que vive esta ciudad también huelo los de un antepasado primigenio y aún más grande de estos toros. Me es difícil distinguirlo porque hay muchísimos esqueletos de estos toros de ahora. Se ve que a estos los matan con frecuencia y el tuétano petrificado atrapó para siempre el hedor del dolor, la peste del miedo. Pero los otros, los más antiguos, están ahí, en lo profundo.

¿Por qué hace tanto frío?

A lo mejor este tiempo es normal aquí.

La que no es normal aquí soy yo.

Desde luego que no.

Y ese es mi problema.

¿Hace cuánto que no tengo un celo, que no pienso en un macho?


Me estoy volviendo loco. He intentado contar mis respiraciones, calcular cuántas puedo hacer en una hora y trazar una marca en el muro a cada hora así respirada, tratar de medir de alguna manera algo tan simple como un día en esta cárcel sin ventanas, en eterna penumbra. En esta prisión sorda y muda en la que ningún ruido denuncia rutinas, ciclos, órbitas celestiales o terrestres. ¿Acaso soy el único preso en este lugar? ¿Solo a mí, Prometeo encadenado, me devoran las entrañas el miedo, la locura y la incertidumbre? Imposible llevar recuento de mis días y noches aquí, todas fundidas en un continuo de cabezadas y sobresaltos, de agujas en el corazón y soliloquios que en nada me ayudan. ¿Qué me trajo aquí? ¿Qué quieren que confiese? ¿Lo merezco? ¡No, Guillermo, eso sí que no! ¡Es lo que quieren, que te sientas culpable de lo que sea, de algo, de todos los crímenes posibles contra Dios y los hombres! Y no lo soy. Nunca hice el mal a sabiendas, nunca le negué mi oído y con él mi corazón a las angustias de un semejante, nunca dejé de confortar con mi palabra a aquellos con corazones dolientes que me topé. De compartir lo poco que tuviera. Siempre estuve ahí, para mi prójimo. Y no, no caigo en fatua vanidad. Soy un hombre, no un santo. Soy imperfecto, pero no malo. Llevo todos estos días que no sé contar repasando mis hechos, mis posibles pecados. Los que me han traído aquí, convirtiéndome a mí en preso y a mi perseguidor en san Proceso. No, yo no soy Pedro en las cárceles de Nerón, no soy el pescador de almas por más que lo he intentado. Ni ese dominico de la Inquisición va camino de su propio martirio y santidad por más celo que ponga en torturarme, que parece que le va la salvación en ello. Tengo un cabo de vela, pero nada con que encenderla. El dominico me prometió yesca y pedernal en su última visita hace... ¿dos días? ¿Diez?

—Guillermo, haríais bien en hacer examen de conciencia, confesar y reconciliaros con la Santa Madre Iglesia. Ablandad esa soberbia luciferina y yo podría traeros con que prender la vela. Podríais tener algo de luz.

—¡Por Dios santo, hermano, decidme qué queréis que diga y lo diré!

—Sois contumaz en el error. La oscuridad os ayudará a mirar mejor en vuestra alma.

Así consiguen estos inquisidores convertir un trozo de cera inanimada y un pabilo frío en un fiscal más que me inquiere feroz, una vela que me recuerda al estar apagada que soy culpable de algo horroroso. Tanto que ni yo sé que sea. Sí, todo aquí me acusa: el silencio, la oscuridad, la humedad, la soledad. Todo me grita mi culpa.

Necesito tumbarme, cerrar los ojos para mejor ver. Procuro no pensar, dejar de torturarme y sin yo quererlo, como presencias fantasmales, se me hacen vivas otras charlas y personas, otros tiempos y lugares. Sí, María, la sonrisa de María, mis pláticas con ella en el San Isidro mientras contemplábamos a esa pobre bestia, a la abada.

—Mira este animal, María. Tan feo y a la vez tan hermoso. Tan fuerte y así, enjaulado, encadenado, tan débil. Es una criatura de Dios, sin duda. Pues en tan singulares y opuestas potencias y estados se manifiesta el Señor en toda la gloria de su creación. Por eso no podemos dejar de mirarla, porque en ella vemos mucho más que una bestia singular, vemos la obra de Dios.

—¿De verdad creéis en Dios, fray Guillermo?

—¡Jajaja! ¿Qué pregunta es esa a un fraile franciscano? ¡Claro que creo en Él, no puedo dejar de creer viendo la maravilla de la Creación! ¿Acaso tú no crees en Dios, muchacha?

—¿Yo? Fijaos si creo que en mi corta vida ya lo adoré en dos fes distintas, la musulmana de mis padres y la cristiana de sus asesinos. Conozco tanto a Dios que sé bien que no hay que rebelarse contra él o sus iglesias y sectas, al modo de los ateos y herejes que se condenan así a negar lo que no existe.

—¡María!

—Solo os digo, fray Guillermo, que según mi parecer a Dios y los creyentes hay que abandonarlos a su suerte. Ignorarlos es más sensato que combatirlos. ¡Para eso he venido a estos confines, para encontrar un lugar donde Dios y yo nos podamos ignorar gentilmente!

—¡Mujer, creo que solo intentas espantarme! Y me divierte. Pero atiende a dos razones. La primera es que bien está que estas locas ideas solo me las cuentes a mí, que habrá quien no te entienda y se ofenda o te persiga. La segunda es que mi presencia aquí solo busca llevar a Nuestro Señor a todos los confines del mundo, a todas las almas. Además, querida María, no son pocos los reformistas, erasmistas y los mal llamados alumbrados que señalan los males de la Iglesia por así sanarla.

—¡Bah, esos son los mejores aliados y aun defensores de lo que critican, pues solo aspiran a mejorarlo y no a destruirlo! Dioses y reyes no necesitan que los mejoremos, sino que los ignoremos y los olvidemos.

Yo me hacía cruces y ella reía.

O en el camino a Madrid, con esos feriantes portugueses

que se nos unieron y nos divertían con canciones y volatines. Si pienso en humanidad, en un rostro amable que me saque siquiera imaginando de mi encierro, solo tengo el recuerdo reciente de la amabilidad de María. Aunque en ese viaje por tierra desde el sur, a decir verdad, ya veníamos todos con la barba sobre el hombro y temerosos de no acabar como yo estoy, presos de la Inquisición. Corchetes, justicias del rey y familiares de la Santa Inquisición nos rondaron y no dudaron en mostrarse tan pronto pusimos pie en el Arenal de Sevilla. Como perros que nos vigilaban mostrando los dientes pero aún sin morder, gruñendo pero sin ladrar. Puesto que al final nadie nos atajó y nos echamos al camino, aún reímos, pues es, era, nuestro natural. Pero como las nubes se iban cerrando cárdenas en nuestro trayecto hacia Madrid, y como el frío mordía más recio, así anubló nuestros ánimos el miedo a la Inquisición, por más que el capitán Encinas y don Rodrigo Nuño estuvieran confiados en que la intercesión de un gran señor nos había librado con bien.

Curioso, en ese último viaje me di cuenta de lo mucho que me parecía a María. Yo también, en el fondo, había querido poner un océano por medio entre mis liberalidades, que yo justificaba por ser franciscano, y el rigor en la fe que imponía el consejo de la Suprema en estos reinos. Lo que empezó como freno a la herejía, con el beneplácito de todos, no me engañaba, era ya máquina todopoderosa. La Inquisición fue bienvenida por defender las ideas y prejuicios de la mayoría contra la minoría judía y los conversos. Pero hace décadas, hechos chicharrón y expoliados tantos de estos desgraciados, buscaba nuevos enemigos y su servicio iba mucho más allá de la propia Iglesia, pues en realidad era los ojos y oídos del soberano. La única institución presente en todos los reinos de España por igual, aun en los que fueros y privilegios limitan más la autoridad del monarca. Amén de gentes del común, brujas y judaizantes mayormente, no eran pocos los curas y obispos encausados por ella por tener opiniones distintas a las del rey, leer biblias prohibidas y otros libros peligrosos, predicar o enseñar ideas diferentes a las que dictan el silencio en estos reinos de Felipe II. Como aquellos frailes sevillanos Antonio del Corro, Cipriano de Valera o Casiodoro de Reina, perseguidos por erasmistas y conversos y que, tras huir de los inquisidores de Sevilla y un más que seguro auto de fe, escribieron una cumplida denuncia de las prácticas de la Suprema en su *Sanctae Inquisitionis Hispanicae Artes*, que firmaron con el seudónimo de Reginaldo Montano. Bien conocían lo que ocurría en el castillo de San Jorge, en Triana. No, Guillermo, ya sabías que la Inquisición es alguacil, juez y verdugo del pensamiento. Siempre mediante delaciones anónimas, confesiones arrancadas con torturas y cárceles secretas. Que su persecución de la discrepancia va mucho más allá de sutilidades teologales y herejías. Y que a nadie que haya pasado por sus cárceles secretas le consuela que se levante minuciosa acta de sus lloros y alaridos de dolor, que lo torturen en presencia de un médico o que lo quemen solo después de agarrotarlo. Ni a sus familias de los sambenitos, multas y expolios que los condenan a la ruina y la vergüenza para siempre. ¡Mal asunto ser acreedores de reyes y gobernantes manirrotos! Que el mismo papa Sixto IV acusó a la Inquisición de ser herramienta para confiscar en favor del rey las fortunas de los conversos. Sí, sus cárceles no son peores que las del rey, y hasta se tortura un poco menos que en ellas que cuando se usa a los verdugos de los tribunales seculares para aplicarla. Pero la Inquisición todo lo hace en secreto y puedes, como yo ahora, desaparecer en una de sus mazmorras durante años, sin saber quién y de qué se te acusa, y esto es injusticia insufrible y pavorosa. Además, a buen entendedor basta con saber que los sueldos de los propios inquisidores salen de lo confiscado, con que si no hay culpables no se cobra. De unos años para acá, agotados los conversos y sus dineros, ahora vuelca su furia en los reformistas, los alumbrados y las ideas. Mató, mata y seguirá matando. Ya lo hizo con franciscanos de mi propia congregación en Valladolid hace años. Los acusaron de alumbrados y los usaron de teas. Y con todo esto, sé bien que lo peor no es la gente que ha muerto, sino el miedo que deja instalado en las mentes y corazones de los vivos y que pesará por generaciones en nuestros pueblos de las Españas. No son pocos los laicos que buscan ser nombrados familiar del Santo Oficio, que eso les permite llevar armas para defenderlo y otorga otros privilegios a cambio de espiar y recibir delaciones. Y a tales honores, tales dolores, que la Inquisición vende esas familiaridades a mil ducados. Ni siquiera son tantos sus miembros, jueces, familiares y verdugos como la gente cree, pero con el miedo y la delación secreta han conseguido que se crea que están en todas partes y a todos escuchan. ¿Existe dominación más perfecta? El miedo, el miedo es mucho peor que la muerte. ¿Qué futuro tiene un pueblo asustado y que ve, no sin razón, un delator en cada vecino? No nos une la fe sino el miedo a ser marcado como distinto y pasar de espectador a protagonista de auto de fe. Que donde basta una sospecha para acusar, sobra cualquier conjetura para condenar. Es locura ver que hay quienes se denuncian a sí mismos de faltas leves por miedo a que otros lo hagan por pecados más graves. Nada sano puede crecer ahí, entre gentes asustadas y serviles, felices por los cuarenta días de indulgencia que les da la Iglesia solo por asistir de público a los autos de fe. Ningún pensamiento puede prosperar, salvo la mediocre repetición de lo ya dicho y aceptado por reyes y curas como buena doctrina. Porque lo más triste es que la mayoría no considera a la Inquisición como la imposición de una aciaga tiranía, sino que la aplauden porque creen que defiende lo único que muchos tienen aparte de su hambre, su orgullo de cristianos viejos frente a unos pocos enemigos, espantajos reales o imaginarios, que los poderosos agitan ante ellos para que embistan y no vuelvan sus ojos hacia quienes, en verdad, administran su miseria. ¡Tiempos extraños estos en los que uno no puede hablar o callarse sin peligro!

—¿Esto es lo que pensáis, fray Guillermo? Lástima no haber traído al notario y que anotara tan cumplida confesión.

—Es el dominico. ¿Cuándo entró? La puerta de esta celda es pesada y no se abre sin ruido. Es imposible que no lo haya oído. ¿De verdad lleva él un rato ahí y yo hablando de la Inquisición en estos términos? ¡Sería locura! ¿Estoy loco? ¿Ya? ¿Con tan poco?—. Parece que no tenéis en mucho ni a la Iglesia a la que pertenecéis ni al imperio que inicia una era gloriosa. Una más.

—Hermano, este mal llamado imperio no es comienzo de nada, sino final. Que ya desde Fernando el Católico y Cisneros estamos aguardando el fin de los tiempos, la segunda venida del Señor y las trompetas del apocalipsis. Si os fijáis, no veréis en las gentes de Castilla nada parecido a un entusiasmo por lo venidero, sino una recia pesadumbre por el fin de todo lo conocido. Por eso todos hablan con nostalgia del pasado, de la reina Isabel y la toma de Granada.

—¿Igualáis el más alto momento para nuestras armas y la propagación de la fe por el mundo con el apocalipsis? ¡Es linda la herejía, fray Guillermo! —La cara del dominico está en sombra pero sé que se está riendo.

—No, hermano, nada de eso. Solo me pregunto si acaso el apocalipsis no haya sido ya y lo estemos viviendo.

—¿Y eso cómo ha de ser, franciscano?

—Pues poniendo tal fe en el más allá y la salvación futura, en lo que vendrá, que ya no nos sentimos parte del mundo y sus criaturas. Y eso nos deja solos, sitiados, ajenos a las maravillas de la creación de la que no nos sentimos parte sino dueños porque un dios nos la ha regalado. Bien lo entendí contemplando el sufrimiento de un pobre animal secuestrado: la abada.

—¿Un dios, fray Guillermo? —Hay una frialdad metálica, una calidad de cuchillo en la voz del inquisidor—. ¿Acaso hay más de uno?

Jadeo, dudo un instante. Pero ya, ¡a qué tenerse!

—Solo creamos mitos, dioses y dogmas, glorias y famas que adorar para llenar el vacío, pues cada vez estamos más solos. Necesitamos inventar seres superiores que nos den una carta de navegación, un ideal, un propósito.

—¿Negáis la existencia de Dios mismo, Guillermo?

—¡Al contrario, sé que existe pues nosotros lo inventamos! Al único Dios verdadero, a todos los dioses que son verdaderos para alguien y falsos para otros. Nuestros Cristos, sus budas o sus Shivas, los Zeus y los Apolos de los antiguos, los irrepresentables Alá y Jehová, Vírgenes, ángeles y demonios, todo el arte de iglesias y templos, aquí, allá, en todas partes, libros sagrados, revelados, profecías. Todo es solo el intento de comprender el sentido de estar vivos y aceptar que moriremos. Un consuelo que legar a los que vengan después de nosotros para enfrentar el mismo miedo a la muerte, la misma confusión. ¡Creo en lo divino porque quiero conocer al hombre, abrazarlo, consolarlo!

—Como dije, es una pena que esta locuacidad vuestra, fray Guillermo, solo tenga a mi humilde persona por testigo. Pero creo que Cristo Nuestro Señor os está enseñando el camino. La próxima vez...

—¿Cuándo será? —interrumpo ansioso.

—Considerad esta de hoy la tercera amonestación.

—¿Pero hubo segunda? ¿Cuándo?

—La hubo. La próxima vez vendré con gente que levante acta de ella y con un verdugo que os ayude a seguir por este camino de la confesión. Si lo juzgáis conveniente os puedo traer cilicios, flagelos y penitencias, eficacísimas herramientas de la fe nunca bien ponderadas. Usadlas, Guillermo, que en esta lóbrega prisión quizá no veis que aún hay sol en las bardas para vuestra alma. *Initium sapientiae timor domini.*

—Os lo agradezco, no necesito nada más que a mí mismo para mortificarme. Pero bien que agradecería algo para prender el cabo de vela.

—No es esa la luz que necesitáis. Quedad con Dios.

Esta vez sí oigo la puerta al cerrarse tras él. ¿En verdad he hablado con él? ¿Estoy ya loco?

Tengo que pensar. ¿Qué ha pasado?

¿Ya no distingo realidad de ensoñación?

Me ha prometido ponerme al tormento.

*Abyssus abyssum invocat.*

Me he atrevido a mirarlo y caigo al fondo del abismo más profundo. De mí mismo.

En el Libro de Isaías un serafín pone una brasa sobre los labios del profeta.

¿Será que la verdad precisa del dolor purificador?

¿De la tortura?

Nunca se nos da sabiduría sin sufrimiento.

Nunca.


Cuando Rodrigo golpea la puerta de nuestro cuarto, según la señal convenida, hace rato que sabemos que sube. Fernando aflojó un par de travesaños del primer tramo de la escalera que lleva a nuestra estancia, dejándolos sueltos porque golpearan con más ruido cuando alguien los pisase y nos diera tiempo a prevenir pistolas y dagas. No es que hagamos guardias, pero los dos tenemos el sueño ligero y en nada ayuda a dormir el darnos cuenta de que, muy discretos, hombres embozados en sus capas y sombreros nos siguen y rondan nuestro aposento desde que llegamos a Madrid.

—Tranquila, María, mientras el señor de Lasso nos proteja nada hemos de temer —me repite a cada tanto Fernando, creo que en parte para decírselo a sí mismo.

Yo asiento y sonrío, y me callo lo que pienso de dejar mi

vida al albur de tan caprichoso y retorcido caballero. Claro que, por más que no diga, mis ojos no mienten, ni mi dormir sobresaltado, así que por no decir lo que los dos bien sabemos, damos por bueno tan peregrino consuelo. Él tampoco duerme profundo y le vuelven las fiebres con frecuencia. De modo que nos acostamos vestidos y no sin mantener dos pistolas bien cebadas a mano, las mismas que ahora apuntan hacia la puerta, por mucho repiqueteo convenido que suene.

—¿Rodrigo? —pregunta Fernando.

—Sí —contesta la voz conocida desde el otro lado de la puerta.

—¿Solo?

—Sí.

—Entra.

Así, de tan plácida manera empezamos un nuevo día en la Villa y Corte en nuestro ruin cuarto, desnudo de alfombras, tapices y paños que lo vistan contra el frío helador. Sin un mal brasero ni un mísero vidrio en el ventanuco que solo cierra un mezquino postigo, tan pequeño que abrirlo no supone diferencia entre la noche y el día de la poca luz que pasa, tan maltrecho que más que parar el aire parece apretarlo para que entre más fuerte por sus rendijas. De tal suerte que esto de dormir vestidos bajo la cobija es en verdad por estar listos para salir corriendo tanto como porque hace más frío aquí dentro que en la calle, que casa caldeada y con luz siempre ha sido cosa de ricos en Madrid.

Solo cuando entra Rodrigo, con ese porte de jaque que siempre gasta, y vemos que nadie lo sigue detrás, bajamos las pistolas y envainamos las dagas. Rodrigo no puede evitar reírse al tiempo que alaba nuestras precauciones. Mojamos un paño en el agua escarchada de la jofaina y nos limpiamos el cuello, orejas y legañas, mientras Rodrigo nos cuenta que debemos acompañarlo hasta las eras del convento de San Martín, que allí nos reuniremos con don Ruy de Lasso y un grupo de gente muy amiga suya a los que quiere mostrar ese cuadrúpedo adefesio con el que hemos cargado por medio mundo para, al parecer, único beneficio de unos feriantes portugueses.

—¡Ah, Fernando! —Por muchos años que pasen, no me acostumbro a que este matachín haga siempre como que yo no estoy—. Don Ruy no quiere tuteos delante de sus lucidos amigos y sus putas. No le importa que apeemos el tratamiento de señor conde en la intimidad, dice que nos ganamos ese derecho al salvarlo en Granada. Pero que nada de tuteos en público.

Bajamos a la calle. Fernando y yo miramos a ambos extremos y no vemos a nadie que parezca espiar. Vamos hasta el primer bodegón de puntapié que topamos con su anafe encendido, sus hojas de tocino y sus horcas de ajos y cebollas. Desayunamos aguardiente con letuario, con mucha miel para los trabajos del día, y una rebanada de pan con un trozo de cecina y media cebolla de companaje. Mientras trago y zapateo el suelo helado con uno y otro pie por calentarlos, se me va la fantasía a la olla con manjar blanco que sirvieron, con otras delicias, en casa de la tusona. Me viene el golpe de olor del pollo, el azúcar y las especias cuando la alcahueta que todo vigilaba sacó una llavecita, gemela de la que tuviera el cocinero, y abrió el candado que tienen siempre esas ollas para que los criados hambrones no roben comida cuando la traen. Muerdo la cebolla y el pan frío pero intento sentir en el paladar el guiso de harina de arroz y pechugas deshilachadas. No lo consigo. Nunca fui de mucha imaginación, la verdad. Ni de niña. ¡Qué tristeza, cómo me gustaría dejarme ir con los sentidos, fabular como en los libros que me gusta leer, olvidarme de María Guevara, descansar de Maryam Abassum, soñar en vez de recordar!

Caminamos. Rodrigo y Fernando hablan poco entre sí. Como dos amigos que no necesitan mucho para entenderse.

Sí. Pero también, quizá, como dos enemigos que ya nada tienen que decirse y anticipan traiciones mutuas. Yo callo y escucho, intento descifrar tonos, las parcas palabras. Nada. Pero sí, me preocupa que no haya una simple broma entre ellos, ni siquiera las mordaces y crueles de Rodrigo.

Cuando llegamos a la era, a la caseta con la que los portugueses han cerrado el corral de la abada para cobrar al que quiera verla, están a punto de empezar con la función. Filipe y João, los dos hombres que gobiernan esta familia de feriantes y volatineros, empiezan a convocar curiosos a golpes de un tamborcillo y sonar de chirimías. Luego dan grandes voces, anunciando en un castellano seseante que en breves momentos destaparán la tela que cubre al espantable monstruo, al unicornio venido de la misteriosa Asia. Mientras la gente se acerca y los rodea, a unos pasos del corral, sobre el barro duro de la era, dos niños y una niña no dejan de saltar y dar volteretas por delante de los dos hombres, llamando así también la atención de los paseantes, de los trajineros maragatos que llevan sus mercancías en mulas al mercado de la plaza del Arrabal y la Casa de la Carnicería, de pícaros, soldados, aguadores, alguna cantonera que ya de mañana anda puteando y de muchos de los que han venido a ver los toros, que también están en un cercado en el otro extremo de la era. Filipe nos saluda con un gesto sin cesar por un instante en su pregón. João nos guiña un ojo. Su mujer, Graça, con su hija mayor, van cobrando dos maravedíes o alguna cosa que les ofrezcan, como un bollo caliente que les da un mozo de obrador, a todos los que se quedan, unos veinte, para ver a la abada. Cuando Filipe cree que ya no acudirán más, cesan la música y los volatines, se hace el silencio y con voz muy recia cuenta a los congregados una patraña de cómo cazaron al peligroso monstruo usando a una tribu de pigmeos, que hubo gran batalla entre los feroces enanos y la bestia, que ensartó a dos en su cuerno. Y que, aun siendo legión, acabados los guerreros diminutos y viendo que las varillas que usan de lanzas y flechas nada podían contra la coraza del belicoso unicornio, recibieron la ayuda de feroces guerreras amazonas. Que solo cuando la más joven y doncella de ellas acometió, la abada dobló la testuz y se rindió en homenaje a la pureza de la moza, quedando entonces dormida en su regazo. Que solo ahí la pudieron apresar. Y que no se acerque nadie por no enfurecerla, que aunque la vean rumiar, es bien sabido que la abada también gusta de comer carne humana. Con toda la audiencia ya espantada, los dos portugueses los acercan al lado libre del corral y retiran la tela, descubriendo al animal.

—¡Oh!

—¡Ah!

—¡Válgame el Señor!

—¡Virgen santísima!

Las bocas se descuelgan asombradas y nubes de vaho salen de ellas. Entonces João trepa en las tablas de la puerta del corral y con un varapalo azota el lomo de la abada, para que se mueva un poco y la función sea más lucida. Cuando notan que algunos curiosos ya se retiran, y por acabar la comedia en alto, vuelven a cubrir al animal y despiden a la gente no sin recordarles que hablen a otros de esta maravilla espantosa que acaban de ver y costó la vida de tantos pigmeos y amazonas.

Ya a solas, intercambiamos saludos y buenos deseos con estos portugueses con los que vinimos a la corte desde Sevilla y entretienen a la abada mientras Fernando decide qué uso darle que más convenga. Rodrigo le pregunta a Filipe por el negocio.

—*Ah, tamuito ruin, muito fraco, meu senhor!* —contesta el feriante meneando la cabeza y mirando al cielo, para sorpresa de nadie, que nunca en los tiempos del hombre se oyó a comerciante o tabernero contar que le iba bien.

Mientras los hombres bromean y hacen tiempo hasta que llegue don Ruy de Lasso, señor conde de los Castillejos, y su séquito, yo me acerco hasta el corral y corro un tanto la tela para ver al animal. Me hace recordar a fray Guillermo, a los ratos que, admirando a esta bestia, su extraña fortaleza, sus tan singulares proporciones, divagamos hablando de lo divino y de lo humano. Pobre franciscano, no tengo duda de que esté preso de la Inquisición, defendiendo tan libres interpretaciones de la fe y desprovisto de la protección que nosotros aún gozamos. Como siempre, el mejor y más manso, el que ningún daño hizo a nadie, es el primero en recibir cruel castigo. Fernando y yo no somos malos, no peores que la mayoría, pero nos protege una deuda de sangre, nos salva el pecado original de una violencia pasada. ¿Cuánto tardaremos en caer los demás? En algún despacho del Santo Oficio hay una lista con nuestros nombres y solo el capricho de un noble demora lo inevitable. La abada me mira, avanza unos pasos hacia mí, resopla. ¿Está contenta? ¿Me reconoce? ¿O es que yo necesito sentir que, al menos a mí, me perdona por condenarla a esta tristeza, a este frío, por quitarle la libertad de su vida, de sus selvas, por convertirla en un monstruo de feria? Lo siento, abada, de veras lo siento. Tú y yo sabemos que nunca saldrás de aquí viva. De nada te valdrán tu cuerno, tu fuerza y tu coraza. De alguna manera siento que mi respiración se acompasa al jadeo triste del animal, que sus ojos espejean en los míos algo muy antiguo, una chispa ancestral, y me invade una enorme ternura, una pena profunda. Le acaricio la frente. Mi mano recorre su piel rugosa, el cuernecillo. Pienso que igual le gusta porque se acerca aún un poco más y le toco la oreja. Una sonrisa amarga se me dibuja en la cara mientras me digo que ni ella es un unicornio ni yo una doncella virgen, que ninguna satisfacemos la fantasía de los hombres con nuestro encuentro.

No somos tan distintas. Hembras las dos. A mí también se me robó niñez, libertad y vida por el capricho de hombres violentos. En este mundo que ellos dominan, a mí también, a nosotras las mujeres, nos niegan la razón para negarnos la capacidad, la libertad. Nos tildan de locas, de endemoniadas, nos pegan, nos encierran en las casas, lo viví de cría entre musulmanes y lo vi creciendo luego entre cristianos. A falta de ese razonar que nos niegan, nos reducen a puro instinto animal, el de ser madres. Yo lo he conseguido, encontré un hombre bueno, un aliado, pero pobres de las que intentan liberarse de sus tutelas. Si palizas y claustros no bastan, siempre nos pueden acusar de putas, de espiritadas o brujas y quemarnos. Los hombres se reservan el uso de la razón para arrogarse el privilegio de poseer la verdad y el poder. El mundo es de los varones, de los cristianos viejos y su pureza de sangre. Todos los demás, seres disminuidos y apenas poco más que animalillos instintivos, estamos a su servicio, abada, y para recordárnoslo está la sangre festejada. En verdad los hombres se igualan por abajo con las bestias, pues lo mismo que os niegan el alma para unciros a los yugos, trocearos y comeros, niegan el alma a otros humanos para mejor asesinarlos, encarcelarlos o esclavizarlos.

No somos tan distintas. Yo, como todas, y pese a Fernando, también vivo encerrada, cautiva. La diferencia es el tamaño del corral.

Tienes mi piedad, no eres humana. No eres mala. Ninguno de nosotros, por inocente que parezca o se crea, examinado de cerca y con tiempo se libraría de la hoguera. Somos culpables de existir, por vivir aceptando un mundo que todo lo resuelve en enfermedad, dominio, destrucción y muerte. Culpables sin saberlo, sin quererlo.

—¡María! ¡María, ya llegan!

Es Fernando que me llama. Sí, ya llegan en dos coches tirados por caballos. Según se acercan, el ruido de los cascos y las voces de cocheros y lacayos no bastan para ocultar las risas rotundas de don Ruy de Lasso, el señor conde de los Castillejos, y sus amigos, replicado al instante por el tintineo de cristal de las risas ligeras de varias mujeres. Hasta para reírse los ricos tienen sonidos que los demás no conocemos.

De los cochea bajan don Ruy, tres damas y un par de caballeros más. Unos lacayos tienden esterillas en el barro para proteger los delicados escarpines de las mujeres, que alzan como pueden sus guardainfantes y no ensuciar sus bajos. Los sirvientes van retirando las esteras y corriendo para tenderlas delante de las tusonas y que estas no detengan su paso. Los hombres caminan con menos miramientos, ya habrá quien limpie sus zapatos. Vienen alegres tan de mañana, calentados por algún buen vino.

—¡Capitán don Fernando de Encinas, don Rodrigo, doña María! —saluda efusivo el de Lasso—. Permitidme que os presente a don Juan de Arfe y al marqués de Monzón, don Luis de Arribas, caballeros muy mis amigos, y a las bellas doña Luisa, doña Mencía y doña Inés.

Fernando y Rodrigo se destocan e intercambian reverencias; las plumas de sus sombreros dibujan corteses caligrafías en el aire. Yo hago una ligera inclinación de cabeza y miro con curiosidad recíproca a las tres tusonas, sin otro apellido que las bellas. Ninguna es la de la casa. Fernando hace una seña a los portugueses para que, tras unas mucho mayores inclinaciones por su parte, tan profundas que más que saludos son contorsiones, descubran a la abada. El grupo se acerca jocoso.

—¡Ah, horrenda bestia! —dice una de las damas, entre divertida y pasmada.

—¡A fe mía que es un monstruo! —corrobora otra riendo nerviosa.

—¡Pues a mí me gusta! —chancea la que falta—. Ruy, ¿para qué sirve?

—¡Nadie lo sabe! —contesta el de Lasso mirando sarcástico a Fernando—. Quizá el capitán Encinas, quien lo trajo con hartos trabajos que pocos fueran los de Hércules, nos lo pueda decir.

Fernando, corrido por la burla, se esfuerza por sonreír.

—Es el regalo de un rey lejano a nuestro señor el rey Felipe. Y espero que sea de su agrado.

—Ya os dije que dudo que nuestro monarca tenga interés alguno en esta bestia —zanja el de Lasso—. Pero aquí don Juan de Arfe quiere dibujarlo para, a lo mejor, incluir su estampa en un libro que está pergeñando. ¿Cómo se llama esa obra en la que andáis?

—*Tratado de varia conmesuración*, querido conde. Y es libro de muy diversos saberes y prodigios que preparo para la biblioteca de nuestro rey en su retiro de El Escorial. Así que, siquiera en efigie, el rey verá a esta bestia.

—¡Bien por vos, señor de Arfe! —aplaude el de Lasso, mientras el otro hace seña a un sirviente, que le alcanza un cartapacio con papel y carbones para dibujar.

Don Juan los toma y se acerca al corral por ver mejor a la abada. Los demás rodeamos curiosos la escena. El caballero comienza a dibujar mientras los demás callamos admirados por sus trazos. Él se ríe sin apartar los ojos del animal.

—¡Por Dios, os ruego que no dejéis de hablar, que no habéis de distraer mi mano!

Las tusonas suspiran aliviadas.

—Pero Ruy, decidnos qué uso pensáis dar a este engendro —insiste doña Inés.

—Os digo que no lo sé. No creo que sirva para mucho salvo contemplarlo.

—¡Tengo una idea! —salta feliz doña Mencía—. Me pregunto si no se podría uncir con collera tal bestia a las varas de mi carroza y así pasear arriba y abajo el Prado de los Jerónimos. ¡Sería fastuoso! ¿Puede amaestrarse para que haga corvetas, saltos y figuras?

Todos celebran la ocurrencia y el ingenio de la tusona. Yo miro a los ojos de la abada y me parece ver tristeza. La opulencia de los visitantes y su jolgorio no pasan desapercibidos en esta pobre parte de la Villa y Corte, así que un grupo de mendigos, tullidos y mujeres con niños harapientos se acercan profiriendo bendiciones y con las manos tendidas y pedigüeñas. Una mirada de don Luis de Arribas a los lacayos basta para que estos les midan las espaldas a bastonazos y los dispersen, sin que tal escena interrumpa las chanzas de nobles y señoras. Fernando me mira suplicante. Yo asiento. Nada he de decir que nos comprometa.

—¡Pues para arar tampoco ha de valer! —sanciona el de Arribas—. ¿Y para la guerra? ¿Qué decís, capitán Encinas?

—Su piel es gruesa como una armadura —contesta Fernando resignado a la mofa—, pero es pequeño para llevar gente encima y harían falta muchos y bien enseñados para poder usarlos. No, no vale para la guerra.

—¿Y es fiero como los toros? —pregunta doña Luisa—. ¡Podrían matarlo mañana en el juego de toros y cañas, ahí en la plaza del Arrabal! Esos toros de allí están aquí para eso, ¿no?

Fernando ve un rayo de esperanza.

—¿Asistirá el rey a los toros y cañas?

—No, no lo creo —zanja don Ruy de Lasso—. Y menos con estos fríos. Nuestro rey Felipe tiene demasiada tarea en gobernar tantos reinos, apenas sale de El Escorial si no es en primavera y por algún traslado de reliquias, que tanto le complacen. Vive retirado. Y más desde la muerte de su última hija.

—¡Sí, gran lástima es que el mayor astro de un imperio en el que nunca se pone el sol viva casi recluido, negándonos su presencia, en ese pudridero de El Escorial! —se lamenta don Luis de Arribas, el marqués de Monzón, al que hacen coro las tusonas con visajes y lamentos.

Ya nadie, salvo el de Arfe, que remata su dibujo, parece muy interesado en la abada, que así de rápido caducan las novedades entre los ricos y poderosos de Madrid.

—¿El imperio en el que nunca se pone el sol? —se burla Juan de Arfe, que echa una última mirada a la bestia, otra al dibujo, se gira satisfecho y se lo entrega a su sirviente para que lo guarde en el cartapacio y limpiarse él los dedos con un fino lienzo—. No os engañéis, señor, que los sueños de un gran y único imperio católico son cosa ya del pasado, de tiempos de nuestros abuelos. Propios de gente que vive sumida en glorias pretéritas, por no afrontar un hoy desgraciado. Creedme si os digo que en ese palacio monasterio donde vive el rey, El Escorial, manejan tantos y tan grandes asuntos que hace tiempo que todo es solo ilusión, moviendo flotas, tercios y dinero que no existen más que en papeles por todo el orbe conocido. Ni el mismo rey se engaña sobre lo irreal que es su riqueza, que todo el oro y plata de las Indias está ya gastado antes de desembarcar en Sevilla. Riquezas ilusorias y hombres cada vez más escasos, muriendo en Flandes, contra el turco o perdidos en selvas, montañas e islas lejanas. Desde que volvió de Lisboa, el buen rey Felipe II se pasa el día rezando y viendo cuadros antiguos, locuras de El Bosco. Será por imaginarse más a lo vivo el infierno. Huye de lo terrenal y, con el rey, todos en esta corte de los milagros. Todo son presagios, anuncios de estrelleros capigorras, niñas de dos cabezas y demás prodigios. Lo que vivimos es el comienzo de una larga puesta de sol. El futuro será de las naciones que ahora nos combaten, naciones donde la gente trabaja, fabrica y comercia sin verlo como un oprobio.

Las tusonas lo miran entre espantadas y divertidas por tan críticas opiniones de un mundo que a ellas les parece el mejor de los posibles. El de Lasso y el de Arribas, el conde y el marqués, miran a Arfe socarrones y hacen muecas. Es evidente que no les sorprende lo que oyen y que han hablado de esto muchas veces, que entre los poderosos siempre es de buen tono cierta libertad de juicio, cierto pesimismo y criticar los males que a ellos, en sus palacios con despensas llenas, en nada han de afectar. Fernando y Rodrigo parecen más incómodos por la situación, callan. Yo miro al de Arfe y aprecio su galanura e ingenio. Me sorprendo pensando que nunca le he sido infiel a Fernando, no porque no me gustasen otros hombres, sino porque nunca encontré uno que me gustara más que él. Los portugueses pegan la oreja, pero se mantienen al margen de estas justas entre poderosos, sabedores de que solo tienen a la bestia en préstamo hasta que estos señores decidan qué hacer con ella. Miro al animal y aun la abada parece escuchar interesada el pleito ante sus ojos.

—¡Juan, cuánto me deslucís las glorias de este rey! —se burla el de Lasso—. ¿Acaso sois inmune a la grandeza de estos tiempos y reinos?

—¡No más que vos sois amigo de quimeras y ensoñaciones, querido conde de los Castillejos! —replica Juan de Arfe—. Mirad Madrid y el resto del reino. Aquí todos quieren ser, no hacer. Importa más el ocio que su negación laboriosa, el negocio. Los hidalgos reniegan de tomar oficio por no avergonzar a su propia sangre, al abuelo que venció en Aljubarrota, al otro que corrió franceses por Italia, al padre que tomó prisioneros en Mühlberg y hasta a un primo lejano que anduvo dando arcabuzazos en alguna ciénaga de Flandes. Los ricos piensan que mejor que dar trabajo a los pobres es mantenerlos en la miseria para hacer caridades con ellos y ganarse el cielo. De ahí esas legiones de mendigos importunos y tullidos arreglados, como esos que acaban de apalear nuestros sirvientes para que no nos incomodasen. Ellos mismos se quiebran los miembros pues unos encuentran sus Indias en sus cojeras y otros su Perú en sus llagas. Aquí, para el que no pueda sentirse descendiente de los reyes godos y ser rico de cuna, ya todo es ir a Salamanca o Alcalá y conseguir un oficio de letrado, oidor, veedor, secretario, o una canonjía, servir a otros con poder, cualquier cosa menos trabajar con las manos y crear cosas que se puedan vender, mercadear. Eso o escribir comedias y dárselas de poeta, que habiendo solo unos pocos genios probados, no hay Parnaso que soporte tantos cretinos como emborronan papeles y publican sandeces, iguales en todo las unas a las otras, en Madrid. Ni siquiera es ya tiempo de soldados, que cada vez cuesta más encuadrar castellanos en los tercios. En estos reinos solo se adivina la próxima y profunda decadencia. Claro que también es fácil prever que entre tantos asnos emplumados se podrán espigar algunos grandes ingenios que sabrán contar magníficamente tan seguro declive, tanto y tan bien que harán de su lamento un género en sí. ¡Ojalá sirva de aviso a generaciones futuras para que no fíen todo a galeones cargados de plata y oro, a tesoros de duendes y letras de cambio! Aunque lo dudo, que por más que la historia sea maestra tozuda, más tozudos son aún los hombres en olvidar sus enseñanzas. El anuncio de una caída nunca la ha evitado, que nadie los escucha y todo el mundo prefiere seguir fantaseando y tachan de cenizos y agoreros a quienes solo ven más lejos.

—¿Y todas esas cínicas opiniones van a aderezar ese tratado vuestro que escribís para el rey? —pincha malicioso el marqués de Monzón.

—No es el objeto de mi libro —replica Arfe, de súbito más serio y picado como se muestran siempre los escritores cuando alguien se chancea de sus obras—, pero nada me gustaría más que poder exponer al rey Felipe ciertas opiniones y remedios para esta decadencia que, como he dicho, ya otros ingenios pintan a lo vivo.

—Señor de Arfe, bien se ve que os contaminaron los muchos viajes a Francia y los reinos de Italia, el trato con extranjeros. Si tanto os disgusta el estado de los de España, bien haríais en iros a vivir fuera.

—Curiosa afición esa de mandar a vivir fuera a quien se duele de los problemas de la patria.

—Solo digo que bien haría el rey en expulsar a los malos castellanos, como se hiciera con judíos y moriscos, que con los buenos basta para la pujanza de la Corona.

—Entiendo, mi señor marqués, que por malos castellanos nos tenéis a todos los que no pensamos como vos.

—Entended cómo gustéis, Arfe. Y abreviad con el discurso. Las damas se nos hielan.

—Hablando de ingenios —interviene doña Mencía oportuna—. ¿Alguien sabe qué representan en el corral del Príncipe?

—¿Pues qué ha de ser? —suspira doña Inés—. Algún aburrido drama en verso de Juan de la Cueva. Lo mejor será el paso de Lope de Rueda. Lo representan el cómico Juan de Ávila y su gente.

—Podíamos ir —ríe y aplaude con sus manitas nacaradas doña Luisa—. ¡Ese Lope siempre escribe necios muy divertidos y bellaquerías en prosa tan graciosas que compensan tragarse los malos versos de antes y después!

—¿Y por qué no guardan a este monstruo en donde las pajareras exóticas del Buen Retiro? El rey gusta a veces de recogerse en esos jardines de los Jerónimos —pregunta doña Inés, otra vez interesada en el posible destino de la abada.

—¡Cada vez menos! —niega don Ruy, que vuelve su ingenio otra vez contra don Juan de Arfe—. ¡Por Dios que cada vez me place más la idea de matar a esta bestia junto a los toros! Sería espectáculo lucido y único por nunca visto, cosa propia de romanos. Aunque seguro disgustaría a nuestro sabio, poco amigo de esos festejos.

—No os engañáis, señor conde —responde el de Arfe al punto—. Me parece una diversión bárbara y poco cristiana. Alancear toros, arrojarlos a los perros, matar a este exótico monstruo a la vista del pueblo, no es más que una manera de apaciguarlo con sangre barata y ajena, ¡de animales!, y hacerles olvidar por unas horas sus hambrunas, las pestes, las quiebras de la hacienda real y las levas para los ejércitos. Vienen, gritan, se desfogan, se les alteran los humores y, por un momento, dueños de su furia, se sienten libres. Para cuando el festejo se acaba y ya solo queda la arena empapada en la sangre caliente de las bestias, con las cabezas pesadas por el vino malo y las gargantas cansadas, son tan mansos como los toros que acaban de ver morir alanceados por gallardos nobles. Sí, señor mío, ¡pan, toros y autos de fe, que solo con verlos te dan indulgencias!

—¡Acabáramos, que ahora tampoco os gustan los toros y mandar herejes al cielo hechos pavesas! —exclama el de Lasso haciéndose el escandalizado—. ¡Por Dios que andáis espiritado, amigo mío!

Don Ruy y don Luis se ríen. Las tusonas, al verlos, también. Nosotros si acaso sonreímos, que no es esta conversación donde meter baza. Lo que celebran entre ellos en nuestras bocas sería mal visto y peligroso. Los portugueses se miran contrariados, contando ya los maravedíes que dejarán de ganar si desjarretan a la abada en un festejo de caballeros alanceando toros. Una de las damas, visiblemente aburrida, se queja del frío y da la señal para seguir la diversión en otra parte, en aposentos caldeados donde proceder al agasajo. Ellas, tras estos aires helados, repondrán en sus tocadores su belleza con el arsenal de alfileteros, papelillos de color, mudas, aceites y adobos de los caros, de los que compran bajo la torre de Santa Cruz. Cambiarán sus corpiños y guardainfantes. Luego las amas y criados encenderán velas, braseros e incensarios, para que los nobles digan sus jaculatorias y trasieguen a su gusto doce o quince jícaras de chocolate del mejor, del que se bate a mano en los conventos, mientras comen bollos y bizcochos. Ni nosotros ni los portugueses estamos convidados, claro está.

En la despedida se repiten reverencias y vuelos de sombreros emplumados. Los portugueses hacen que sus niños acompañen con cabriolas a los nobles y sus putas, por ver de arañar alguna moneda a su magnificencia, cosa que no sucede. Ríen, suben a sus coches, se van y esto fue todo. Fernando está pálido por las fiebres, lleva días que le cuesta retener algo en las tripas. Lo miro apenada. Echamos a andar, y mientras en silencio marchamos nosotros, un punto corridos, los pobres recuperan su arrabal. Me pregunto qué pasará el día que estos miserables, campesinos y pecheros a los que cada mala cosecha echa de los campos y convierte en vagabundos que llevan hijos escuálidos de la mano, se den cuenta de que es mejor ser ahorcados que morir de hambre.

Un último resoplido de la abada me hace volver la cabeza. Siento que es para mí.

La pena por el animal se me agarra dentro.

Por ella. Por nosotros.


Una gata negra, delgada y con el pelo sucio, tieso, se para ante mí y me mira con los ojos brillantes. Me parece entender que para los humanos cruzarse con un gato negro trae mala suerte. La suerte es algo así como buscar ayuda o explicar desgracias en la vida por cosas como cruzarse con un animal de un color determinado. Yo no le veo mucho sentido, me parece una versión más simple, cotidiana, de eso tan absurdo de la religión y los dioses, que son patrañas más elaboradas. ¿Cruzarte con un gato negro trae buena o mala suerte? Pues dependerá de lo que te pase después. Digo yo. A mí, cruzarme con los humanos me ha traído mala suerte, desde luego. Independientemente de su color.

Los acróbatas, los que me cuidan en este encierro, me miran disgustados. Parecen discutir entre ellos y, por alguna extraña razón, hoy no me han traído forraje nuevo. Están así desde que ayer me visitaron algunos de los hombres del galeón y otros que, por la mucha ropa encima, deben de ser poderosos en la manada. La hembra se detuvo un rato a mirarme, parecía triste. No me gustan los humanos, pero ella me parece algo mejor que los otros. Acercó su mano sin miedo y me acarició la cabeza. Yo me dejé y ofrecí a su manita mi oreja, que es muy sensible. La tocó de una manera torpe, suave pero indecisa, a medias entre apretar y rascar. Claro, supongo que como no soy uno de esos animales esclavos suyos, perros y gatos mayormente, la pobre no sabía muy bien qué y cómo tocar. A esos animales que amaestran les enseñan a hacer gracias, trucos y monerías, o sea, cosas que a ellos se les antojan graciosas por recordarles a los monos que, me parece, los hombres tienen por una versión grotesca de ellos mismos. Yo no lo entiendo, es como si yo para burlarme de ellos dijera que hacen humanerías. En fin. Me resultó curioso uno de los hombres, que estuvo un rato fijándose mucho en mí mientras movía un trocito de madera quemada, negra, sobre una gran hoja blanca. Lo hacía muy concentrado, como suelen estos primos de los macacos cuando andan con papeles en las manos. ¿Qué verán en ellos? Ellos hablan y leen sus filas de pequeños insectos negros, palabras les llaman. Los he visto concentrados en el galeón, tiendas y carros, sosteniendo papeles y libros, al tiempo que se calentaban con braserillos. Yo leo el mayor libro del mundo, donde está todo desde siempre y donde estará, yo leo el tallo roto de las plantas, el olor del viento, las cacas y orines de otras bestias me hablan de sus viajes, tamaño y estado. Leo luces y leo sombras, leo gritos y silencios, vida, jodiendas y muertes, en este libro interminable que es el mundo. Los monos vestidos ya apenas pueden leerlo, quemando sus ojos y bajando sus cabezas hacia esas filas minúsculas de letras y pequeñas imágenes que inventan para representar lo que ya no miran.

Yo leo un libro de páginas, letras y dibujos infinitos, inacabable. Yo leo el mundo tal como lo escribe la naturaleza a infinitas manos, garras, picos, aletas, raíces, hojas, plumas, escamas y pieles, para incontables ojos y sentidos.

Hace rato que hombres a pie y a caballo se llevan a grupitos de los toros. No veo a dónde, pero puedo oler y oír que no es muy lejos. Escucho con claridad gritar a una muchedumbre de humanos y también los quejidos de dolor y los estertores de agonía de los toros que se han llevado. Los que siguen en el corral al otro extremo de esta explanada mugen y se revuelven inquietos. Al rato y arrastrados por mulas, llegan varios toros muertos. Vienen con las lenguas colgando fuera de la boca, ensangrentados, sus carnes atravesadas por hierros grandes y pequeños, lanzas y arponcillos, armas de los hombres que vi en el galeón. Sin el menor pudor ni conmiseración para con sus congéneres del corral, los hombres destazan allí mismo los cadáveres de los toros muertos y se los reparten, supongo que para comérselos. Una multitud de humanos pobres esperan pacientes, repartidas las carnes, que les regalen vísceras. A lo lejos sigo oyendo el jolgorio y el ruido de clarines.

Mamífera ungulada al fin, como ellos, y mientras aguardan su turno para ser asesinados en lo que parece una ruidosa fiesta de los hombres, gruñidos y mugidos mediante, me comunico con los toros aún encerrados. Siento su miedo, su terror, la angustia por el dolor y la agonía que les espera en ese lugar una vez abandonen los corrales. ¿Por qué este frenesí asesino contra unos herbívoros que a nadie atacan si no es para defenderse? Ya conozco lo bastante a los humanos para saber que aman la violencia. Empiezan negando la compasión por los distintos, los diferentes, y acaban siendo despiadados con sus iguales. Comienzan apaleando perros, torturando y asesinando toros por entretenerse y, sin dificultad y con hasta cierta lógica, acaban matando a otros hombres por el color de su piel, por creer en otras cosas. Siento un miedo intenso, irrefrenable, que me contagian los toros.

Veo venir a uno de los humanos a caballo. Le siguen a la carrera varios hombres a pie con maromas, largas varas y algún chuzo afilado. Son los que conducen a los toros al ruidoso lugar del que vuelven muertos. El jinete desmonta, discute con los que me cuidan. Estos niegan con la cabeza, gritan y me señalan varias veces. El hombre del caballo se muestra firme, parece no escucharlos. Se acerca hacia mí con uno de esos arpones con cintas de colores que traen los toros muertos clavados en los cuerpos. Se aúpa en los tablones del corral, ignorando las protestas de mis cuidadores, alza el brazo e ¡intenta clavármelo varias veces en el lomo! ¡Está probando si pueden herirme, matarme, para divertirse! Siento el pinchazo mientras oigo morir a los astados y, sorprendida, me pregunto si saldré dispuesta a despanzurrar cuantos hombres y caballos pueda. Soy un animal pacífico, herbívoro como esos toros sacrificados, que necesitan sentirse acorralados, ser alanceados y arponeados para defenderse. Me aterran la agonía que escucho y la sangre que huelo. Tengo una coraza y un cuerno sobre el morro. ¿Lo usaré como ellos? ¿Me están enloqueciendo hasta el punto de querer hacer lo que nunca haría en libertad? ¿Esa es la diversión? Yo, asustada, reculo en el corral, pero no tengo dónde esconderme. El hombre intenta un par de veces más, pese a las quejas de los que me cuidan, clavarme el afilado hierro. Parece decepcionado cuando ve que no atraviesa mi gruesa piel, que no consigue perforar mi grasa y herirme de manera sangrienta. Maldice, se baja del portón, discute por última vez con los torpes acróbatas, se monta en el caballo y vuelve al corral de los toros seguido por los peones a la carrera. Está cada vez más vacío, pues ya la mayoría de los animales están muertos sobre el barro. Los que me cuidan parecen aliviados, se palmean las espaldas. Uno da una voz y el mayor de sus crías me trae forraje fresco. Como algo, poco. No me entra. Creo entender que me he librado de ser asesinada. Imagino que el hombre que probó sin éxito los hierros en mí debió temer que les aguara la fiesta. Que después de infructuosos intentos en un largo día de correr y matar en juegos de cañas y lanzas, donde se han desjarretado y muerto sus buenas veinte reses, ningún caballero o peón fuera capaz de herir a la acorazada bestia. Que en ese aire cargado de las miasmas calientes de la sangre vertida, en ese aroma de matanza, de moscas gordas pese al frío, yo fuera una nota discordante. Donde la fiesta es la muerte, no poder matar es frustrante. Y así bajo bonetes, sombreros y tocas, sobre barbas afiladas y bigotes, los gestos empezarían a torcerse en enfado y hastío. ¿Qué hacer con este monstruo que, por igual, está arruinando la ocasión a nobles y plebe? Lo que era novedad y fantasía se convertiría en un bicho incómodo por desconocido y que está jodiendo la diversión. Hasta las moscas se apartarían de mí, ahítas de la sangre de los toros muertos. Un rumor sordo se extendería en las gradas y balcones. Para preocupación de los alguaciles y desagrado de damas y nobles, el populacho empezaría a lanzarme cosas, proyectiles como un gato muerto, ¡otro!, un perro vivo, un taburete y el atizador de un brasero. Los alcaldes de la villa y un oidor se espantarían y decidirían resolver el chasco devolviéndome a mi corral, en previsión de que el descontento se extienda y se convierta en algarada que requiera de corchetes y guardias reales para sofocarla. Todo esto que no comprendo bien qué significa, como rinoceronte analfabeta que soy, me pasa rápidamente por la testuz.

Golpeo el tablado de mi encierro con mi cuerno, con mi cabeza. No sé muy bien por qué lo hago. Me hago daño con su dureza, pero resoplo aliviada. Y, sin embargo, también tengo miedo. Cago y no por placer. ¿Por qué hacen ese escándalo los hombres asesinos? Siento náuseas y resoplo miedo por los ollares. Miedo, eso es lo único que hay alrededor. Y desesperación. Quizá los hombres son tan crueles porque son pequeños y solos no valen mucho.

Ya no quedan toros vivos en el corral. Oigo, a lo lejos y entre el griterío, morir a los últimos. Los mulos traen ahora también varios caballos muertos, destripados. Los matarifes se mueven con rapidez sobre ellos con hachas y cuchillos. Hay gente que se lleva trozos de carne sanguinolenta en las manos, otros en talegas o envueltos en trapos.

Toros y caballos muertos. Muchos. Pero no veo que traigan a ningún humano despanzurrado para trocearlo y comérselo. Está claro que en esta carnicería que tanto les divierte ellos no corren igual peligro.

La alegría furiosa, sanguínea, se va apagando. Las voces se pausan y un rumor sordo, pastoso, toma su lugar.

Huele mucho a sangre y a vino, a mal vino.

¡Tengo tanto miedo!

¿Moriré sin ser madre?


Me pego al cuerpo de Fernando por calentarnos. Fuera anochece y el pálido sol que se retira, su luz velada, no bastó para caldear el día. Hace frío en el cuarto y la áspera carisea con que nos tapamos no alcanza a calentar la cama, que más parece tabla que tela. Se revuelve en sueños, gime. Lleva noches sufriendo las miradas de los ojos espantados de los muertos. «¡Ojos muy abiertos, María, que me miran gritando mis culpas con más fuerzas que cualquier boca!». Así me dice. Lo siento temblar, no mejora de las fiebres y las cagaleras, que la incertidumbre nunca ayuda a sanar nada. Se nos acaban los dineros y las fuerzas, pasan los días, las semanas. Cuando Fernando dio los ducados y letras de cambio de Sevilla al de Lasso, se engalló por no mostrarse derrotado y apenas se quedó nada para nosotros, confiando en la generosidad del conde de los Castillejos y en sus quimeras respecto a la abada. Ni una ni otra cosa se dieron. Que el rico también es rico porque es pródigo con lo ajeno y avaro con lo suyo, y la pobre bestia pena en el corral de la era de San Martín sin beneficio para nadie salvo los feriantes portugueses. Desechada la idea de matarla en un festejo de toros y cañas, nadie sabe qué hacer con ella, y Filipe, João y Graça, que son los jefes de su gente, nos avisaron ya de que están por marcharse y ni quieren ni pueden llevarla con ellos. Ofrecieron parte de sus ruines ganancias, más blancas que maravedíes. Pero Fernando rehusó tomar nada. Su honor no le permite, por más que nos rujan las tripas, sociedades y negocios con titiriteros y feriantes. Estamos pues a la última pregunta.

A Rodrigo también hace más de una semana que no lo vemos. No es que me importe, que es llegar él y oler yo el azufre del infierno, pero sé que a Fernando le preocupa el silencio de su camarada. Rodrigo está bien comido y alojado, al amparo del de Lasso, que lo ha vuelto a su servicio, y es nuestro único mensajero cierto con el noble. Pero Fernando le prohibió que contara a don Ruy nuestro penoso estado. ¡Ay, amor, ese maldito orgullo de hidalgo, que ni calienta ni se come! ¡Ese honor tuyo que ni ser sopistas a la puerta de algún convento nos permite!

Hoy nos echamos a la calle, nos acercamos a la grada de San Felipe, por tomar noticias y rumores que en algo nos aliviaran.

—Pues fulano levanta bandera para tal o cual guerra.

—Un tal zutano, que es muy mi amigo, busca gente para andar en corso contra los berberiscos y es empresa muy bien vista por el rey. Con eso os digo todo.

—¡A mengano le han otorgado un privilegio de seis ducados por sus servicios! ¡A él, que siempre anduvo escondido! Señores, tamaña desvergüenza no han visto los siglos. ¡Esto se va a la mierda!

—¿Esto?

—¡El mundo, caballero, el mundo!

Paseamos las gradas con dificultad, pues las fiebres y las diarreas tienen a Fernando múy consumido. Yo misma estoy cansada. El mundo a nuestro alrededor se movía más rápido, que todos parecían satélites y estrellas fugaces, cazcaleando de aquí para allá, de un corrillo a otro, siempre pretendiendo estar en el último chisme, andar en cometidos importantes o tener noticias que valen oro.

Volvimos casi sin hablar a nuestro aposento. Sugerí a Fernando parar a comprar algo de papel y recado de escribir. Le pedí que hiciera valer ante el rey y sus consejos sus muchas heridas y servicios. Escribir una cumplida relación de sus hechos y hacer cuanta antesala fuese necesaria para conseguir algún privilegio o ventaja en pago de tanta sangre derramada y penalidades como habíamos pasado en el desempeño de las armas. Me miró en silencio un momento y luego me dijo que o escribir o comer, que no había con qué pagar las dos cosas. Que lo que había hecho en el pasado, hecho estaba y no iba a desaparecer y que mejor nos quitábamos la gazuza. Y así nos compramos media hogaza de pan, con su más de serrín que de harina, un cuartillo de vino peleón y un resto de olla podrida que nos supo a gloria en nuestro cuarto. Mientras comíamos tal festín el rostro de Fernando pareció tomar color y su ánimo calentarse.

—Tranquila, María, que don Ruy de Lasso reparará nuestra situación en cualquier instante. Confía.

Yo asentí y me guardé mis pensamientos. ¿Para qué arruinar sus ilusiones y el único rato en el que nos podíamos echar algo caliente al estómago? Fernando me pareció encarnar a la perfección esos hidalgos pobres a los que fray Domingo de Soto, en su *Deliberación en la causa de los pobres*, llama arruinados de buena sangre, y que por no poder rebajarse a oficios viles, dice que justo es que se les hagan mayores caridades y socorros que a los pobres de condición más ruin. Me acuerdo de cómo enfadaba a fray Guillermo este argumento.

—¡Ya lo ves, María, que hasta para hacer caridades con ellos hay pobres y pobres!

Ya es noche cerrada. Un perro ladra, otro contesta. Abro el ventanuco, me asomo con dificultad para ver si pasa alguien. El frío me muerde la cara y las manos. No veo gente, así que grito «¡agua va!» y vacío la bacinilla con la cosecha nauseabunda de nuestras tripas. Cierro corriendo el postigo y me meto de un salto en la cama. Mientras dura el cabo de vela, hablamos quedo, abrazados. Te digo que así, esperando el santo advenimiento, no duraremos mucho y te pregunto qué quieres hacer.

—*Bellum omnium pater*, María. Siempre queda la guerra para parir grandezas y fortunas, para cambiar estados y condición.

—¿Otra vez a los tercios?

—Sí, a matar por no ser muerto. Solo eso nos queda. A Italia. O a Flandes.

—Podrías pedirle a…

—No. No puedo.

Sí, sé que no puedes, que no te sale. Que es inútil darte un tiento con eso. Nunca suplicarás a Lasso y a nadie más tienes en Madrid, que de los tuyos nunca pudiste esperar nada, están muertos y ya en vida renegaron de ti por tus amores con una puta morisca. Conmigo.

Fernando, mi Marte, te siento frágil mientras te abrazo y te imagino marchando y luchando así en el barro, calado por la lluvia, helado por la nieve. Te veo muerto, con esas posturas grotescas, desmadejadas de los cadáveres. Y a mí sola. Algo notas porque me miras a los ojos con pena y me hablas muy despacio, como si tú mismo quisieras entender, aceptar al fin lo que dices.

—En esta pasión que nació de la compasión siempre hubo, como una mala semilla, un algo de tozudez, de amar contra toda lógica. De desafiar al mundo y sus creencias, retando en desigual justa lo esperado por todos y lo deseado por nosotros. Sin duda un combate que, algún día, íbamos a perder pero que, mientras tanto, nos ha hecho sentir distintos. Más valientes y mejores que quienes solo amaban como y a quien el mundo aconsejaba. Pero ahora temo que la muerte, demorada, perezosa o injusta, por fin haya puesto sus ojos en nosotros, María.

—Fernando, no digas eso. Somos fuertes. Aún lo somos.

—Tú sigues fuerte, yo no. Quizá esta debilidad, esta voluntad de rendición, tiene mucho que ver con el fin de mis fuerzas, con la enfermedad que me deshace las tripas desde las primeras fiebres en el San Isidro. Pero ni siquiera puedo culpar a esa condición de lo que nos va a pasar. ¿Enfermo? ¿Quién no está enfermo a mi alrededor? Con los años la vida es eso, enfermar. Y morir. El amor, incluso nuestro tozudo y arrogante amor, es solo eso: enfermedad y muerte. ¿Por qué esta crueldad de la vida con nosotros, María? Nunca la desafiamos haciendo planes. O deseando algo que no fuera seguir vivos un día más.

No te lo discuto, para qué, pero eso no es del todo cierto. Te miro, Fernando. Tu cuerpo ha perdido solidez, tus miembros el vigor, la cara y los labios grisean. No estás muerto, pero tampoco estás del todo vivo.

Tú siempre soñaste, Fernando. Mientras yo hundía obcecada mis pies en la tierra, en ti siempre hubo una fantasía de ser dueño de tu destino, de poder cambiar las cosas para mejor. Quizá también porque sentías que merecías más de la vida. Que esta te debía algo. ¿Por qué habríamos de merecer más que los demás, que los muertos, los hambrientos, los acabados, los olvidados?

—Entonces ¿esto era todo, María? Me siento viajero, viaje y viajado. Testigo, víctima y verdugo de mi vida. Agotado de mí mismo, de pretender que tuve parte en alguna de las decisiones que forman mi historia, en el periplo furioso que me llevó de guerra en guerra por el mundo, el que me llevó a los confines del Maluco y vuelta a este Madrid de mis pecados. Ni siquiera puedo sentir que fue decisión mía amarte, andar siempre contigo por todos los infiernos. El amor me cayó encima y, si acaso, fuiste tú la que decidió por los dos amarnos.

Lo conozco mejor que nadie, mejor que él a sí mismo. Pese a los miedos y fatigas que me susurra, yo lo conozco. Sé de la fortaleza que se calla. ¿Por qué esta tristeza pegajosa, esta mugre lastimera? Fuimos felices, alguna vez lo fuimos. Sí, hubo momentos, no pocos, en que nuestro ánimo y el andar de la vida coincidieron. Eso es parte de lo que sentimos como felicidad, estar en la vida, sentirnos parte del mundo. Pero llevamos tiempo tristes, nos parece que la vida se ha olvidado de nosotros. Que nos ignora y que nada cambiaría el mundo si faltásemos. Pero sí, fuimos felices. ¿Por qué no volver a serlo? ¿O es que al final, como en todo amor desgraciado, todo fue afán de redención y ya no basta? Puede ser.

—Yo amo quién eres, Fernando de Encinas, y no caeré en la bobada de decir que amo tus defectos, tus errores, que eso es una simpleza sin fundamento y quien así amara sería una loca. No, tus flaquezas y debilidades no me gustan, tus necedades me enervan y muchas veces quisiera que fueras distinto. Pero te amo. Lo bueno y lo bello que hay en ti, lo generoso y lo arriesgado, que a tu lado nunca haya sentido la necesidad de mentir para protegerme pesa más que lo otro. Ese balance y no encantamientos de hadas, duendes o el seso blando, es el secreto de que te quiera aún, de que nos queramos. El verdadero amor es conocer y aceptar, no idealizar y soñar.

—Amamos igual, María. A veces no te soporto, pero menos soportaría estar sin ti.

—Lo sé. Y solo espero que lo bueno siga pesando más que lo malo mucho tiempo. Y que si llega un día en que no sea así, nos despidamos.

—Así será. Uno solo se despide de lo que ama.

Nos besamos, no dejamos de mirarnos mientras el pabilo de la vela se extingue y lo último que veo antes de quedar a oscuras es una lágrima tuya. Sola, perdida, sin la compañía de llanto ni gemidos. Y me digo que está bien, que una sola lágrima no creará un mar profundo en el que ahogarnos. Que saldremos de esta y con esa esperanza, pegada a ti, sintiendo tus temblores, nos dormimos. Poco y mal, la verdad. Yo me desvelo, tú sigues en tu febril duermevela y aquí, abrazada a ti, me viene a la cabeza otra conversación que tuve con fray Guillermo en el galeón, ante la abada. ¡Si aparte de que mi cabeza recuerde esas palabras, pudiera mi cuerpo recordar aquellos calores del trópico y con ellos calentarte! ¿Qué habrá sido del fraile? ¡Cuánto disfrutaba nuestras charlas!

—María, la muerte no es tan temible como la idea de la muerte. La muerte nos llegará cuando toque. No por ahora, que estamos hablando y viendo a este animal fabuloso. Piensa en un simple silogismo: si yo estoy aquí, es que ella, la muerte, no lo está. Y cuando me llegue, ya no estaré para verla. Este saber epicúreo resulta utilísimo. ¡Alguien libre del miedo a la muerte ya no tiene nada que temer en la tierra!

—Pero la muerte existe, fray Guillermo. La he visto de cerca muchas veces.

—Sí, hija mía, existe. ¿A qué negarlo? Lo que te digo es que lo mejor es no temerla mientras nos llega una buena muerte.

—¿Hay muertes mejores que otras?

—Mujer, has vivido la guerra. Lo sabes bien. La buena muerte es aquella con la que no tenemos que luchar y que nos lleva mientras dormimos, sin enterarnos, o que nos mata en el acto, sin darnos tiempo a sufrir. ¿Quién sabe si morir así no sea una bendición? La mala muerte es la que se prolonga, la que va acompañada de sufrimiento y enfermedad. De miedo. Es el cuerpo el que sale hecho pedazos, y el alma la que sufre el martirio. Es la muerte mostrándose ante nosotros mientras aún estamos con vida.

—¿Y la salvación?

—El ser humano siempre preferirá una mentira a una verdad angustiosa, María.

Me pregunto si el buen franciscano sigue vivo y con ideas tan claras sobre el buen morir. Si pudiera verlo de nuevo, le diría que la muerte siempre es lo que más nos importa. No el amor. El amor ayuda a soportar el trabajo que es vivir, alivia.

Pero la muerte es lo más importante, como lo es el final, el último acto de cualquier comedia.

Oigo un pisar fuerte, acelerado, en los peldaños que suben a nuestro cuarto. Amartillo la pistola y te meneo para despertarte. Me miras un instante confuso, Fernando, como quien sigue enredado en una pesadilla y no reconoce la realidad. Unos golpes en la puerta trabada. Es la llamada convenida con Rodrigo. La repite más fuerte, impaciente. Armas también tu pistola, y cuando me ves con la yesca en la mano para prender lo que queda de vela, me haces señas negando con la cabeza y para que abra el postigo y que entre algo de claridad. La puerta vuelve a sonar. Cuando ya me he agazapado en una esquina tras el lecho, pistola y daga en mano, por fin abres la puerta. Primero un poco, oigo murmullos agitados. Luego un poco más, lo bastante como para dar un rápido vistazo a la escalera. Al fin abres del todo y entra Rodrigo, agitado, el rostro descompuesto. Me asusta ver que no se desembaraza del sombrero y la capa. Enciendo el cabo de vela y, antes de que diga nada, veo sangre seca en su ropa, en sus manos.

—Lo he matado.

—¿A Lasso? —pregunta Fernando sorprendido y a la vez seguro.

—¿A quién si no?

—¿A él solo? —pregunto yo, temiendo la respuesta.

—No. Estaba en casa de la tusona. Ella, la vieja y el cornudo empezaron a gritar. ¡Por fortuna no apareció nadie más! Pero cuando salí ya había un golpe de gente dando voces de auxilio y ¡a mí la justicia! He venido corriendo, pero no creo que tarden mucho los corchetes y alguaciles. Los traía detrás como perros.

—¡Dios santo, Rodrigo! —Fernando mira a su amigo como si no lo conociera. No entiendo de qué se asombra. Quien mata todo el tiempo acaba matando a quien no debe.

Pero Fernando sigue boquiabierto, espantado—. ¿Pero por qué?

—No lo sé. Me hartó. Supongo. Se puso a hablar como siempre, más por escucharse que por decir nada a nadie. Todo empezó por quejarse de fray Guillermo y el brete en que nos ha puesto a todos.

—¿Sabes algo de él? —pregunto ansiosa y temerosa a un tiempo.

Rodrigo saca de la pechera un papel doblado y me lo entrega en silencio. Me sorprende ver en él un rasgo de pena. Lo desdoblo y empiezo a leer.

De la causa del Santo Oficio contra fray Guillermo Medina: Justamente puesto en cárceles y tormentos por el consejo de la Suprema por ser este franciscano de carácter turbulento, opiniones erradas y presuntuosas y obras muy alejadas de la teología y de la Santa Madre Iglesia, sospechoso de alumbrado y de converso judaizante, puesto en el potro y tras tres vueltas de cuerda confesó y se le encontraron libros prohibidos o desaconsejados como el *Enchiridion militis Christiani*, de Erasmo de Róterdam, que es inspirador de los de esta secta de iluminados, y otros que pueden considerarse de magia diabólica como *Las disquisiciones mágicas*, de Martín Alonso del Río, *El Ciprianillo* de Beniciana Rabina, famosísimo grimorio, el *Cent noms de Déu*, de Raimundo Lulio, y otras obras con las que no fatigaremos, todas de brujos reputadísimos y *auctores damnati*. Amén de esto, tenía escondida gran provisión de libros judíos, de la mal llamada Cábala que Dios confunda, como el *Zohar*, que es la Biblia de sus místicos, el *Sefer Yetzirá* y sus doce comentarios completos, y el peligrosísimo *Libro de Jasher*, doblemente herético por judío y porque hasta los mismos rabinos lo consideran maldito y desviado de su ya errada doctrina. Por estas maldades y por evitar un rebrote de la secta de los alumbrados, que bien ardieron en los autos de fe de Sevilla y Valladolid años ha, para un mejor servicio a Dios y la conservación de estos reinos, el tal fray Guillermo Medina fue entregado al brazo secular para ser relajado en el garrote y luego quemado en autillo de fe, en los quemaderos de la puerta de Fuencarral, sin que pudieran verlo las gentes de la Villa y Corte en Madrid, a 20 de enero del año de Nuestro Señor de 1585 y reinando Su Majestad Felipe II al que Dios guarde muchos años y así se hace constar.

Mientras leo, Rodrigo vigila en el ventanuco la calle y Fernando se ciñe la espada y la daga. Ya nos llegan carreras y voces desde fuera.

—El de Lasso se mostró contrariado. Al parecer el fraile cantó de plano en el potro y la garrucha, inculpándonos a todos, pero sobre todo a ti, Fernando, y a María, de cuantas maldades le sugirieron. Las ganas del Santo Oficio por apresaros, me gritó don Ruy, las que pude detener en Sevilla y al principio en Madrid a cambio de entregarles al fraile, han rebrotado con fuerza. A mí me dijo que tranquilo, que todavía podía librarme, pero me ordenó no volver a veros, apartarme de vosotros, no sea que me prendieran también. Yo le insistí en nuestra amistad y en su deuda para contigo, Fernando. El de Lasso se puso necio, dio en amenazarme y apellidarme de felón y desagradecido, me hizo un par de fieros. Harto ya de sufrir tanta pesadez y bellaquerías, saqué la espada y allí, delante de la puta, le atravesé el pecho de parte a parte. Y con él a ella y a cada bobo que allí se presentó a gritarme.

—Muerto él, ya nadie nos salvará de la Inquisición —se queja Fernando.

—Ya te lo he dicho. Créeme que con él vivo tampoco. —Rodrigo desata una bolsa llena de dineros de su cinturón y se la da a Fernando—. También me llevé esto. Son ducados de oro. Guárdalos tú. O ella. Yo digo que salgamos a hierro, antes de que sean más, nos abramos camino y que a quien Dios se la dé, san Pedro se la bendiga. ¡Sangre de Cristo, a mí no me van a dar garrote!

Fernando duda. Sé que sobre todo duda por mí. Me mira sin saber qué decir. Es Rodrigo quien le insiste.

—Llegó el momento, hermano. Llevamos años viviendo como hombres muertos y, por mí, bien está que, si es voluntad del Señor, por fin nos den la extremaunción y tierra a nuestros cuerpos. Hace mucho que nos tocaba, que ya en las Alpujarras debimos bailar con la huesuda y desde entonces la venimos librando.

Me sorprende ese ataque de sinceridad, pues desde que te conocí, Rodrigo, me pareció que vivías y matabas como quien cree que escribe su propia crónica, carta de relación o un enloquecido cantar de gesta. Hablando siempre de manera afilada, despectiva, propia de cuarteles y tabernas, sin decir nada que no sea por mostrarte más fuerte y ajeno a los miedos de los hombres comunes. Alguien que sabía vestir las galas y modales que por riqueza y posición no te correspondían, que hasta hoy quizá te sentías casi como los señores a los que servías; y acabas de caerte del guindo y verte como te ven ellos, como nos ven a todos, como simple canalla inoportuna. No, Rodrigo Nuño, duodécimo hijo de un hidalgo de bragueta, ni el hábito hace al monje ni imitar lo que no eres te conviertes en ello. Que las gracias y libertades que ellos se toman, mal las soportan en otros. Pareces confuso, defraudado con un destino que no es el que esperabas, el que siempre fantaseaste construir con tus furias y desmesurados actos. No dejo de apreciar la ironía de que esta revelación te haya vuelto contra el de Lasso, como esos perros que un día muerden a su amo y acaban sacrificados.

Fernando, ya armado, se cala el sombrero, se tercia la capa y toma una pistola.

—Sí, si hemos de pelear mejor fuera que en esta ratonera. —Fernando mete la bolsa con los ducados en un pequeño morral y me lo da para que yo lo cargue—. Si nos separamos y no caemos, en dos días en la venta del Enano.

Yo afirmo y no pregunto más. Ciño mi daga, me ato la capa sobre el hombro izquierdo y empuño la otra pistola

Fernando y Rodrigo se miran en silencio a los ojos. No hay nervios ni temblores, si acaso aceptación de lo por venir. Honestidad. Me doy cuenta de que hay un código entre ellos al que nunca accedí.

—¿Vamos? —pregunta Rodrigo.

—Vamos —contesta Fernando calmado.

Bajamos las escaleras, yo tras ellos. Nuestra posadera está pegada a la pared, junto a la puerta de la calle, muda y con la mirada de espanto. Nos hace seña con la cabeza y luego susurra:

—¡Seis!

Mientras yo le doy un ducado a la patrona, que entierra aún caliente entre sus tetas, Fernando asiente y con una mirada concuerda con Rodrigo por qué lado saldrá cada uno. Luego me mira a mí y yo, mostrándole mi pistola y mi daga, también le hago saber que estoy pronta. La posadera nos hace el último servicio de abrir ella la puerta, y como dos demonios salen Fernando y Rodrigo. El primero a su derecha, vaciando la pistola en el pecho de un corchete para luego dejar a otro tendido con una estocada en las tripas. Rodrigo se mueve a su izquierda, usando su daga y la espada para tajar a un alguacil y otro de los enemigos. Yo salgo pegada al muro y me topo con otro corchete que intenta echarme mano. Le disparo a menos de un palmo mi pistola en la cara. La nube blanca de la pólvora, suspendida en el aire, me lo oculta un instante. Huelo a carne quemada. Cuando cae sin un grito, veo sus ojos muy abiertos, espantados, y un enorme agujero sanguinolento en donde debiera estar su quijada, sus dientes. Llegan más corchetes espada en mano y me espanta el que nadie grite «¡Teneos a la justicia! ¡Alto en nombre del rey!». Entiendo enseguida que este golpe de gente armada no viene a prender a nadie, sino a asesinarnos. Le tiro mi pistola descargada a uno a la cara y, cuando alza las manos para cubrirse, lo apuñalo en las costillas. Fernando y Rodrigo, espalda contra espalda, se baten también en silencio. Es tal el remolino de acero que mueven ante sí que el único ruido que me llega son quejidos sordos, últimos alientos y, por encima, el sisear de los filos cortando paño, carnes y huesos. Pero es imposible mantenerse luchando así mucho tiempo, y los corchetes siguen llegando. Fernando ya está sangrando en los dos brazos y tiene la cara abierta de la frente a la barbilla por un tajo. A Rodrigo de otro mandoble le quitan la daga y con ella media mano izquierda. Los dedos caen a sus pies. Otro espadazo le rasga calzas y muslo hasta verse el blanco hueso en la pierna derecha. Le hace caer sobre la rodilla y aun así consigue un par de paradas y tender una estocada hacia arriba que destripa a otro corchete. Justo entonces, de un tajo, le abren en dos la cabeza y se derrumba muerto, con los sesos al aire. Fernando lo ve, lanza un par de mandobles y dos estocadas le pasan de parte a parte. Me mira en silencio mientras cae, aferrando con las manos las hojas que le atraviesan por retener a los que las empuñan y darme más tiempo para huir. Sus ojos me gritan «¡Adiós, mi amor, corre! ¡Vive!».

Giro la esquina. No hay nadie. Un callejón, otro. Tropiezo, me embarro. Dejo caer la daga. El aire me quema en los pulmones que no dan más de sí. Tengo el corazón en la boca, latiendo tan fuerte que temo que me va a delatar. Me estallan los pulsos, las sienes. Agradezco la oscuridad. Me detengo, me escondo en la sombra más negra. Si yo no veo la luna, pienso, la luna y su luz tampoco me descubren. Intento domar mis jadeos para poder oír algo más que mi miedo. Me cuesta. ¡Escucha, María, escucha! Nada. Perros que ladran. Ni un ruido de pelea, de aceros. ¿Cuál iba a haber? Los he visto morir. ¡Escucha!

No hay ni un ruido. No hay voces, órdenes ni pasos apresurados sobre el empedrado de la calle. Según se calma mi sangre en las venas, su estruendo sordo amaina, empieza el pensamiento que lo ocupa todo. El miedo animal cede a terrores más humanos, que, aun siendo absurdos e inoportunos, no puedo evitar. Y veo la crueldad del amor, ahora que me falta. Lo imposible de poner tu vida en el otro. Estoy sola. Me he quedado sola. ¿Acaso no lo estuve siempre? ¿No lo estuvimos los dos? Dos soledades caminando juntas, aliviándose. No lo sé. Todo lo que viví hasta hoy, con Fernando, se desvanece a la velocidad con que se enfría su cuerpo acuchillado unas calles atrás. Mientras vuelvo a correr y busco sombras que me amparen siento que sí, que habrá recuerdos que serán siempre brillantes, ducados de oro de la memoria. Que atesoraré para explicarme a mí misma cómo he vivido hasta aquí. No muchos. Porque ese oro me hundiría en los canales como a los codiciosos soldados de Cortés en las calzadas de Tenochtitlan, lastrados por su avaricia. No, María, que no te hunda la melancolía. Despréndete de lo muerto. ¿He sido feliz? Sí, en algún momento, entre brutalidad y miedos, entre violencias. Pero que recordarlo ahora no me detenga.

Vive. Huye para vivir e intentar ser libre. Para volver a ser feliz siquiera un instante.

Olvida para huir más lejos y más rápido, que no te traben las piernas los abrazos de un cadáver.

Corre.

Corre, sin gritar, pero corre.

Corre.


Tengo hambre. Hace ya dos soles que los que me encierran no me dan nada. Agua tampoco. Chupo el rocío del suelo y lamo los charcos. Me alimento de las sobras y las basuras que niños y mujeres me arrojan, mitad por divertirse y hacerme menear, mitad por pena. La verdad es que cada vez son menos los curiosos que se acercan a mi corral para verme. Supongo que ya no soy una novedad. Que me ignoren tiene su parte buena. Una cosa es que te tiren mondas, cáscaras y verduras podridas y otra es que te lancen piedras y palos como cuando venían muchos. Me parece que mi tamaño los asustaba y se quitaban el miedo al agredirme con cualquier cosa aprovechando que no puedo huir. Sí, tengo hambre y mucho frío, cada vez más. Los pocos pasos de mi cárcel se me hacen cada vez menos. Apenas me muevo por ahorrar mis fuerzas, pero también por no tener adónde. Los gatos y los perros tampoco me hacen ya mucho caso. Y las ratas, bueno, esas vienen de noche y me roban lo que no me haya comido. A veces me trepan por encima mientras chillan. Una me mordió hace poco una oreja. Tengo chinches en todos los pliegues de mi piel que me chupan la sangre y me debilitan. Los pájaros de aquí son pequeños y marrones, se posan en las bardas del corral o dan saltitos por el suelo, pero ninguno me limpia con su pico. Para ellos también soy una extraña.

Nunca más volvieron la hembra y los del galeón. Y cada vez me visita menos gente, los que me encierran ganan muy poco por mostrarme y me miran con fastidio. Ya no se molestan en ocultarme con una tela, así que puedo ver todo el tiempo el trasiego de humanos y animales que cruzan este erial. Los días se me hacen muy largos y creo que me estoy volviendo loca, la verdad. Me hiero con las cuerdas y los tablones que me retienen. Es estúpido, pero lo hago por sentir algo, siquiera dolor, mientras vigilo el incesante acarreo de animales con los lomos cargados y movidos a palos por hombres que los llevan de la boca con bridas. Todos parecen ansiosos, ocupados en algo que no consiguen o que, si consiguen, no les basta.

Me han reducido a sentir dolor. Estoy tan mal de la cabeza, con tanta hambre y tan aterida que hace dos lunas despanzurré una rata y tentada estuve, esta vez sí, de comerme esa papilla roja de pelo, huesecillos y tripas. ¡Yo, una herbívora! No pude, no pude ir contra mi naturaleza, llegar a ese extremo. Pero lo estuve pensando un buen rato. Dudé, entre el hambre y la repugnancia, de si podría digerir esa bola de sangre. Menos mal que pronto llegaron otras ratas y se llevaron a su compañera muerta para comérsela. Me pregunto si al final yo me la habría comido. Hasta ese punto me está enloqueciendo este encierro.

Un cerco rodea el sol blanquecino mientras empieza a bajar. Apenas un par de nubes cruzan un cielo limpio. Ya he aprendido que eso significa que helará esta noche. Sufro mucho cuando eso pasa, así que resoplo y me doy dos o tres cabezazos más contra las tablas. ¿Por qué insisto en dañarme?

Una de las mujeres de los que me encierran calienta algo en una olla, rodeada de hembras jóvenes, crías y de uno de los hombres que mandan en su manada. Como comen cosas que queman o calientan, por el humo las preparan fuera del par de tiendas en que duermen. Una de las hembras jóvenes despioja a un niño y arroja las liendres al fuego. Vistos así, en grupo, no me parecen tan distintos a los macacos de mi selva. No sé si son felices, pero parecen calmados. Conversan, ahí, arrebujados en mantas, se frotan las manos y patean el suelo mientras esperan que la mujer más mayor les sirva su alimento. Es entonces cuando aparece corriendo y dando voces el otro hombre de la manada. Los de la fogata giran al unísono sus cabezas hacia él. Cuando llega jadeante hasta ellos, le enseña al otro macho un papel mientras lo golpea y lo hace sonar con los dedos. Está lleno de esas filas de bichos negros que se retuercen inmóviles, de palabras. Luego se lo da al otro hombre, que lo lee con dificultad mientras él se impacienta. Cuando al fin acaba lo mira con los ojos muy abiertos y emite un largo silbido. Deja caer el papel y dan voces y palmas frenéticos. La mujer vuelca la sopa sobre el fuego, los más jóvenes desmontan y enrollan las tiendas en un momento. Trabajan de manera exaltada. Están asustados. Cuando han hecho fardos con sus pocas cosas, los cargan en un par de mulos y... ¿Se van sin despedirse?... ¡Sí, se van!... Pero... ¿y yo? Resoplo y resoplo para llamar su atención. Embisto varias veces la barda. Pero nada, pronto desaparecen de mi vista y me quedo sola.

Sola. Aquí.

Tengo miedo.

Un golpe de aire me trae el papel, sucio y roto, que leyeron y los hizo huir. Huele a cola de pescado. El hombre debió arrancarlo de algún muro. Lo atrapo con mis labios prensiles y lo coloco ante mí en el suelo. Intento leer, que todas esas filas de insectos negros me hablen a mí también.

Por ser bruja notoria y conocida de todos, morisca y que mantuvo su fe herética y sus prácticas diabólicas toda su vida, pues tuvo hechizado desde siempre a un caballero castellano, don Fernando de Encinas, de sangre limpia e hidalgo de cuna. Ítem más que la susodicha María, mujer ruda, hombruna, bruja comprobada y de muchas impiedades, lo dominó y se adueñó de su voluntad forzando al caballero a actos contra natura, contra la fe, contra la ley y contra el rey, haciéndole decir que todos los bienes habían de ser comunes porque todos nacimos iguales y para todos los da Dios Nuestro Señor, errores y blasfemias tantos y tan terribles que no cabe enumerar y que en una expedición al Maluco lo volvió loco e hizo perder muchas vidas y dineros. Y también lo obligó a amancebarse y vivir en pecado, pues por bruja y morisca nunca quiso pisar iglesia ni comulgar ni tomar el santo matrimonio por miedo a que el santo sacramento le sacara los diablos del cuerpo y perder así sus poderes. La maldad de esta tal María Guevara, morisca de nombre Maryam Abassum, y su obstinación en el pecado la llevaron a asesinar a cuantas criaturas pudo dar a luz tras años de comercio carnal con el susodicho Fernando de Encinas. Ítem más, testigos dan fe de que no come carne de cerdo, de cambiar la ropa de cama en sábado y de untarse como suelen las brujas con venenos por el cuerpo y la entrepierna. Otras pruebas de posesión y hechicería son que, como cuentan los testigos de esta causa, nunca se la vio llorar y posee la marca del diablo, que enseñara varias veces por ser mujer liviana y desvergonzada y gustar de mostrarse en cueros ante extraños. Se la relajó en efigie en un autillo por haberse fugado de esta Villa y Corte de Madrid el 5 de febrero del año de Nuestro Señor de 1585 y ardió también en efigie con su nombre, su coroza y su sambenito negro con llamas en los quemaderos de San Bernardo.

También en efigie por ser muertos por la justicia, don Fernan…


Pero claro, soy una hembra de rinoceronte y no consigo leer nada. Lo huelo por ver si así me entero de algo. Pero tampoco. Esto es absurdo.

¿Y ahora qué? El sol mentiroso cae y ni calienta, estoy helada, hambrienta y sola en este lugar extraño y violento que los hombres llaman «ciudad». Una idea me estalla en la cabeza: estoy sentenciada. Nunca volveré a mi selva ni a ser libre. Nunca pariré otra como yo. Mi condena es que no saben qué hacer conmigo. Me dejarán morir aquí, en el espacio mínimo y sucio de un corral en una era, una rareza solo buena para divertir a los que pasan y de la que pronto se cansarán.

En mi encierro cada vez se alternan más rápidos un frenesí impotente con la más profunda depresión. También siento algo que me asusta. ¿Cuánto miedo se puede soportar y por cuánto tiempo? Algo que no había experimentado en mi cautiverio, no con esta intensidad. Ni siquiera en el galeón. Mi dolor es demasiado grande para mí sola. Mi sufrimiento es continuo, pesa y abulta más que yo misma, una *badaq*. Es tanto que necesito compartirlo y eso me horroriza porque nunca antes lo sentí. Sí, necesito ver sufrir a otros tanto como yo. Podría aplastar a los hombres, a varios de esos monos torpes y lentos que no saben trepar ni correr. Pisarlos y oír sus huesos, sus espinazos y sus cráneos quebrarse como ramas secas bajo mi peso, o por la fuerza de mi embestida. Todo esto me asusta y me confunde. El miedo y el dolor, me digo, nos hacen malos. ¡Los odio! Nunca había sentido odio. Es por su culpa, por su crueldad. Los desprecio. ¡A cada momento me vienen a la cabeza ideas furiosas, sentimientos que nunca antes conocí! ¿Qué hay de bueno en esta parte desgraciada de mi vida junto a los hombres? Angustia, dolor y deseos horrendos. ¿A quién sirve mi desgracia? ¡Hijos de puta, si pudiera hablar eso os gritaría, malditos hijos de puta!

Tengo mucha hambre. Trato de regurgitar algo de bolo alimenticio de mi estómago y volver a rumiarlo, pero solo consigo un poco de bilis. Intento cagar pero no echo nada más que un hilillo de sangre. ¡Qué desesperación!

Un par de muchachos se acercan al corral y bromean. Uno carga con un cuévano tapado con una tela. Puedo oler el pan caliente que lleva dentro. Deben de trabajar en un obrador cercano. Se apoyan en la barda del corral y entre risas otro saca un mollete de la cesta, debe de estar muy caliente porque lo agarra con un trapo. Y mientras discute con el otro joven macho, me lo ofrece. Acerco el hocico. Puedo rastrear el olor del trigo, de la levadura, del agua y la sal. ¿Por qué les gustará tanto a los humanos calentar y quemar lo que comen? Yo nunca como caliente, ningún herbívoro lo hace. Los carnívoros pueden comer la carne recién muerta de sus presas, aún tibia por el rastro de la vida, por el esfuerzo de la huida. Pero yo como plantas y estas están siempre frescas, frías, acuosas. Claro que lo que este hombrecito sonriente me ofrece no lleva carne, está hecho con harina de semillas. No hay pelo, tripas o sangre. Y tengo tanta hambre… Mi boca es fuerte y mucho más grande que la de los humanos, si ellos pueden masticar cosas calientes, supongo que yo también. Huele bien. Me decido y alargo mis labios prensiles, enrollo el bollo en ellos, me lo meto entero en la boca y... ¡Aaah! ¡El dolor es insoportable! Siento como si me abrieran la lengua y el paladar con mil garras. Me he metido tan atrás en la boca el pan ardiendo que ahora me cuesta escupirlo, pero también es demasiado grande para tragarlo sin más... ¡Nunca me había quemado! Los animales huimos del fuego. Jamás había experimentado más calor que el del sol en mi lomo y ahora una brasa rebota en mis tragaderas. ¡Y no se enfría! ¡Arde, duele! ¡Duele mucho! Pateo y me agito, me golpeo con todo. Los machos jóvenes se ríen y me señalan mientras se dan palmadas en las espaldas y se agarran las costillas. ¿Por qué? ¿Por qué me hacen esto? ¿Por qué les divierte el dolor ajeno? Oigo un crujido seco y noto que la maroma que ataba una de mis patas traseras al fondo del corral se ha roto como una liana seca. Embisto la puerta, el lado libre de mi encierro.

¡Una! Los chicos saltan al suelo.

¡Dos...! Ahora retroceden asustados.

¡Tres veces! La puerta se rompe. Salgo. Uno de los machos jóvenes corre y el otro cae de culo ante mí, la cesta con los panes ardiendo rueda por el suelo. Lo miro un instante. Grita aterrado y se cubre la cara con los brazos. Cargo contra él con todas mis fuerzas. Yo, que nunca ataqué a nada ni a nadie en mi selva. Lo elevo en el aire con un topetazo de mi hocico y mi cuerno. Oigo perfectamente sus alaridos, el crujir de sus huesos. Aterriza varios pasos más allá. Corro y lo aplasto, camino por encima hasta que siento que lo he convertido en algo plano, sin relieve propio, en una mancha roja que pinta el suelo.

Oigo gritos al otro lado del descampado. Veo a un grupo de humanos que saltan y agitan mucho los brazos mientras dan voces para espantarme. Ya apenas hay luz y la luna sube a lo alto del cielo. Miro, escucho, olfateo y salgo corriendo en dirección contraria a los hombres. ¡Corro! ¡Libre! No lo había hecho desde que caí en aquella trampa para tigres en mi isla. Me siento torpe, floja, pero poco a poco la musculatura de mi cuerpo responde, tiene memoria del esfuerzo que le pido. Estoy lenta, sí, pero aun así soy mucho más rápida que cualquier humano. ¡Malditos monos sin pelo, sin gracia, lentos y malos para trepar! ¡Corro y abro mis ollares, lleno mis pulmones! La era se acaba y me meto en una calle. Aplasto a una mujer con olor a perfume barato y al hombre que la montaba contra la pared. Ni me han oído venir. Para cuando sus esqueletos han crujido ya no pueden ni gritar. ¡Qué frágiles son!

Sigo corriendo. Siento detrás de mí gritos y olor a quemado, a esos palos con fuego que los hombres utilizan para alumbrarse de noche. Doblo una esquina persiguiendo un olor a árbol, escapando de la peste árida de las casas, de las guaridas de los humanos. Aplasto a otros dos que me encuentro de frente, tan asombrados al verme que se quedan quietos, petrificados. Uno lleva una alcarraza llena de agua fresca que revienta contra el suelo. Me detengo y capturo a lametazos toda la que puedo. Las voces tras de mí se acercan y ahora provienen de más ángulos y son más numerosas. Compruebo que no estoy cansada, aún no, y vuelvo a escapar en dirección contraria, siguiendo el aroma del follaje.

Una, dos calles más, doblo y... ¡un muro! Una tapia demasiado gruesa para embestirla, imposible de saltar para una *badaq*. Las voces se acercan. No sé qué hacer. Los humanos no huelen mucho, si no hago ruido y me quedo pegada a la tapia, escondida en la sombra, quizá pasen de largo. Sí, permanezco quieta como solo los animales podemos hacerlo. Ante mis ojillos, hocico y orejas, por el hueco entre dos casas, no tarda en pasar mucha gente gritando. Llevan antorchas, lanzas, chuzos, rastrillos y bieldos de los que vi usar en la era, también hoces y guadañas. La mayoría son hombres, pero también hay mujeres y niños. Siguen su camino. Respiro aliviada. Es entonces cuando un haz de luz se abre sobre mí en la oscuridad de un muro. Una mujer se asoma y empieza a llamar a gritos a los otros humanos mientras me tira una plancha de hierro con muy buena puntería. También aparecen dos perros inoportunos que se ponen a ladrarme y a mostrarme los dientes. ¿Por qué si yo no os he hecho nada? Me largo a la carrera, pegada a las sombras de la tapia. Unas casas más allá me detengo y cubierta por la oscuridad observo a un grupo muy numeroso de personas. Por lo que me parece, por la falta de luz, me han confundido con un buey uncido que tira de un carro. Y ahora, por más gritos y protestas que da el dueño del animal, unos lo están despedazando vivo mientras otros pegan fuego al carro. ¡Otra vez los perros me ladran! ¡Me van a descubrir! Corro en dirección contraria a la manada violenta. Aplasto a otro que paseaba solo por donde no debía y sigo huyendo. Cada vez me siguen más voces, y ahora escucho perfectamente los cascos y el relinchar de algún caballo. Esos sí son veloces, van a complicarlo todo.

Más casas, esquinas, descampados y, siempre a un lado esta tapia; del otro, cada vez más humanos. Me detengo y elevo el hocico hacia la luna, que ahora lo ilumina todo. Busco el aroma de los árboles, de la selva más cercana. Sí, una tupida, umbrosa, llena de agua, comida y escondites. ¡Eso es lo que necesito! Sigo.

Doy vueltas y vueltas. No sé cuánto tiempo llevo huyendo. Mucho. He matado a más humanos, a varios. Y a un perro. ¿Cómo de grande es este sitio? ¡Este muro no se acaba nunca!

Por fin doy con un postigo, una puerta en la tapia. Hay un par de hombres armados con alabardas y espadas. Los ponen sus jefes para controlar quién entra y quién sale, lo que meten y lo que sacan, por esa manía de los humanos de encerrar y encerrarse. Estos sí me ven llegar. Uno tira su arma y corre. El otro apunta su alabarda contra mi hocico cuando lo embisto. Siento el metal afilado rasgarme la cara, el escozor del tajo en mi piel, al tiempo que se quiebran el mástil del arma y el espinazo del hombre. Atravieso a la carrera el postigo y corro cuesta abajo entre caseríos oscuros, huertos y corrales. Siento cada vez más intenso el olor de los árboles, el fluir de agua y hasta me parece oír el canto de pájaros de mi selva llamándome. ¿Aquí? ¿Con este frío? ¿Me estaré volviendo loca?

Huyo pendiente abajo. La manada de hombres, caballos y perros no para de aumentar a mis espaldas. Y cada vez está más cerca. Los huelo y hasta veo, de noche y yo corta de vista, el resplandor de sus antorchas. Pero ante mí se acrecienta el aroma de una selva, de muchos árboles distintos, mezclados y crecidos.

Por fin entro en un lugar sin casas, un sitio donde hay muchos setos bajos, arbolillos que los humanos recortan con tijeras, ¡salvajes!, y esclavizan en hileras. Siempre esa maldita pretensión de ordenar a los demás, de imponer a plantas y animales cómo y dónde crecer, vivir. Esa odiosa voluntad de usar todo lo que vive según sus antojos. ¡Corro atravesando los setos! Los hombres están cada vez más cerca. Me detengo y bebo agua de un estanque hasta saciarme. Como hileras enteras de flores y bulbos invernales. Me siento revivir. Pero oigo llegar a la jauría humana. Me dirijo hacia los árboles. De pronto escucho un canto familiar y descubro una atrocidad. Ante mí aparecen unas enormes jaulas de metal, cárceles altísimas. Dentro, refugiadas del frío en casitas de madera, asomándose asombradas al verme, veo tiritar a un montón de aves del paraíso, loros y pajaritos multicolores como los de mi selva. Raptados y traídos a este infierno helado por el capricho de los hombres, como yo. Trinan, gritan y cacarean quejumbrosas, angustiadas. Me parece que hay varias cotorras que están locas y se hieren con los picos. Siento que una furia sorda me inunda y embisto las jaulas, las echo por tierra para que vuelen libres. Todo el aire se torna un revuelo de plumas de colores, chirridos y trinos. Algunas aves se resisten a huir, llevan demasiado tiempo cautivas, alimentadas por los humanos y fuera está helando. Me miran avergonzadas y se refugian en sus casitas caídas. Pero otras no. Otras vuelan libres y todas en la misma dirección, hacia los árboles que ya huelo próximos.

¡Los hombres! ¡Ahí están!

¡Corre!

El redoble de mis pezuñas sobre el tambor de la tierra helada suena grave, profundo. Pero también alegre según se acompasa con el de mi corazón y me digo ¡estoy trotando! ¡Soy libre!

Ante mí empieza a clarear y recortadas contra el cielo veo las copas altas de los árboles a unos cientos de pasos, tras unas eras como en la que estuve encerrada. ¡Un poco más, solo un poco más y podré esconderme! Los hombres ya están rodeándome, cerrándose en torno a mí con sus caballos. Cada vez es más estrecho el terreno libre ante mí. ¡Los árboles están ahí!

¡Corre!

A mi espalda retumba un pequeño trueno. Miro el cielo mientras escapo y no hay nubes ni tormenta. Otro estampido y me llega el olor a pólvora, esa cosa que usan los hombres para matar. Una explosión más y algo me muerde muy hondo en mi anca derecha. Trastabillo. Caigo.

Me levanto y veo muy cerca a muchos hombres con sus alabardas y arcabuces. Estoy rodeada. Ya ha amanecido y una fría claridad lo ilumina todo.

El aire empieza a llenarse de detonaciones y pequeñas nubes blancas que salen de las armas de los humanos. Un enjambre de insectos ardientes, de metal venenoso, se me clava en el cuerpo. Y otro. Y otro más.

Duele. Duele tanto y tan adentro…

Caigo al suelo. Las patas no me sostienen.

Abro por entero mis ollares y mi boca, como si quisiera tragarme todo el aire del mundo mientras grito asustada mi dolor, mi pena. Pero ni me lleno los pulmones ni emito otro sonido que un jadeo derrotado. Me ahogo en mi propia sangre, que no fluye por donde debería y me invade la garganta, el hocico, las entrañas.

Sangre que se escapa para empapar el suelo por los agujeros que me han hecho.

Ya nunca llegaré a los árboles.

Tengo mucho frío.

Todo lo veo turbio, borroso. No oigo, no huelo. El mundo se aleja.

Mi vida… se hunde en la tierra gélida que un sol pálido no calienta.

Me ahogo.

Me… ahogo…

El resto es silencio.

# Nota del autor

Esta fábula sobre la relación entre el hombre y la naturaleza, y sobre las idealizadas glorias imperiales, nace de un hecho histórico cierto. Al Madrid de Felipe II llegó una abada, que este era el nombre que daban los portugueses al rinoceronte por entonces, y el animal fue retratado por Juan de Arfe para su *Tratado de varia conmesuración*. A partir de esta certeza y de otra fácil de suponer, que nadie preguntó al pobre paquidermo su opinión sobre tal viaje, empiezan a divergir las versiones. Unas dicen que fue regalo de un gobernador de Java al monarca. Otra que llegó con unos feriantes y saltimbanquis portugueses como parte de un pequeño circo.

Lo que sí parece cierto es que la abada acabó encerrada por un tiempo en las eras del desaparecido convento de San Martín, que de allí se fugó un día matando a varias personas, que salió por el postigo también de San Martín —más o menos donde hoy está la plaza de Callao y calle del mismo nombre— y que de ahí, supongo que buscando despoblado y perseguido por un montón de gente con las peores intenciones, el animal tiró cuesta abajo por lo que luego sería la calle de Alcalá. Acabó siendo cazado a tiros por los guardias del rey en las eras de Vicálvaro, al sureste de la ciudad.

Ya en el siglo XVII, al crecer la capital, se edificó toda esa parte de las eras y arrabal de San Martín donde estuvo el rinoceronte y se bautizó a una de las nuevas calles como de la Abada en recuerdo de tan peculiar habitante. El barrio era humilde, lleno de gente pobre recién llegada a la ciudad, estudiantes y casas de putas o mancebías.

La calle de la Abada sigue existiendo. Va de la plaza del Carmen a la Gran Vía.

En el azulejo con su nombre hay dibujado un rinoceronte, una *badaq*.